문예신서
378

# 《이상한 나라의 앨리스》 연구

이강훈 지음

東 文 選

《이상한 나라의 앨리스》 연구

# 차 례

# 서 문

  소위 포스트주의 시대에 접어들면서 우리 사회도 다양성과 이질성을 강조하고 수용하는 추세에 있는 듯하다. 문학의 경우 이는 페미니즘이나 후기 식민주의 이론 등 그동안 억압되고 경시되었던 소수집단 또는 주변 문학에 대한 관심으로 나타나고 있다. 그리고 이러한 관심은 문학 이론뿐 아니라 장르에 대한 전통적 태도에도 변화를 초래하고 있다. 경시되었던 주변 장르에 대한 관심이 증가하고 있는 것이다. 아마도 대표적인 경우로 판타지와 동화를 들 수 있을 것이다. 특히 동화는 인간이 최초로 접하는 문학행위의 한 형태일 뿐 아니라 이야기로서 문학의 원초적 형태를 간직한 장르이기도 하다. 그러나 동화의 문학적 효용성이나 기능에는 한계가 있다. 기존의 리얼리즘 소설이 근대 이후 모더니즘의 고급예술을 지향하는 중에도 동화는 어린이라는 제한된 독자층을 중심으로 기존의 이미지나 패턴을 반복한 경우가 대부분이었다. 게다가 어린이의 의식 수준에 맞춘 언어이므로 메타픽션이나 판타지가 보여주는 만큼의 자족적이고 창조적인 언어를 보여주지는 못한다. 그러나 예외적으로 동화임에도 불구하고 전혀 동화답지 않은 작품이 있다. 영미권에서뿐 아니라 국내에서도 매우 잘 알려진 작품이지만 위에서 지적한 한계를 벗어날 뿐 아니라 메타픽션이나 판타지보다 더 급진적인 방식으로 언어와 문학 텍스트의 개념에 독특하고 신선한 문제를 제기하기 때문이다. 《이상한 나라의 앨리스》와 《거울 나라의 앨리스》로 대표되는 루이스 캐롤 (Lewis Carroll)의 동화들이 바로 그것이다.

두 편의 《앨리스》 시리즈는 캐롤이 옥스퍼드의 크라이스트 처치에 재직하던 시절 알게 된 학장의 딸인 앨리스 리들(Alice Liddell)을 위해 쓴 책이다. 평소 어린이를 좋아하던 캐롤은 앨리스를 즐겁게 해주기 위해 해주었던 여러 가지 이야기들을 모아 책으로 엮었으며 《앨리스》는 그 결과물이다. 캐롤은 당시 수학과목을 담당하고 있었으며 평소 수학, 언어, 논리학에 대한 흥미로운 아이디어와 놀이를 즐기곤 했다. 따라서 《앨리스》에 등장하는 언어와 논리에 대한 흥미로운 시각은 그의 개인적 취향에 근거한 것이다. 그러므로 캐롤 동화의 특징은 사실 교훈주의에서 벗어난 현대적 동화라는 점보다는 어린이의 시각과 의식을 통해 현실을 바라보았고 특히 어린이와 현실의 관계를 흥미로운 언어와 논리의 문제로 극화시켰다는 데 있다.

《앨리스》에 나타난 말장난, 형식 논리, 합성어, 패러디, 수수께끼 등은 매우 흥미로운 언어학적·철학적 문제를 제기하며 이는 《앨리스》가 다른 동화들과 구별되는 가장 큰 특징이자 캐롤 학자들이 가장 흥미롭게 생각하는 부분이기도 하다. 따라서 《앨리스》 연구는 단순한 동화 연구가 아니다. 작품 전체에 걸쳐 여러 가지 에피소드로 구체화되어 있는 수많은 언어, 논리적 문제들이 현대문학 이론의 주된 관심사인 언어와 의미, 글쓰기와 텍스트의 문제로 이어지기 때문이다. 예를 들어 《앨리스》에는 당대의 여러 동요나 동시들이 패러디되어 있으며 이 패러디 자체가 이야기의 중심적인 구성 요소로 작용한다. 그렇다면 패러디와 글쓰기는 어떤 관계이며 여기에서 상호 텍스트적 양상은 어떻게 전개되고 있을까? 의미와 무의미의 경계와 기준은 무엇이며 난센스는 어느 정도까지 독서의 즐거움을 확보해 줄 수 있을까? 이렇듯 《앨리스》가 제기하는 문제들은 언어와 텍스트를 새롭게 규정하려는 현대문학이론가들의 관심을 끌기에 충분하다.

언어나 의미 또는 텍스트 문제와 관련하여 《앨리스》가 제기하는 흥미로운 문학적 주제들에도 불구하고 캐롤의 작품에 대한 체계적 연구는 드문 편이다. 동화로서는 세계적으로 잘 알려져 있지만 영미권에서조차 주변 장르로서의 한계를 벗어나지 못한 채 일부 동화이론가나 교육학자들이 가볍게 언급하는 특이한 동화의 예로써 취급되는 경우가 많았다. 물론 전문적인 비평도 있고 연구서도 있으나 그 중요성에 비해 학문적 관심, 특히 문학적 관심은 부족해 보인다. 《앨리스》의 언어적 특성과 관련해서 문학자보다는 오히려 언어학자나 논리학자들이 더 흥미를 보였을 정도였다. 그러나 《앨리스》는 분명 언어와 문학 텍스트의 관계라는 시점에서 접근해야 한다. 최근에 주로 놀이 이론이나 난센스를 중심으로 한 연구서들이 출판되었지만 여전히 문학적 시각이 부족한 상황이다.

이 책은 지난 수년간 캐롤과 《앨리스》에 대해 써 두었던 논문들을 순서대로 엮은 것이다. 그리고 이 논문들은 캐롤의 동화가 가진 독특한 문학적 특성을 기존 문학 이론의 몇몇 문제들과 연결시켜 봄으로써 캐롤 동화의 문학적 효용성을 탐구하고 시험해 보고자 했던 시도의 결과이다.

제2장과 제3장은 원래 스방크마이어의 영화를 분석하기 위한 목적으로 시작했던 글이었으나 한 편의 논문으로는 너무 양이 많은 듯하

여 이후 두 편으로 나누어 놓은 것이다. 두 논문 모두 프로이트의 "친숙함과 낯섦 속의 두려움"이라는 개념을 중심으로 하고 있기 때문에 프로이트의 이론적 논의에 대한 부분은 두 논문에 동일하게 사용했다. 일종의 "자기 표절"인 셈이나 두 논문 모두 동일한 주제에 대한 논의이기 때문에 수정하지 않았다.

특별히 독창적이지도 않고 통찰력도 없는 잡문들을 굳이 출판하는 것은 캐롤과 《앨리스》에 대한 비평적 가치, 캐롤 문학 연구의 필요성과 그 방향 등을 제시해 보고 싶었기 때문이다. 따라서 이 책에 실린 논문들은 사실 연구의 결과라기보다는 연구의 가능성과 타당성을 급히 설정해 본 일종의 스케치에 불과하다. 그러나 이 스케치가 국내에서 캐롤 문학에 대한 비평적 관심을 조금이나마 촉발시키는 계기가 될 수 있다면 미숙한 연구에 대한 일종의 변명이 될 수도 있을 듯하다.

# 제1장
## 이상한 나라의 언어: 루이스 캐롤의 문학세계

## I

최근 《해리 포터 *Harry Porter*》와 《반지의 제왕 *Lord of the Rings*》으로 대표되는 판타지 소설의 유행은 부분적으로 기존의 전통적인 리얼리즘 소설이 가진 역사와 사회의 무게에 대해서 독자들이 느끼는 부담감, 모더니즘 미학에 대한 대중문화의 거부감에서 그 원인을 찾을 수 있을 것이다. 그러나 오랫동안 시공을 초월하여 수많은 사람들을 매료시킨 판타지 고유의 매력 또한 무시할 수 없다. 그것이 퇴행에 따른 즐거움이든 아니든, 판타지가 허구를 통한 즐거움과 그에 대한 독자의 욕구를 가장 잘 만족시켜 주는 것이 사실이기 때문이다. 판타지의 즐거움은 허구성 그 자체의 즐거움이며 이는 단순히 현실과 환상이 공존하는 퇴행 과정의 환각이 아니라, 허구세계를 창조하는 문학언어의 예술적 기능에 근거한 것이다. 따라서 문학이 언어의 허구 창조능력에 의지한다면 판타지야말로 허구로서의 문학과 언어의 관계를 가장 극명하게 드러내는 장르라고 할 수 있다. 실제로 판타지에서 허구성이 극대화되고 언어의 현실에 대한 직접적인 지시기능이 약화될수록 그 언어는 의사소통과 의미전달이라는 사회적 기능에서 벗어나 자체적인 논리와 특성을 직접 드러내면서, 현실의 반영이라는 리얼리즘 소설의 신념을 흔들어 놓는다. 슐로빈(Roger C. Schlobin)이 판타지의 출발점을 기존 리얼리티 개념의 부정에서 찾은 것도 이 때문이다(1). 일반적인 리얼리즘 소설이 현실의 허구적 재구성을 통한 리얼리티의 포착과 형상화를 지향한다면, 판타지는 허구를 만들어 내는 언어 자체의 논리와 특성을 전면에 내세워 리얼리티의 허구성을 공격한다. 결국 판타지가 보여주는 리얼리티 개념의 부정은 현실에 대한 기존 리얼리즘의 인식론적 시각에 대한 불신, 그리고 기존 문학의 구성과 수법의 타당성에 대한 의문을 포함하는 것이다.

판타지는 일반적으로 다음과 같은 측면에서 다른 서술들과 구별된다고 할 수 있다. 즉 기본적인 법칙의 본질적 문제로서, 어떻게 우리가 사물을 알 수 있는가, 추측은 어떠한 근거에 바탕을 두는가라는 문제를 제기한다는 것이다. 다시 말해서 판타지의 모든 단계, 세팅, 수법, 인물, 플롯에 인식의 문제가 스며들어 있다(Landow 107).

루이스 캐롤(Lewis Carroll, 1832-1898)의 《이상한 나라의 앨리스 *Alice's Adventures in Wonderland*》[1]와 《거울 나라의 앨리스 *Through*

---

1) Lewis Carroll, *Alice in Wonderland: Authoritative Texts of Alice's Adventures in Wonderland, Through the Looking-Glass, The Hunting of the Snark*, ed. Donald J. Gray(New York: W. W. Norton & Company, 1992). 앞으로 W로 표시하며 쪽수만 병기함.

*the Looking-Glass and what Alice found there*》의 중요성이 여기에 있다. 캐롤의 두 작품은 흔히 어린이용 동화 또는 난센스로 분류되고 있으나 두 작품이 공통으로 보여주는 언어와 논리에 대한 흥미로운 아이디어들은 수학자이자 논리학자로서 루이스 캐롤의 개인적인 흥미와 취향을 넘어 언어를 중심으로 한 허구와 꿈, 인간의 심층심리와 독서 과정, 의미와 무의미의 유희를 통해 기존의 언어관, 소설의 구조에 대한 일반적 개념을 전복시킨다. 예를 들어 래킨(Donald Rackin)은 《이상한 나라의 앨리스》의 원제가 《지하세계의 앨리스 *Alice's Adventures in Underground*》였음을 지적하면서, 《이상한 나라》가 "의미와 질서에 대한 지상세계의 다소 공식적인 기반을 희극적인 가면을 쓰고 전복시키고 있다"고 주장한다(35). 또한 난센스 언어의 구조와 특성을 꼼꼼히 분석한 르세르클(Jean-Jacque Lecercle) 역시 질서를 부정하며 뒤집혀진 괴상한 이미지, 모순된 결합, 패러디에 의한 모독을 예로 들어, 캐롤의 두 작품이 바흐친(Mikhail M. Bakhtin)이 전복적 문학의 전형으로 제시했던 카니발과 유사하다고 보고 있으며 (194-195), 나아가 소설에 대한 "원형적이고 반영적인" 관점을 보여준다는 의미에서 캐롤의 난센스를 메타서술(metanarrative) 장르로 볼 수 있다고 주장한다(199). 이들의 주장은 캐롤의 작품이 그 문학적 효용성에도 불구하고 어린이용 동화로 취급되어 진지한 비평의 대상이 되지 못했음을 유감스러워 한 엠프슨(William Empson)의 언급 (344)과 비교해 볼 때, 판타지나 난센스, 동화가 그동안 고급 취미만을 강조해 온 일반적인 비평가들에 의해 저급의 장르로 취급되고 있음에도 불구하고, 이러한 장르의 작품이 보여주는 언어와 구성상의 특징이 문학 전반에 걸친 기존 개념들의 유효성, 타당성을 검증하고

언어예술로서 문학이 가지는 독특한 매력을 밝히는 데 상당한 도움이 될 수 있음을 암시하는 것이라고 할 수 있으며, 또 그러한 의미에서 주변문학 또는 주변 장르에 대한 진지한 관심을 유도하는 호소라고 할 수 있다.

앨리스(Alice)가 등장하는 《이상한 나라》와 《거울 나라》에는 실제로 언어와 논리, 인간의 심층심리와 독서의 즐거움 간의 관계, 텍스트의 의미와 해석을 둘러싼 인식론적 문제 등이 수많은 패러디, 역설, 말장난 속에 흩어져 있다. 그리고 캐롤이 제기하는 이러한 문제들은 실상 일반적인 판타지나 난센스, 동화 등이 제기하는 리얼리즘 소설에 대한 의심과 전복을 넘어서 문학의 일반적 서술구조나 문학언어의 특성과 본질에 대한 문제까지도 포함하고 있다. 따라서 캐롤의 작품에서 언어철학과 독서의 심리학, 놀이로서의 문학과 의미의 생성이라는 다소 거창한 주제들이 등장한다 하더라도 놀랄바는 아니다.

## II

앨리스가 꿈속에서 경험하게 되는 두 개의 "나라"는 순수하게 언어로만 구성되어 있는 세계이다. 물론 문학작품이 언어로 구성되는 만큼 작품의 세계가 언어가 만들어 낸 허구적 이미지로 가득 차 있는 것은 당연하다. 그러나 그 언어와 이미지들은 언제나 현실과 리얼리티라는 두 가지 지시대상을 가지고 있다. 따라서 작품 속의 인물은 현실에서와 똑같은 물리적 법칙을 따르며 사상과 욕망을 가지고, 현실의 언어규칙에 따라 말하고 생각하며, 이름이라는 고유명사를 지니고 있다. 그곳에서 까마귀는 결코 책상과 같을 수 없으며 고양이 없는 미소 또한 존재하지 않는다. 언어에 의한 허구의 세계이지만 그 세계의 언어는 현실의 의미라는 중력에 사로잡혀 있고 개연성의 외투를 벗어 버리지 않는다. 그리고 그러한 이유 때문에 언어는 묘사하되 동시에 창조하며 개연성을 통해 리얼리티의 가능성을 추구한다. 그러나 캐롤의 세계에서 언어는 현실의 어떤 것도 지시하거나 지향하지 않는다. 언어는 그 자체로 존재하는 자족적인 또 다른 현실이다. 그곳에서 흰토끼 집의 문패에 쓰여 있는 흰토끼의 이름은 "흰토끼"(W. Rabbit)(W 27)이며, 까마귀가 책상이 되지 말아야 할 이유도 없고, 고양이가 사라진 뒤에도 그 고양이의 미소가 허공에 남아 있을 수도 있다. 언어는 어떤 지시대상도 가지지 않은 채 그곳에서 자족적인 하나의 물질적 실체로서 존재한다. 따라서 생쥐의 "건조한"(dry) 이야기를 듣는 것은 젖은 몸을 "건조"(dry)시키는 최상의 방법이며, 우물 "속"에서 "길어 올린"(draw) 당밀을 먹으며 자매들은 철자 M으로 시작되는 단어, 즉 "쥐덫"(mouse-trap), "달"(moon), "기억"(memory), "많음"(muchness)을 화판에 "그림으로 그려낼"(draw) 수 있다(W 59-60).

캐롤의 세계에서 언어가 사물을 지시하는 기호가 아니라 사물 그 자체가 될 수 있는 것은 그 세계가 어린이의 의식과 언어로 이루어졌기 때문이다. 캐롤 스스로 《거울 나라》의 서시에서 밝히고 있듯이, 그 언어는 어린이의 의식을 사로잡는 "마법의 말"(magic words)(W 103)이다. 그리고 모험 과정에서 앨리스가 자주 경험하게 되는 정체성의 혼란도 어린이의 생각을 언제든지 현실화시킬 수 있는 이 "마법의 말"과 관련되어 있다. 잘 알려져 있듯이, 의식 성장 과정에서 어린이가 본격적으로 언어를 배우기 시작하는 오이디푸스(Oedipus) 또는 남근단계(phallic stage)는 정체성과 자립의식이 형성되는 시기로서, 이 시기의 어린이가 느끼는 대표적인 불안감은 바로 정체성 상실에 대한 것이며, 이 시기의 언어는 애니미즘(animism) 또는 "사고의 전능성"(omnipotence of thought)을 특징으로 한다. 이 단계의 어린이에게 "생각은 곧 행위이며 말은 사물이다"(Holland 44). 앨리스를 둘러싼 "이상한 나라"의 에피소드들이 모두 부조리한 대화를 포함하며, 동물, 사물, 나아가 모자장수와의 대화, 크로켓 경기 장면에서처럼 시간, 게임의 규칙마저 의인화, 사물화될 수 있는 것도 그 세계를 구성하는 언어가 "마법의 말," 애니미즘의 언어이기 때문이다.

"이상한 나라"의 언어가 사물 그 자체라면 그 언어에는 당연히 사물의 속성도 포함되어 있어야 한다. 따라서 이름은 그것이 지칭하는 대상의 본질이나 속성을 의미해야 한다는, 유명한 험프티 덤프티(Humpty Dumpty)의 실재론적 언어 이론은 분명 《거울 나라》의 환상세계를 구성하는 "마법의 말"과 일치한다. 그러나 거울 속의 "이상한 나라"에 실재론적 언어만 존재하는 것은 아니다. 포트망토(portmanteau) 신조어들이 대거 등장하는 각다귀(Gnat)와의 대화 장면(*W* 132-134)에서 앨리스는 사물의 이름이 단지 인간의 필요와 편리에 따라 붙여진 것일 뿐, 사물의 본질이나 속성과는 무관하다는 의견을 주장한다. 물론 "마법의 말"의 창조물인 각다귀는 앨리스의 말을 이해하지 못하며, 곤충 이름에 대한 앨리스와 각다귀의 대화는 유명론과 실재론의 대결 양상을 띤다. 예를 들어 앨리스의 현실세계에 "쇠등에"(horse-fly)가 있다면 《거울 나라》에는 "목마 파리"(Rocking-horse-fly)가 있고, "빵과 버터 파리"(Bread-and-butter-fly)

가 있다. 물론 "쇠등에"는 말(horse)이나 파리와 무관하다. 그러나 "목마 파리"는 말 그대로 "목마"(Rocking-horse)의 모습이며 "빵과 버터 파리"의 몸체는 빵조각으로 이루어져 있다. 상이한 두 단어가 결합되어 만들어진 포트망토 신조어들은 《거울 나라》를 구성하는 언어의 실재론적 성향을 반영하고 있다. 반면 앨리스의 현실세계에서 언어는 인간의 편의에 따라 만들어진 기호일 뿐이며, 그것이 지시하는 사물의 속성이나 본질과는 무관하다.

　캐롤의 작품은 언어뿐 아니라 서술방식, 어조, 시점 등에서도 이중적인 구조를 보여준다. 공통적으로 의미와 무의미, 의식과 무의식, 풍자와 감성적 어조, 어린이의 시각과 성인의 시각이 평행을 이루며 대치되어 있는 것이다. 그리고 이러한 이중구조는 앨리스와 그를 둘러싼 "이상한 나라"의 다른 인물, 사건을 중심으로 전개된다. 물론 현실의 물리적 법칙과 언어, 의식을 그대로 유지하고 있는 앨리스는 의미와 의식의 세계를 지향하며, "이상한 나라"의 인물과 사건은 무의미와 무의식, 애니미즘과 실재론적 언어를 반영한다. 따라서 안정을 지향하는 빅토리아 시대 중산층 가정의 얌전한 모범소녀에게 "이상한 나라"에서 벌어지는 모든 것들은 혼란과 무질서로 나타나며,[2] 모험을 구성하는 각각의 에피소드들은 "이상한 나라"에 질서와 의미를 부여하려는 중산층 소녀의 "정상적인" 현실 원리와, 그 "정상적인" 현실을 구성하는 일상적 논리와 언어의 맹점을 드러내고 무질서,

─────────────

2) 1860년대는 산업혁명, 자유방임주의 경제, 민주주의 등으로 가장 급격한 변화의 시기였다. 따라서 당시 안정을 바라던 중산계층은 사회의 급격한 변화에 불안을 느끼고 있었다. 래킨은 앨리스가 느끼는 정체성에 대한 불안감이 당대의 사회적 변화에 대한 중산계층의 불안감을 대변한다고 본다(9). 참고로 《이상한 나라의 앨리스》는 1865년에, 《거울 나라의 앨리스》는 1872년에 출간되었다.

무의미를 지향하는 "이상한" 세계의 언어 사이의 대결로 극화된다.

앨리스의 모험이 "이상한 나라"의 "이상한" 언어와의 만남으로 구성되어 있는 만큼, 그 언어에 일상적인 현실의 의미를 부여하고자 하는 앨리스의 모습은 텍스트에 의미를 부여하는 행위로서의 독서문제에 대해 흥미로운 아이디어를 제공한다. 즉 앨리스의 모험이 언어와 텍스트에 의미를 부여하는 과정을 암시한다는 의미에서 앨리스와 독자 사이에는 유사성이 존재하는 것이다. 래킨이 앨리스를 대리독자(reader's surrogate)로 본 것(37)도 같은 맥락이다. 《이상한 나라》에서 토끼집에 갇힌 앨리스는 동화에서 읽은 비현실적인 이야기가 현실화될 수 있음을 신기하게 생각하면서 자신을 주인공으로 다룬 책이 쓰여져야 할 것이라고 생각하며(W 29), 《거울 나라》에서는 실제로 독자의 입장에서 유명한 난센스 시, "재버워키"(Jabberworcky)의 해석을 시도한다. 흥미로운 점은 "재버워키"가 포트망토 신조어들로 이루어져 있어 단일한 의미를 이끌어 낼 수 없다는 것이다. 앨리스는 이후 험프티 덤프티로부터 "재버워키" 해석방법을 배우게 되지만 그 이전까지 앨리스는 《거울 나라》의 언어규칙에 익숙하지 않은 상태로 모험을 계속한다. 그런데 "재버워키"의 해석이 완전히 불가능한 것은 아니다. 분명 영어의 기본 어순과 구조를 따르고 있으며 문맥의 논리관계를 결정하는 동사는 대체로 "정상적인" 영어로 쓰여 있다. 결국 "재버워키"에는 의미의 가능성과 무의미의 가능성이 혼재하는 것이다. 따라서 시를 읽은 후의 앨리스의 반응은 독자의 입장을 그대로 반영한다. "어쨌든 아이디어가 떠오르기는 하는데, 그것이 무엇인지를 정확히 알 수가 없어. 어쨌든 누가 무엇인가를 죽였다는 것은 확실해"(W 118).

《이상한 나라》와《거울 나라》는 어린이의 의식과 언어로 구성되어 있다. 따라서 그 언어는 언제든지 사물화될 수 있는 애니미즘과 실재론의 언어이다. 어린이 언어의 또 다른 특징은 사회적 문맥이 결여되어 있다는 점이다. 어린이의 자기 중심적이고 유아론적인 의식을 반영하기 때문이다. 그리고 이러한 유아론적 의식과 언어는 앨리스가 만나는 거의 모든 인물들의 공통점이기도 하다. 그들은 앨리스가 논리적이고 현실적인 설명을 요구하거나 자기 모순에 빠질 때마다 입을 다물거나 대답을 회피하면서 화제를 돌린다. 앨리스의 질문에 응답하는 경우에도 그들의 언어는 말장난과 언어 자체의 구문상의 논리 또는 문법성에 따른 문자 그대로의 의미만을 반복한다. 다시 말해서 언어의 사회적 문맥과 의미를 거부하는 것이다. 그 "이상한 나라"의 인물들이 어린이의 의식과 언어를 반영한다는 사실은 그 세계의 환상적 성격을 설명하는 근거가 될 수 있을 것이다.

결국 앨리스가 접하는 세계는 어린이의 세계이며 그 언어는 어린이의 언어이다. 따라서 "이상한 나라"에는 난센스와 무의미, 무질서가 혼재하며, 언어는 사회적 의미를 위한 기호 규칙이 아니라 어린이의 환상을 직접 구현하는 자족적인 실체가 되는 것이다. 앨리스의 모험은 이러한 무의미, 무질서, 현실적인 지시대상을 상실한 채 떠돌아다니는 텅 빈 기표로서의 언어에 질서와 의미를 부여하는 과정을 극화하고 있다. 앨리스가 대리독자가 되며 그의 모험이 독서에 대한 비유가 되는 것도 이러한 문맥에서 가능해진다. 그런데 앨리스가 대리독자이며 "이상한 나라"의 무질서에 맞서는 일종의 현실 원리라면, 앨리스는 사실상 어린이가 아니라 성인의 의식과 시각을 반영한다는 의미가 된다. 그러나 캐롤은 분명 실존했던 어린이, 앨리스 리들(Alice Liddell)을 위해 "이상한 나라"의 이야기를 만들었고, 리들을 그 주인공으로 선택했다. 게다가 그는 "마법의 말"에 홀려 삶의 고통스러운 현실을 모르는 어린 시절의 "행복한 여름날들"(W 103)을 축복하고 있다. 캐롤이 앨리스 리들을 주인공으로 이야기를 꾸민 것은 리들에게 어린 시절에만 가능한 행복감을 소중하게 유지시켜 주기 위함이었다.

　　모든 것이 새롭고 아름다우며 죄나 슬픔이 단지 아무것도 의미하지 않는 텅 빈 말이고 이름일 뿐인, 어린 시절의 행복한 시기에만 가능한 인생의 즐거움…(W 282).

캐롤은 리들이 자신의 환상세계에서 영원히 어린 시절의 행복을 누리기를 바랐다. 그의 작품에서 언어가 현실에 대한 지시기능을 거부한 채 "아무것도 의미하지 않는 텅 빈 말"로서 자유로이 떠돌며 환상을 만들어 내는 "마법의 말"이 되는 것도 이 때문이다. 그러나 실상 어린 시절의 그 "마법의 말"과 환상세계는 어린이들에게 종종 당혹감과 두려움을 불러일으키곤 한다(Rackin 107). 그 세계는 잡아먹고 먹히며 머리가 잘리는 끔찍한 폭력의 이미지, 특히 미약하고 소외된 어린 소녀를 위협하는 이질적인 환경, 엄한 부모와 권위를 상징하는 왕과 왕비, 비좁은 토끼집에서 점점 커져 가는 신체 등, 어린이의 미약한 단계의 자아가 느끼는 원초적 두려움을 암시하는 장면들(Rackin 69-70)로 가득 차 있다. 따라서 어린이들에게 캐롤의 작품을 읽는 것은 분명 두려운 경험이 될 가능성이 있다. 반면 성인 독자들은 캐롤의 말장난과 환상성 그 자체를 부담 없이 즐긴다. 그렇다면 캐롤의 작품에 대한 어린이와 성인 간의 차이는 무엇에 기인하는 것이며, 앨리스는 과연 리들의 어린이 의식을 반영하는 것인가 아니면 성인 독자의 의식을 반영하는 것인가? 그리고 이러한 문제는 의미와 해석의 과정으로서 독서문제에 어떤 연관성이 있을까?

독서가 의미의 형성 과정이라면 캐롤의 난센스 언어에서 어떻게 의미를 이끌어 낼 수 있는가 또한 중요한 문제이다. 이는 달리 말해서 난센스와 의미, 또는 의미와 무의미 사이의 관계에 대한 관심을 요구한다. 또 다른 문제로, 앨리스는 험프티 덤프티와의 대화 중 그가 대화를 일종의 게임처럼 생각하고 있음을 알아차린다(W 161). 《거울 나라》의 가장 뛰어난 언어이론가인 험프티 덤프티는 대화를 하나의 언어게임으로 간주한다. 문맥을 잊으면 언제든지 다시 시작할 수 있고, 순서가 있으며 진위의 규칙이 있는 게임으로서 대화는 그에게 물질화된 언어를 재료로 한 놀이일 뿐이다. 그런데 게임 또는 놀이는 현실의 문맥 속에 위치하지만 동시에 현실과 무관한 자체적인 규칙을 가진다. 따라서 언어가 현실의 문맥에 위치한 화자의 아이디어를 전달하는 수단이라고 생각하는 앨리스와 언어를 현실과 무관하게 독자적인 규칙을 가지고 있으며 언제든지 물질화될 수 있는 대상으로 간주하는 험프티 덤프티 사이의 대화는 당연히 엇갈리고 빗겨나갈 수밖에 없다. 사실 놀이로서의 언어는 "이상한 나라"의 인물들이 공통으로 가지고 있는 생각이기도 하다. 각 에피소드들이 언어에 대한 특정한 관점과 규칙을 가진 독특한 언어게임으로 구성되며 대화가 언제나 앨리스의 좌절로 끝나는 것도 이 때문이다. 각 인물들이 요구하는 게임의 규칙을 앨리스가 따라가지 못하는 탓이다. 그러나 이는 앨리스의 언어능력 부재 때문이 아니다. 앨리스가 규칙에 익숙해지면 그들은 또 다른 규칙을 만들어 내거나 스스로 그 규칙을 부정한다. 결국 그들의 놀이는 마음내키는 대로 달리다 언제든 중단할 수 있는 코커스 경주(caucus race)(W 23)와 같다. 정해진 규칙이 없다는 것이 그들의 규칙인 것이다. 반면 앨리스는 놀이의 용어와 규칙에 큰 관심을 가지고 있으며, 사회적 문맥에서 고정된 규칙을 가진 놀이를 선호한다(Blake 108-109). 캐롤의 작품에서 언어가 일종의 게임이고 놀이라면, 놀이에 대한 앨리스와 다른 인물들 간의 상이한 태도와 관점은 캐롤 작품의 난센스 언어에서 어떻게 의미를 도출할 수 있는가라는 문제와 연결된다. 놀이에는 경쟁과 승패가 있기 마련인데 "이상한 나라"의 언어놀이에서 승자가 없는 것은 바로 그 놀이 자체가 "의미"와 관련되어 있기 때문이다. 그리고 "의미"를 향한 대리독자 앨리스의 모험은 텍스트를 해석하는 독자의 독서 과정과 일치한다. 언어놀이에서 드러나는 의미와 무의미의 유희, 환상 속에서 벌어지는 어린이와 성인 의식의 혼재 양상, 판타지와 난센스를 구성하는 문학언어 특유의 물질적 특성, 언어와 의미 그리고 독서 과정에 대한 새로운 시각, 그리고 그와 관련한 인간의 심층심리의 구조, 이러한 것들이 바로 캐롤의 작품이 기존의 리얼리즘 중심의 문학 개념에 제기하는 문제인 것이다.

## III

캐롤의 작품에서 가장 두드러지는 특징은 작품 전체가 어린이의 꿈으로 이루어져 있다는 사실이다. 따라서 그의 작품에 대한 기존의 전통적인 비평은 프로이트(Sigmund Freud)의 이론을 중심으로 이루어져 왔다. 실제로 앨리스의 모험은 "처녀-토끼굴과 남근-앨리스," 양수(amniotic fluid)를 암시하는 "눈물의 웅덩이," "히스테리한 어머니와 무능한 아버지"를 암시하는 여왕과 왕, 거세공포를 의미하는 참수(decapitation) 위협 등 프로이트식의 비유로 가득 차 있다(Rackin 22-23). 따라서 작품에 대한 해석도 아동기로의 퇴행, 무의식을 향한 신화적 여행, 또는 빅토리아 시대의 사회적 변화에 대한 불안감을 반영하는 일종의 블랙유머 등의 주제에 한정된 경우가 많았으며, 나아가 캐롤이 제기한 언어철학적 문제나 텍스트의 문학적 역동성보다는 수학자·논리학자이며 성직자이고 독신자로서 캐롤 심리의 병리학적 측면을 규명하는 시도에까지 이어졌다. 캐롤이 사회인, 성인으로서의 실패에서 도피하기 위해 개인적인 유희와 환상, 변덕에 몰입했다(Henkle 358)는 식이다. 앨리스의 모험에 프로이트식의 비유와 상징이 많은 것은 사실이다. 그러나 캐롤의 언어와 텍스트를 프로이트식의 상징해석으로 접근하는 데에는 문제가 있다. 잘 알려져 있듯이, 프로이트의 꿈과 농담은 무의식적 욕망의 언어적 표현이다. 그러나 캐롤의 언어는 무의식적 욕망이라기보다는 언어 자체의 구문론·의미론적 역설에 가깝다. 다시 말해서 그의 언어는 심층의 욕망을 드러내는 상징의 언어라기보다 언어의 물질적 성격과 문법적 규칙의 역설만을 보여주는 기표뿐인 언어이다. 고양이 없는 미소, 즉 체셔주의 고양이가 완전히 사라진 뒤에도 미소가 남아 있을 수 있는 캐롤의 세계에서 언어는 현실을 반영하지도, 모사하지도 않는다. 그것은 현실의 지시대상을 가지지 않는, 물질화된 사물 자체이다. 여왕의 크로켓 경기에서 놀이의 추상적인 규칙마저 사물화될 수 있는 것도 그 때문이다. 크로켓의 도구 역할을 하는 호저, 홍학, 군인들은 사실 도구의 사물화가 아니라 규칙의 사물화이다. 호저와 홍학이 달아나고 군인들이 우왕좌왕하면서 크로켓 경기의 규칙은 무너지고 만다.

프로이트의 이론은 심층의 욕망과 표층의 증상으로 구성되어 있다. 여기에서 증상은 무의식적 욕망을 드러내며 지시하는 기표이고 욕망은 기의가 된다. 일반적으로 리얼리즘 소설의 경우, 인물의 언어와 의식에 대한 분석과 그 상징적 표현은 그가 위치한 사회의 심층구조와 연결되면서 인간과 사회를 잇는 의미형성의 장이 된다. 그러나 캐롤의 언어에서 인물은 심층심리도 사회성도 없는 "떠돌아다니는 기표"에 불과하다. 캐롤의 작품에 프로이트의 상징해석은 한계를 보일 수밖에 없다. 그러나 프로이트의 이론은 앞에서 제기된 독서 과정과 앨리스의 모험 사이의 유사성, 독자의 반응과 문학구조의 관계를 설명하는 데 적지 않은 도움을 주는 것도 사실이다.

캐롤의 작품에 대한 어린이들의 반응은 대체로 당혹감과 두려움이다. 이는 부분적으로 등장인물들의 반사회적이고 폭력적인 성향, 그들이 사용하는 난센스에 가까운 언어에 대한 당혹감 때문이겠으나, 무엇보다도 "이상한 나라"가 구현하는 특유의 "친숙함과 낯섦 속의 두려움"(uncanny)[3]에 기인한다고 할 수 있다. 캐롤의 작품이 일반적인 동화와 다른 점은 바로 비현실적인 사건이 일상적인 현실을 배경

---

3) 프로이트의 uncanny는 우리말로 옮기기가 상당히 어려운 용어이다. 서로 다른 의미들이 혼재하기 때문이다. 프로이트에 따르면 uncanny는 친숙했던 것이 갑자기 낯설게 느껴질 때 경험하는 두려움을 의미한다. "두려운 낯섦"이라는 번역어가 있지만 이 경우 uncanny의 조건인 친숙함이 완전히 배제되어 있다. 게다가 낯선 것이 두렵게 느껴지는 것은 당연한 일이다. 그러므로 "두려운 낯섦"은 uncanny의 독특한 모순적 감정을 설명하기 어렵다. 따라서 본 논문에서는 다소 어색하지만 원래의 의미를 살려 "친숙함과 낯섦 속의 두려움"이라고 번역했다.

으로 벌어진다는 것이다(Rackin 107-108). 그런데 문제는 이 비현실적인 것이 어디에서 온 것이며 그것을 구현하는 언어는 어떤 언어인가라는 것이다. 홀랜드(Norman Holland)는 이 문제를 간단명료하게 설명하고 있다.

프로이트에 따르면, 우리는 현실에서 다음의 두 가지 중 하나의 경우에 "친숙함과 낯섦 속의 두려움"을 경험한다. 현실이 유아기의 콤플렉스(그에 따른 불안 때문에 억압시켰던) 또는, 억압이라기보다는 "극복했다"(애니미즘적인 믿음 또는 사고의 전능성)고 생각하는 유아기의 사고양식에서 유래한 물질의 형태를 취할 때이다. 어떤 경우 우리는 이러한 정신현상이 실제로 외부세계에 일어나고 있다고 생각한다….

문학의 경우 우리는 "작가가 일상적 현실세계에 개입하는 듯이 보일 때" 그런 것을 느낀다. 그때 "우리는 작가가 연출한 것에 대해 실제 경험에서처럼 반응한다"(284).

프로이트의 "친숙함과 낯섦 속의 두려움"은 "극복된 것" 또는 "억압된 것의 귀환"이라는 유명한 명제의 연장선에 있다. 여기에서 흥미로운 것은 그 억압된 무의식적 욕망이 "사고의 전능성"을 보여주는 어린이의 애니미즘적 사고로 구체화되어 있다는 점이다. 캐롤의 "이상한 나라"가 어린이의 의식과 언어로 이루어졌다고 볼 때, 그 언어는 사고가 즉시 물질적 대상으로 구체화될 수 있는 "마법의 말"이고 어린이의 애니미즘적 언어이다. 따라서 어린이 독자와 앨리스가 각각 독서와 모험 중에 겪게 되는 기괴한 경험은 한때 "극복된 것"으로 믿었던 언어와의 재회에 기인한다. 그런데 여기에서 앨리스의 정체성이 또다시 문제가 된다. 앨리스는 애니미즘 언어를 "극복"한 성인인가 아닌가라는 문제이다. 앨리스의 언어는 다른 인물들에 비해 현실적이고 사회적인 문맥에 위치한 "정상적인" 언어이다. 그러나 앨리스는 아직 고추(pepper)를 먹으면 화를 잘 내고(hot-tempered), 쓴맛이 나는 카모마일(camomile)은 사람을 쓸쓸하게(bitter) 만들며 어린이들이 착한 것은(sweet-tempered) 사탕(barley-sugar) 때문이라고 생각한다(*W* 70). 음식의 맛을 표현하는 말과 사람의 성격을 묘사하는 비유적인 표현을 구별하지 못하는 것이다. 앨리스의 이러한 언어의식은 플라밍고가 무는 것(bite)과 겨자의 톡 쏘는 맛(bite)을 동일한 것으로 생각하는 공작부인(*W* 71)의 언어의식과 차이가 없다. 결국 앨리스의 언어는 사회적 문맥의 현실적인 언어와 애니미즘적 언어 사이의 경계에 위치해 있으며, 따라서 현실과 환상이 혼재하는 어린이의 의식과 과거의 흔적에 당황하는 성인 독자의 의식이 교차하는 언어이다. 어린이 독자들이 주로 앨리스와 동일시하고 성인 독자의 경우 성인의 목소리를 가진 화자와 동일시한다는 주장(Rackin 109)에도 불구하고 앨리스가 성인들의 대리독자가 될 수 있는 것도 이 때문이다.

성인 독자의 반응은 어린이의 경우와 분명 차이가 있다. 성인의 경우 당혹과 불안감보다는 희극적 즐거움을 얻는 경우가 대부분이다. 이는 빅토리아 시대 부르주아 계층의 상식과 실용적 합리성을 공격하는(Rackin 36) 전복적 즐거움에 기인한 것일 수도 있고, 퇴행적 즐거움에 기인한 것일 수도 있다. 그런데 캐롤의 작품이 제공하는 독서의 즐거움은 그보다 더 큰 문제에 관련되어 있다. 바로 인간의 심층심리와 문학구조 사이의 연관성이다. 홀랜드에 따르면, 문학에는 인간의 어린 시절의 원초적 심리기제의 단계별 특징들이 고루 들어 있다. 예를 들어서 캐롤의 작품에도 자주 등장하는, 무엇인가에 압도되거나 삼켜지고, 익사하는 이미지는 자신의 신체 상실에 대한 불안감을 나타내는데, 이는 영아가 자신과 외부세계의 분리에 따라 자아 의식이 형성되기 시작하는 구강기(oral stage) 단계의 특징이다(Holland 35). 이와 같이 홀랜드는 구강기, 항문기, 성기기 등 심리기제의 단계별 특징들과 문학작품에 나타난 특정 이미지, 스타일상의 유사성을 예로 들어, 작가는 작품을 통해 자신의 심층심리를 반영하는 어린 시절의 환상을 표현하며, 독자는 작품의 내용을 자신의 심리와 환상으로 재구성한다(52)고 주장한다. 결국 문학은 인간의 심층심리를 반영하며 독서는 심층심리와 작품이 환기시키는 특정한 형태의 심리적 환상 간의 만남인 것이다.

독서의 즐거움에 대한 홀랜드의 설명 또한 심층심리에 근거한다. 모든 독서행위에는 문학이 허구임에도 불구하고 그 허구의 개연성을 적극적으로 수용하고자 하는 욕구, 즉 허구를 사실로 받아들이고자 하는 믿음이 존재한다는 사실에 주목하면서, 그는 독서가 주체와 객체가 분리되기 이전의 단계, 자아 또는 영아가 외부세계 또는 어머니에 대해 완전한 믿음을 가지고 있던 시기로의 회귀이며, 독서의 즐거움은 바로 그 행복했던 시절로의 귀향에 따른 것이라고 설명한다(35, 78). 그런데 홀랜드의 주장은 일반적인 퇴행의 개념과는 다르다. 퇴행의 경우, 일상적인 수준 이하의 단일한 단계만이 존재하지만, 독서의 경우 고차원적인 정신적 기능, 즉 "현실-테스트"가 존재한다. 즉 독서에는 이전의 내용을 기억하고 앞으로의 내용을 기대하며, 개연성을 판단하는 과정이 공존하는 것이다(81-82). 따라서 홀랜드는 독서를 퇴행이라기보다는 "심화"(deepening)라고 부르고자 한다(82).

홀랜드가 "현실–테스트"라고 불렀던 작품 내용의 기억과 기대, 개연성의 판단은 독서행위에서 독자의 의식이 현실과 환상을 동시에 경험한다는 의미이다. 그리고 이러한 이중의 의식은 독서가 놀이의 일부임을 의미한다. 놀이에 참여하는 사람은 누구나 그것이 "단지…인 척하기"에 불과함을 알고 있기 때문이다(Huizinga 8). 현실과 환상이 공존하는 "단지 …인 척하기"의 이중적인 의식은 앨리스의 모험이 시작되는 지점이기도 하다. 《이상한 나라》의 호기심 많은 아이는 예전부터 "두 사람인 척"하는 것을 매우 좋아했다. 《거울 나라》에서의 모험도 무료함을 달래기 위해 왕과 여왕인 척하는 놀이를 하면서 시작된다(W 12, 110). 뿐만 아니라 현실과 환상의 공존이라는 놀이의 이중적 의식은 작품에서 "이상한 나라"의 인물들의 환상적 언어와 화자의 현실적인 시각, 어조의 대비를 통해 서술구조에서도 드러난다. 사실 캐롤에게 언어와 글쓰기는 놀이 또는 게임의 연장이었다. 언어는 그에게 상호 간에 수용되는 규칙으로 이루어져 있고, 그 자체로는 고정적이지 않으며, 사회적 동의에 의해서만 의미가 있는 "게임 비슷한 체계"(Blake 16)였다. 그리고 언어를 다루는 작가는 언어 자체의 독특한 논리와 규칙을 자신의 필요에 따라 선택, 배치하는 자이다. 캐롤이 《상징 논리 Symbolic Logic》에서 기존의 논리적 사실과 일치한다면 작가는 자신만의 규칙을 만들고 채택할 수 있다고 주장(Blake 70)한 것도 이러한 생각에 근거한 것이다.

언어가 "게임 비슷한 체계"이며 작가가 규칙을 만들어 내는 자라면, 독자는 그 규칙을 해석하고 그에 따라 의미를 도출해 내는 역할을 맡게 된다. 여기에 대리독자로서 앨리스의 중요성이 있다. 독자는 앨리스와 함께 언어게임에 참여하며 모험의 궁극적인 목적, 즉 고정되고 단일한 의미를 추구한다. 그러나 그 목적은 이루어지지 않는다. 앨리스의 모험을 구성하는 각 에피소드들은 주로 "이상한 나라"의 인물들과의 대화로 이루어져 있는데, 앨리스는 그 인물들의 독특하고 자의적인 언어관을 이해하지 못한다. 그들의 언어규칙, 게임규칙을 따라가지 못하는 것이다. 게다가 그들의 규칙을 수용하고 이해하더라도 그 다음의 에피소드에 등장하는 인물은 또 다른 규칙을 주장한다. 본격적인 모험을 촉발시킨 호기심의 대상, 꽃으로 덮인 아름다운 정원은 실제로는 정원사들의 실수로 페인트를 뒤집어쓴 가짜 장미가 자라고 참수형이 벌어지는 끔찍한 곳(*W* 63), 정원이라기보다는 황무지이고 언덕이라기보다는 계곡인 곳(*W* 125)이며, "가장 아름다운 골풀은 항상 (손이 닿지 않는 곳에) 멀리 떨어져 있다"(*W* 156). 결국 앨리스는 항상 자신을 유혹하는 언어보다 한 발짝 늦게 출발하며 의미는 언제나 기대한 것과 다르거나 멀리 떨어져 있다.

언어게임으로서 캐롤의 작품은 대체로 언어 자체의 구문론적 경직성, 과도한 문법적 규칙의 중시를 특징으로 한다. 언어의 형식적 구조에 대한 과도한 관심은 의사소통의 수단으로서 언어의 사회적 기능을 마비시킨다. 언어가 발화자의 의도를 전달하는 것이 아니라 자체적인 논리에 따라 발화자의 의도와 무관한 의미와 문맥을 만들어내는 것이다. 이로 인해 앨리스가 암송하는 동요의 가사들은 모두 엉뚱한 내용으로 변형되고 앨리스와 다른 인물들의 대화는 항상 언어 자체의 형식 논리를 따라 예기치 못한 난센스로 전개된다. 캐롤의 세계에서는 인간이 언어를 말하는 것이 아니다. 언어가 스스로 말을 한다. 르세르클(Jean-Jacque Lecercle)은 난센스 언어의 특징으로 통사론적 과잉과 의미론적 결핍을 지적한다(31). 난센스 언어는 문법규칙과 통사론적 구조의 논리성을 너무 꼼꼼하게, 문자 그대로의 의미로 사용함으로써 의미소통의 가능성, 나아가 의미 자체를 불가능하게 만든다는 것이다. 결국 캐롤의 세계는 의미라는 지시대상을 가지지 못한 채 떠도는 기표들의 세계인 것이다.

흔히 캐롤의 분신으로 여겨지는 백기사(White Knight)의 노래는 캐롤의 언어에서 기표와 기의가 불일치하는 대표적인 예이다. 기사가 부르는 "그 노래의 이름은 '대구'의 눈이라고 불린다"(The name of the song is called 'Haddock's Eyes). 앨리스가 그것이 그 노래의 이름이냐고 묻자 기사는 이름이 아니라 "그 이름이 **불리워지는 것**"(what the name *is called*)이며 실제 이름은 "늙고 늙은 사람"이라고 답한다. 그렇다면 그것이 바로 "그 **노래**"(the *song*)인 셈이라는 앨리스의 말에 기사는 "그 노래"는 "방식과 수단"이며 단지 그렇게 "**불리워질 뿐**"(*called*)이라고 답한다. 혼란을 느낀 앨리스가 도대체 "그 노래는 무엇"(What *is* the song, then?)이냐고 묻자, 기사는 그 노래는 실상 "'문 위에 앉아서' **이다**"(*is* 'A-sitting On A Gate')라고 대답한다(*W* 186-87). 이름은 불리워지는 것과 다르며 불리워지는 것은 그 대상의 본질과 무관한 것이다. 따라서 앨리스는 기사의 노래가 "무엇"인지, 무엇을 "의미"하는 것인지 알 수 없다.

기표와 기의가 불일치하고 의미와 무의미가 공존하는 또 다른 예로 "재버워키"가 있다.[4] "재버워키"를 읽은 후 앨리스는 "머릿속에 아이디어는 떠오르는데, 그것이 정확히 무엇인지 모르겠다"고 말한다. 앨리스의 고백이 암시하듯이, "재버워키"에는 의미와 무의미가 공존한다. 현실적 의미를 가진 실제 언어와 포트망토 신조어가 뒤섞여 있기 때문이다. 사실 의미의 혼란을 일으키는 것은 포트망토이다. 그러나 자세히 살펴보면 포트망토에도 의미와 무의미의 요소가 함께 존재한다. 포트망토가 의미를 가질 수 있는 것은 기존의 실제 단어와의 시각적·청각적 유사성 때문이다. 험프트 덤프티의 설명처럼 "slithy"는 "lithe"와 "slimy"를 동시에 연상시킨다(W 164). 그러나 포트망토는 의미를 가질 수 없다. 포트망토의 또 다른 예인 "빵과 버터 파리"가 곤충이 아니라 단순히 기존의 단어들을 결합해 만들어 낸 무의미한 소리들의 집합이듯이, "slithy"는 그 자체로서는 의미를 가지지 못하는 청각적 이미지, 즉 소리일 뿐이다. 결국 포트망토는 의미에 대한 환상을 불러일으키지만 실제로는 고정된 의미를 가지지 못하는 "떠돌아다니는 기표"이며 "의미론적 빈 공간"(Lecercle 23) 이다.

고정된 의미를 가지지 못한 기표는 하나의 가능성이며 무시간의 존재이다. 언제든지 대상과의 결합을 통해 현실에 자리잡을 수 있지만 그때까지는 단지 가능성으로서 무한히 연기된 현재를 떠돌기 때문이다. 그리고 기표의 가능성은 실체와의 만남이라는 "사건"을 통해서 비로소 의미가 된다. 그런데 이렇게 해서 발생한 의미는 실체와 어떤 관계에 있을까? 의미는 실체의 속성인가 본질인가? 캐롤의 포트망토가 "떠돌아다니는 기표"이며 "의미론적 빈공간"이고 사건화를

---

4) "재버워키"는 《거울 나라》에서 앨리스가 본격적인 모험을 떠나기 전에 발견하는, 거꾸로 쓰여진 시이다. 포트망토 신조어로 쓰여진 이 시는 캐롤의 언어관을 이해하는 중요한 단서로서 수많은 비평가들의 관심의 대상이었다. 흥미로운 것은 이 시가 모험이 시작되기 전에 등장하며, 앨리스가 "재버워키"의 언어를 이해하지 못한다는 것이다. 결국 앨리스의 모험은 "재버워키"의 언어를 습득, 이해하는 과정인 것이다.

기다리는 가능성이라면, 그 "사건"은 어떠한 형태로 전개되며 실체와는 어떤 관계에 있을까? 이것이 바로 들뢰즈(Gilles Deleuze)가 캐롤의 언어에서 발견하는 "의미의 논리"이다.

들뢰즈에게 캐롤의 작품은 의미와 무의미의 놀이, 질서와 무질서가 만나는 곳이며, 의미는 실존하지 않는 것으로써, 무의미와 밀접한 관계에 있음을 증명해 주는 모델 텍스트이다. 들뢰즈는 우선 앨리스가 작품 속에서 인칭적 동일성과 고유명사로서의 가치를 상실한다는 점에 주목한다. 흰토끼의 이름이 "흰토끼"이듯이, "이상한 나라"에서는 고유명사와 일반명사의 구별이 없다. 앨리스가 종종 자신이누구인지 모르겠다고 할 때, 그것은 자신의 이름을 모른다는 뜻이 아니다. "이상한 나라"에서 이름은 어떠한 고정된 정체성도 제공하지못한다. 실제로 앨리스는 숲에서 이름을 잃어버리며, 사슴과 전령의눈에 단지 한 명의 어린이(W 137, 175)일 뿐이다. 고유명사는 항구성, 동일성, 고정과 정지를 의미한다. 따라서 고유명사, 즉 인칭적 자아는 신과 세계의 항구성, 동일성과 맥을 같이한다(Deleuze 3). 그러나 캐롤의 "이상한" 세계에는 항구성과 동일성이 존재하지 않는다.앨리스의 신체가 끊임없이 변하고 그에 따라 정체성의 혼란이 발생하듯이, 캐롤의 세계는 항구성과 동일성을 보장하는 명사의 세계가아니라 끊임없는 변화와 생성을 의미하는 동사의 세계이다.

들뢰즈의 《의미의 논리 *The Logic of Sense*》는 플라톤(Platon) 철학의 기본 전제에 대한 의문에서 출발한다. 만약 플라톤의 논리를 따른다면 의미는 사물의 물리적 본질을 반영하는 것이어야 한다. 플라톤에게 의미는 사물의 속성을 드러내며, 속성은 이데아의 항구성과동일성의 세계, 명사의 세계를 반영한다. 그러나 들뢰즈의 시각에서 사물 자체는 아무런 의미도 가지지 않는다. 의미는 사물이 하나의 "사건"으로 변할 때, 그 "사건"의 "효과"로서, 그에 따르는 부대적인 여파로서 존재한다. 따라서 의미는 사물의 "표면" 위에서 하나의 가능성으로서 "사건"을 기다리며, 사물이 구체적인 시공간에서 "사건"으로 변할 때, 의미는 그 "사건"을 기술하는 술어의 형태로 구체화된다. 의미는 "사건"에 따른 효과와 부대상황의 발생 그 자체이며, 그에 대한 기술이 곧 의미이다. 따라서 의미는 사물과 "사건," 명사와 동사, 명사의 지시작용과 동사의 표현 사이의 상호 관계에서 발생한다. 그리고 캐롤의 언어는 바로 이러한 이중적 구조를 보여주는 실례이다. 예를 들어 눈물에 젖은 몸을 "말리기"(dry) 위한 생쥐의 "건조한"(dry) 이야기는 소위 가목적어 역할의 허사(expletive)인 "그것"(it)으로 시작된다. 생쥐의 말을 가로막은 오리는 "그것"이 "무엇"인지를 묻지만 생쥐는 정복자 윌리엄(William the Conqueror)의 대관식을 계속 묘사한다(W 22). 오리에게 "그것"이 사물과 속성을 지시하는 것이라면 생쥐에게 "그것"은 윌리엄에게 왕관을 씌우는 일, 즉 표현된 사건과 그에 대한 기술을 의미한다. 따라서 "그것"의 의미를 둘러싼 이 에피소드는 사물과 "사건," 명사와 동사, 지시와 표현이라는 상이한 두 개의 계열의 공존을 암시한다(Deleuze 26).

캐롤의 포트망토의 중요성도 의미의 생성과 관련된 이질성의 결합이라는 데 있다. 그리고 이러한 이질적 결합의 대표적인·예가 바로 유명한 난센스 시, 〈스나크 사냥 The Hunting of the Snark〉이다. 아무도 본 적이 없으며 그것을 본 사람은 반드시 죽는다는 환상의 동물 스나크를 찾아 선원들은 "골무"와 "조심성," "갈퀴"와 "희망," "미소"와 "비누"로 무장한다(W 228). 들뢰즈는 "스나크 사냥"의 서술이 사물과 "사건," 지시와 표현이라는 두 가지 계열을 동시에 포함하고 있다고 설명한다(45). "스나크"는 "접접"(Jubjub), "밴더스내치"(Bandersnatch), "부점"(Boojum) 등 다양한 이름으로 불리는 환상의 동물로서 아무도 그 모습을 본 적이 없다. 따라서 그 모습을 보기 전까지 "스나크""접접""밴더스내치""부점"은 무의미한 청각 이미지, 즉 소리일 뿐이다. 그러나 "스나크"는 단순히 자유로이 떠도는 기표로서 의미의 다양성을 구현(Lecercle 194)하는 역할만을 하는 것이 아니다. "스나크"는 선원들의 모험을 촉발하고 그 모험의 최종적 의미를 제공할 뿐 아니라, 난센스 시를 구성하는 포트망토식의 이중 서술의 조건이고 의미의 발생 과정을 보여주는 실례이다. 들뢰즈에 의하면, "스나크"는 말이며 동시에 선원들이 찾아 헤매는 구체적인 사물이고, 시 전체에 흩어져 있는 기표의 과잉이며 동시에 모습을 볼 수 없는, 기의의 부재이다. 르세르클이 캐롤의 난센스 언어의 특징으로 기표의 과잉과 기의의 부재를 주장한 것은 분명 옳다. 그리고 기표와 기의의 이러한 불일치는 바로 의미생성의 조건이 된다. 의미는 기표와 기의의 불일치, 즉 "의미론적 빈 공간"에서 생성된다. 의미는 "떠돌아다니는 기표"가 여기저기 만들어 낸 기의 부재의 빈 공간, 즉 무의미에서 생성된다. 빈 공간, 무의미 자체는 물론 의미가 아니다. 그것은 의미의 조건으로서, "사건"으로, "효과"로, 표현으로 구체화되기를 기다리는 의미의 가능성이며, 사건화되었을 때 그 "사건"의 특수성, 변별성의 조건이 되는 고정되지 않은 비실체이다 (Deleuze 49-51).

비평가들이 앨리스의 모험에서 그리고 캐롤의 언어에서 단일하고 체계적인 의미를 도출하는 데 어려움을 느낀 것은 당연하다. 캐롤의 세계는 난센스와 무의미의 세계이기 때문이다. 그러나 그 무의미는 바로 의미의 조건이며 앨리스의 모험은 의미를 찾아가는, 무의미가 어떻게 의미의 조건으로 기능하는지를 배워가는, 결국 언어의 본질을 이해하는 과정을 그리고 있는 것이다. 그러므로 앨리스는 아직 언어를 배워가는 과정 속에 있다. 그러나 이는 성인 독자의 경우에도 마찬가지이다. 독서는 기표와 기의 사이의 차이와 그 빈 공간을 메우는 과정이며, 그 과정에서의 언어의 본질에 대한 경험이 바로 독서경험이기 때문이다. 결국 앨리스의 모험은 독서와 의미화의 "과정"을 극화한 것이며, 캐롤은 이를 통해 언어와 논리, 현실과 환상, 성인과 어린이, 의미와 무의미에 대한 기존의 고정된 시각에 의문을 제기하고 있다. 따라서 래킨이 캐롤을 공포와 유머 속에 독특한 성찰과 풍자를 담았던 스위프트(Jonathan Swift), 카프카(Franz Kafka)에 필적하는 작가로, 그의 작품을 《고도를 기다리며》와 같은 블랙코미디의 계열로 평가(116)하는 것도 캐롤 학자로서의 편향된 시각의 결과라고만 할 수는 없을 것이다.

## 인용 문헌

Blake, Kathleen. *Play, Games, and Sport: The Literary Works of Lewis Carroll*. Ithaca: Cornell University Press, 1974.

Carroll, Lewis. *Alice in Wonderland: Authoritative Texts of Alice's Adventures in Wonderland, Through the Looking-Glass, The Hunting of the Snark, Background, Essays in Criticism*. Ed. Donald J. Gray. New York: W. W. Norton & Company, 1992.

Deleuze, Gilles. *The Logic of Sense*. Trans. Mark Lester. New York: Columbia University Press, 1990.

Empson, William. "The Child as Swain," *Alice in Wonderland: Authoritative Texts of Alice's Adventures in Wonderland, Through the Looking—Glass, The Hunting of the Snark, Background, Essays in Criticism*. Ed. Donald J. Gray. New York: W. W. Norton & Company, 1992.

Henkle, Roger. "Comedy from Inside," *Alice in Wonderland: Authoritative Texts of Alice's Adventures in Wonderland, Through the Looking—Glass, The Hunting of the Snark, Background, Essays in Criticism*. Ed. Donald J. Gray. New York: W. W. Norton & Company, 1992.

Holland, N. Norman. *The Dynamics of Literary Response*. New York: Oxford University Press, 1968.

Huizinga, J. *Homo Ludens: A Study of the Play—Element in Culture*. Boston: The Beacon press, 1964.

Landow, George P. "And the World Became Strange: Realms of Literary Fantasy," *The Aesthetics of Fantasy Literature and Art*. Ed. Roger C. Schlobin. Notre Dame: University of Notre Dame Press, 1982.

Lecercle, Jean—Jacque. *Philosophy of Nonsense: The Intuition of Victorian Nonsense Literature*. New York: Routledge, 1994.

Mack, John E. *Nightmares and Human Conflict*. New York: Columbia University Press, 1989.

Rackin, Donald. *Alice's Adventures in Wonderland and Through the Looking—Glass: Nonsense, Sense, and Meaning*. New York: Twayne Publishers, 1991.

Schlobin, C. Roger. Ed. *The Aesthetics of Fantasy Literature and Art*. Notre Dame: University of Notre Dame Press, 1982.

# 제2장

## 문학과 영화의 연계성:
## 얀 스방크마이어의
## 〈Neco Z Alenky: Alice〉를 중심으로

## I. 서론

근래에 들어 자주 논의되고 있는 인문학의 위상과 기능에 대한 위기감은 대학의 문학교육의 어려움에서도 여실히 드러나는 듯하다. 특히 외국문학의 영우, 외국어 독해에 대한 부담 외에 이질적인 문화적 배경의 이해와 수용의 어려움, 적절한 작품 감상법의 부재, 복잡하고 현학적인 비평 이론에 대한 거부감 등으로 인해 실용성을 강조하는 사회 분위기와 그 요구에 적절히 대응하면서 학생들의 다양한 요구를 충족시키기가 매우 어렵다. 그러나 인문학적 교양과 흥미나 실용성이라는 두 가지 요소 모두 부정할 수 없는 목표인 만큼 적절한 해결책을 찾으려는 노력이 반드시 필요하다. 최근 여러 대학의 영문과에서 다양한 멀티미디어를 이용한 수업을 진행하는 것도 이러한 노력의 일환이며 문학수업에 시청각 미디어, 특히 영화를 활용하는 것이 그 대표적인 예라고 할 수 있을 것이다.

문학과 영상매체를 연결시킴으로써 전통적인 문학수업의 지루함을 상쇄하고 문학에 대한 흥미를 유발시키는 것은 분명 바람직한 것이지만 이에 대한 우려도 적지 않은 듯하다. 책과 필름이라는 매체의 상이성, 개인적 경험으로서의 독서와 집단으로서 관객이라는 대상의 차이, 개인의 미학적 만족감과 흥행을 염두에 둔 대중적 오락매체 간의 상이한 목적 등 문학과 영화를 연결시키는 데에는 상당한 어려움이 존재하는 것이 사실이다. 비록 문학작품을 영화화한 경우라 하더라도 언어에 대한 예민한 감성을 중심으로 독자의 적극적 참여와 반성적 사고를 통해 이루어지는 독서의 미학적 경험과 과도하게 쏟아지는 시각적·청각적 이미지들을 제한된 시간 동안 수동적으로 받아들여야만 하는 영화 관람은 매우 다르다. 흔히 지적하는 사항이지만, 문학작품을 읽고 난 후 영화를 보았을 때 영화 속의 주인공의 구체적인 모습에 실망을 느끼는 경우가 많은 것도 작품에 대한 개인적 경험과 반응의 다양성 못지않게 독서가 제공하는 상상력의 창조적 기능을 영화가 제공하지 못한다는 사실 때문일 것이다. 따라서 영화의 직접적이고 감각적인 이미지들, 관객의 수동적 입장 등으로 인해 영화가 문학작품의 감상에 방해가 된다는 주장도 있을 수 있다. 그러나 이러한 주장은 영화를 문학작품 이해를 위한 수단으로 본다는 문제, 즉 문학작품에 우선권을 주어야 한다는 생각에 근거하고 있다. 다시 말해서, 영화라는 매체의 독자적 기능을 경시한 탓이며, 나아가 영화라는 매체의 독특한 구조와 기능에 대한 이해가 부족한 탓이다. 따라서 두 매체 사이의 공통점과 차이점을 꼼꼼히 살펴보아야 할 것이다.

무엇보다도 문학과 영화에는 양자 모두 이야기를 전하는 예술이라는 공통점이 있다. 따라서 모두 내러티브의 예술이며 특정한 의미를 전달하는 목적을 가진다(리처드슨 8). 게다가 시나리오를 바탕으로 한다는 사실 외에도 영화는 문학 못지않게 언어적 형태를 통해 구체화된다. 작가가 언어적 구성을 통해 작품을 구체화하듯이 영화감독은 각각의 장면을 배열하고 편집하는데 이때 각각의 장면은 작가에게 단어와 같은 역할을 하는 것이다. 리처드슨(Richardson)은 영화구조의 언어적 특성을 다음과 같이 설명한다.

어휘는 사물이나 추상적인 것을 나타내는 단어이며 문법과 구문은 이 단어들을 배열하는 수단이다. 영화의 어휘는 단순한 사진 이미지이다. 영화의 문법과 구문은 쇼트를 배열하는 편집, 커팅, 혹은 몽타주 과정이다. 하나의 쇼트는 하나의 단어처럼 의미를 지니고 있지만, 세심하게 배열된 일련의 쇼트는 문장처럼 의미를 전달한다(96).

영화의 구성이 언어적 형태를 띤다는 사실은 영화가 서술의 예술이라는 사실을 재확인시킨다. 사실상 문학작품의 이야기가 서술자에 의해 구성되듯이 영화의 이야기 역시 감독의 편집, 배열, 특정한 카메라 워크 등을 통해 이루어진다. 결국 감독은 작가일 뿐 아니라 서술자이며 문학작품이나 영화 모두 서술이라는 방식을 통해 의미형성의 구조를 드러내는 것이다.

그러나 문학과 영화 사이에는 유사성 못지않게 차이점 또한 많다. 우선 문학작품에서 언어는 이미지를 환기시키지만 영화의 장면들은 실제 현실의 이미지로 이루어진다. 따라서 영화의 이미지가 더 구체적이지만 동시에 일반적인 사상이나 추상적인 아이디어는 직접적으로 묘사하지 못한다(리처드슨 108). 예를 들어 영화는 사랑에 빠진 두

남녀를 '보여줄 수'는 있지만 사랑에 대한 추상적 정의를 '말해 줄 수'는 없다. 게다가 특정한 인물이나 상황이 암시하는 분위기나 정서를 표현하는 데에도 어려움이 있다. "영상들은 (…) 문자언어가 지시하는 그대로 무드나 정서 상태를 표현하지는 않는다"(샤프 45). 비록 언어적 구성을 따르기는 하지만 영화는 문학작품에서 언어가 '말한 것'을 다시 한번 "일련의 영상으로 전환"(45)시켜야 하기 때문이다.

사실 문학과 영화는 독자나 관객이 그것을 '읽는' 조건 자체가 다르다. 문학작품을 읽는 경우, 즉 독서행위에는 시간과 공간의 제약이 거의 없다. 언제 어디서나 책을 펼칠 수 있으며 상황에 따라 느리게, 천천히 또는 다시 읽는 것도 가능하다. 그러나 영화는 시간과 장소에 제한을 받으며 과다한 지각정보로 인해 관객은 수동적인 입장에서 정보를 수용하기에도 벅차다. 반면 문자서술의 여유로움은 특히 독자와 언어의 능동적인 만남을 가능케 한다. 즉 언어와 상상력의 만남이 자연스럽게 이루어지며 독자는 이 과정에서 자신의 욕망을 통제, 조작하며 이를 가능케 하는 언어의 독특한 특성에 주의를 기울인다. 바누아(Vanoye)에 따르면, "문자서술의 독자는 '언어를 지각한다.' 독자는 이러한 지각을 자신의 욕망에 따라 작용하게 한다. 이러한 게임, 욕망의 실현으로부터 언어 속에서 이 게임을 가능하게 해준 것(소리나 선의 기표들의 물질성, 다의성, 서술구조 등)으로 거슬러 올라가는 것도 유용해 보인다"(28-29).

사실 영화의 단점은 동시에 장점이기도 하다. 문학에 비해 영화가 언어의 창조적 기능을 활용하는 데 한계가 있는 것이 사실이나 이는 독특한 시각예술로서 영화만의 특성을 무시하거나 영화를 문자서술의 특성을 중심으로 살펴보았기 때문이다. 영화에는 영화만의 독특한 규약과 문법이 있다. 샤프(Sharff)가 한탄하듯이 대부분의 경우 "영화를 읽는 습관은 문학적 전통, 요컨대 특정한 구조 체계를 벗어나지 못하는 것 같다." 샤프에 따르면, "영화는 문자언어에 필적할 수 없으며 또 해서도 안 된다. 시각적 사고나 영화언어는 문자언어와 전혀 다른 지적행위로 이해되어야 한다…. 시각적 관점으로 사상을 전달하려는 표현의 법칙, 즉 영화 구문법은 우리가 그 사상을 추측하는 데 사용하는 언어의 법칙과 다르다"(샤프 18). 영화가 문학작품 못지않은 미학적 감동을 제공해 줄 수 있다면 그것은 이러한 영화의 구문법이 관객의 참가를 적극적으로 요구하기 때문이다(43). 결국 영화가 관객을 수동적인 입장으로 몰아넣는다는 생각도 영화의 문법에 대한 이해를 통해 수정될 수 있을 것이다.

영화의 구체적인 시각 이미지가 상상력을 억압한다는 주장 또한 유사한 경우이다. 사실 영화의 미학적 기능이 관객에게 일방적으로 시청각 이미지를 부여함으로써 이루어지는 것은 아니다. 독서의 기능과 그 즐거움이 언어와 독자의 상상력의 만남의 결과이듯이 영화 또한 상호적 관계를 요구하며, 이러한 요구는 영화 구문법의 존재를 재확인시켜 준다.

영화의 가장 크고 중요한 장점 중의 하나는 외양에 대한 감수성이며, 묘사나 분석이 아니라 그림으로 사람과 사물을 직접적으로 나타낼 수 있는 내재된 능력이다. 그러나 이러한 장점도 양면이 있으며, 관객의 상상력이 발휘될 틈을 주지 않고 몽땅 보여주는 영화의 가시성이 결국 상상력을 마비시키는 것이 아닌가 하는 논란이 있다. 실제로 대부분의 진지한 영화제작자들은 관객의 상상력을 끌어낼 필요를 느끼고 있으며, 그 대표적인 방법이 후속 쇼트를 연속적이지 않게 만듦으로써 관객으로 하여금 여백을 메우게 만드는 것이다…. 모든 것을 그림으로 직접 표현하는 영화의 능력 그 자체가 영화를 흥미롭게 만드는 것은 아니다(리처드슨 82-83).

문학에서와 마찬가지로 영화에도 독자적인 서술상의 규약, 문법이 존재한다는 사실, 그리고 그것이 관객의 적극적인 참여를 목적으로 한다는 사실은 문학과 영화의 연계성을 확고히 해주는 근거가 될 수 있다. 문학이 언어와 독자와의 만남이라면 영화는 영상과 관객의 만남이며 독자나 관객 모두 각각의 서술상의 문법을 통해 즐거움과 의미를 산출해 내는 과정에 적극적으로 참여한다. 이러한 유사성은 현대문학과 영화의 관계에서 특히 두드러진다.

현대문학을 대표하는 여러 작가들이 예술 자체의 구조적 측면에 집중하면서 정형화된 전통적 리얼리즘의 서술양식을 버리고 다양성을 수용하는 열린 서술을 지향하듯이 영화에서도 그 예술적 가능성을 인식하면서부터 닫힌 체계, 완결된 구조를 특징으로 하는 "고전적 양식" 또는 "지배적인 양식"에서 벗어나 에이젠슈테인(Eisenstein)의 〈전함 포템킨〉〈10월〉 등에서 보듯이 인물 위주의 플롯을 배척하며 관객의 판단과 참여가 가능한 '열린' 구조를 취하는(이효인 73) 경우가 많다. 따라서 서술구조의 기능을 중심으로 현대문학 특히 현대시와 영화의 유사성을 지적한 리처드슨의 주장은 매우 흥미롭다. 그는 현대시의 의미 구성이 맥락, 병치, 아이러니, 이미지, 뉘앙스, 암시를 통해 이루어지며 영화 또한 이와 유사한 문법을 가진다고 말한다. 결국 "영화와 현대시는 관객과 독자에게 사물의 의미를 설명하는 것이 중요한 것이 아니라, 스스로 의미를 찾고 느끼고 깨닫도록 해주는 것이 중요한 것이라는 데 인식을 같이한다"(리처드슨 142)는 것이다. 그런데 리처드슨에 따르면, 현대시의 의미 구성에 해당하는 영화문법은 몽타주 이론이다.

영화기법으로서 몽타주의 기술적 측면은 차치하고라도 여기에서 몽타주가 중요한 이유는 그것이 문학과 맺고 있는 밀접한 관계 때문이다. 현대시의 파편화된 이미지들에서 이미 예상할 수 있듯이 이미지들의 의도적 배열을 통해 통합적이고 새로운 이미지를 환기시키는 몽타주 기법은 영화가 시적 이미지를 창조할 수 있는 가능성을 보여준다. 에이젠슈테인은 몽타주를 병치의 개념으로 보았으며 그가 여기에서 주목한 것은 병치에서 "새로운 개념, 새로운 성질이 나온다는 사실"(리처드슨 60)이었다. 즉 두 사물의 병치가 두 개의 합이 아니라 새로운 실체를 만들어 낸다는 것이다. 이러한 사실은 영화를 시각적 메시지 그 자체로 보는 시각의 한계를 보여준다. 다음은 리처드슨의 말이다.

보이는 것은 바로 이해할 수 있기 때문에 영화는 너무 쉬운 형식이라는 주장이 가끔 제기되어 왔다. 그러나 에이젠슈테인은 보는 것이라고 모두 이해할 수 있는 것은 아니라는 사실을 잘 알고 있었다(61).

리처드슨은 시각적 이미지를 수용하는 것이 바로 영화를 '이해'하는 것이라는 단순한 시각을 부정한다. 영화는 분명 '이해'의 대상이지만 그 '이해'가 시각적 이미지의 수용으로만 이루어지는 것은 아니다. 따라서 에이젠슈테인의 몽타주는 '이해'의 대상이 시각 이미지가 아니라 그 이미지들의 병치가 환기시키는 제3의 이미지라는 사실에 근거한 것이며, 독서의 즐거움이 문자의 일차적 의미로만 이루어질 수 없듯이 영화의 감상과 '이해' 역시 시각적 이미지가 암시하고 환기시키는 또 다른 이미지를 통해 이루어질 뿐이다.

문학작품이든 영화이든 그 줄거리를 기억한다고 해서 작품을 감상했다고 할 수는 없다. 문자언어나 시각적 이미지 모두 그 물질적 매체 자체는 특정한 주제, 분위기, 이미지 등을 환기시키기 위한 수단일 뿐이다. 결국 영화가 전해 주는 시각적 이미지의 구체성은 영화의 가장 큰 특징이지만 그 자체로서는 큰 의미가 없다. 몽타주을 위시한 영화의 시퀀스들의 배열은 "단순한 사실주의가 아니라 의도적으로 선택된 세부를 통해 하나의 전체적 인상"(리처드슨 75)을 보여주기 위한 것이다. 흔히 문학이 현실을 반영한다고 하지만 이는 문학이 현실을 사진처럼 똑같이 복제한다는 의미는 아니다. 문학작품 속에 현실의 물리적 법칙이 적용되는 것은 사실이나 독자의 심미적 만족감은 묘사의 전체적 개연성에 있을 뿐이며 세부적인 사항의 사실성 그 자체와는 무관하다. 이는 영화의 경우에도 마찬가지이다. 문학작품을 영화화했을 때 그 영화가 문학작품이 묘사한 바를 얼마나 사실적으로 복제해 낼 수 있는가라는 문제는 사실상 핵심에서 벗어난 것이다. 영화만의 독자적인 서술문법이 있다는 사실, 영화의 감상과 이해가 단순한 시각적 이미지의 수용으로만 이루어지는 것이 아니라는 사실을 인정한다면 문학과 영화의 만남은 좀 더 유연한 방식으로 이루어질 수 있을 것이다.

앞에서 제기되었던 문제, 즉 영화가 문학교육에 도움이 될 수 있는가라는 문제에서 가장 핵심적인 사항은 영화의 구체적 시각 이미지가 상상력을 억압할 수도 있다는 우려일 것이다. 그러나 지금까지 살펴보았듯이 영화의 이미지는 문학작품의 단어와 같은 역할을 할 뿐이다. 문학작품과 영화 모두 그 감상은 서술 양식의 구조를 통해 이루어지며 의미화는 그 구조가 독자나 관객에게 환기시키는 제3의 이미지를 통해 성취된다. 따라서 문학작품의 줄거리나 묘사를 최대한 사실적으로 구체화시키는 영화보다는 문학작품의 성격을 많이 공유하고 있는 영화가 문학교육에 더 도움이 된다고 할 수 있다. 다시 말해서 문학작품의 표면적인 내용을 그대로 복제하는 영화가 아니라 그 작품의 특정 주제, 이미지, 분위기 등을 집약시켜서 환기시키는 영화가 바람직한 것이다. 물론 영화의 특수성을 인정하다 보면 원전이라 할 수 있는 문학작품의 여러 요소들을 배제, 왜곡시킬 가능성이 있다. 그러나 문학작품을 영화화한 경우 영화가 문학작품의 모든 것을 완벽하게 형상화시킬 수 없을 뿐 아니라 그것이 가능하다 하더라도 단지 시각적 이미지를 통한 물리적 복제에 불과하다면 영화의 창조적 기능은 완전히 무시되는 결과에 이른다. 결국 문학과 관련한 영화의 효용성은 영화가 문학작품의 특정 주제, 이미지 등을 얼마나 충실히 구현하느냐라는 데 있으며 플롯이나 진행 과정 등에 대한 물리적 유사성의 유무와는 무관하다. 이렇게 볼 때 체코 출신의 영화 감독인 얀 스방크마이어(Jan Svankmajer)의 〈앨리스 Neco Z Alenky: Alice〉(1987)는 영화가 문학작품의 특정 요소를 정확히 인식하고 이를 부각시킴으로써 그 문학작품에 대한 새로운 인식까지 가능케 하는 매우 흥미로운 경우이다.

## II. 친숙한 동화

스방크마이어의 〈앨리스〉는 영국의 동화작가인 루이스 캐롤(Lewis Carroll)의 《이상한 나라의 앨리스 *Alice in Wonderland*》를 영화화한 것이다.[1] 사실 캐롤의 《앨리스》는 디즈니 만화영화나 일반 영화로 이미 여러 번 만들어진 바 있다.[2] 그런데 이 중 스방크마이어의 영화에 주목하게 되는 것은 이전의 영화들과는 판이하게 다른 그의 《앨리스》 독법과 표현방식에 있다. 대부분의 앨리스 영화들, 특히 디즈니 만화영화는 동화라는 원전의 장르적 성격을 충실히 재현한다. 다시 말해서 아름다운 장면들을 통해 동심의 순수성을 적극적으로 부각시키고 있는 것이다. 따라서 어린 관객들의 이해를 넘어서거나 거부감을 일으킬 만한 요소들은 배제되어 있다. 그러나 아름다운 동화로만 알려진 캐롤의 《앨리스》에는 사실 어린이들이 즐기기에 부적합해 보이는 요소들이 너무나 많다.

국내에서 흔히 동화책이나 만화영화로 접하는 앨리스 이야기에는 많은 부분이 삭제, 축약되어 있어서 캐롤의 《앨리스》에서 찾아볼 수 있는 수많은 비동화적 요소들을 발견할 수 없다. 비동화적 요소란 어린이들이 수용하기 어려운 과도한 말장난, 괴상한 형식 논리, 그로테

---

1) 앞으로 영화를 의미하는 경우 〈앨리스〉로 표기하며 캐롤의 동화는 《앨리스》로 표기함.

2) 캐롤 학자인 데이비드 셰퍼(David Shaefer)의 리스트에 의하면 《앨리스》는 11편의 독립된 영화, 4편의 만화영화, 10편의 TV물로 만들어진 바 있다. 여기에 뮤지컬이나 다른 영화에 부분적으로 패러디 형태로 삽입된 경우까지 더하면 리스트는 훨씬 더 길어진다. M. Gardner, *The Annotated Alice*. New York: W. W. Norton & Company. 2000. pp.309-312.

스크한 이미지 등을 의미한다. 분명 동화임에도 불구하고 《앨리스》
에는 독자들을 당혹스럽게 만드는 언어유희와 형식 논리, 무서운 이
미지들이 많다. 물론 《헨젤과 그레텔》이나 《빨간 모자 아가씨》에서
처럼 어린이를 잡아먹는 마녀나 늑대가 등장하고 이들을 퇴치하는
과정에서 끔찍한 폭력이 묘사되는 등 기존의 동화들에서도 그로테
스크하거나 무서운 이미지가 많이 발견되는 것이 사실이다. 그런데
이러한 폭력성, 특히 잡아먹고 먹히는 식육의 이미지는 모든 것을 구
강을 통해 받아들이고 표현하는 어린이의 구순기적 성격을 암시한다
고 할 수 있다. 구순기의 어린이는 입, 즉 먹는 것을 통해서 타인에
대한 애정과 두려움을 표현한다. 이 시기의 어린이에게 어떤 대상에
대한 최상의 애정은 그 대상을 먹어 버리는 것이며, 때로 두려움의
대상을 없애는 방법으로도 사용된다(Mack 26-27). 그러나 《앨리스》
의 폭력성은 주로 구순기의 식육 이미지보다는 주변 인물들의 언어
와 논리에서 드러나는 공격적인 태도에 의한 경우가 대부분이다. 즉
주인공 앨리스를 둘러싼 상황이나 주변 인물들의 의식과 시각, 그리
고 이를 반영하는 그들의 언어와 논리가 일상의 상식을 무시하고 파
괴할 정도로 극단적이고 배타적이라는 것이다.

　대부분의 동화들에서는 환상적이고 비현실적인 요소들에도 불구
하고 현실의 물리적 법칙과 논리가 일정하게 유지된다. 그러나 《앨
리스》에서는 환상이 현실을 부정하고 허구가 실재를 조롱하며 난센
스가 상식과 논리를 뒤집어 버린다. 시웰(Sewell)과 이디(Ede)가 캐롤
을 대표적인 난센스 작가로 보는 것은 이 때문이다.[3] 아름다운 이미
지와 교훈적인 주제, 해피엔딩을 기대했던 독자들에게 무의미와 난
센스가 지배하는 뒤집혀진 세계는 마녀나 늑대의 두려움과는 또 다

른 기괴함과 당혹감만을 선사한다. 사실 이러한 세계는 바흐친
(Bakhtin)의 열린 세계가 보여주는 소위 "유쾌한 상대성"과도 거리가
멀다. 《앨리스》의 세계는 철저히 독단적이고 편협한 의식과 언어들
로 이루어져 상호 간의 대화는 애초부터 불가능하다. 따라서 앨리스
의 모험은 주변 인물들과의 끊임없는 갈등의 연속으로 이루어지며,
《앨리스》의 꿈의 세계는 "소망 충족"의 아름다운 환상이 아니라 깨
어나야 할 악몽일 뿐이다. 이와 같은 이유로 실제 어린이 독자들 중
《앨리스》에 대해 거부감을 느끼는 경우도 상당히 많았다. 예를 들어
플래너리 오코너(Flannery O'connor)는 《앨리스》를 "견딜 수 없을 만
큼 끔찍한 책"이라고 말하고 있으며[4] 캐서린 앤 포터(Katherine Ann
Porter) 역시 어린 시절에 접했던 《앨리스》에 대해 "끔찍했던 경험"
이라고 회상하고 있다. 두 작가의 공통적인 경험들 중에서 특히 포
터의 경우가 눈길을 끄는 것은 그 "끔찍한 경험"의 원인, 나아가 스
방크마이어의 〈앨리스〉를 통해 캐롤의 동화가 보여주는 독특한 특성
을 이해할 수 있는 단초를 제공해 주기 때문이다. 포터는 다음과 같
이 회상한다.

어린 시절, 나는 그 내용을 전적으로 믿었다. 그 책과 다른 동화책
들의 차이는 그 모든 것들이 일상적인 삶을 배경으로 한다는 것이었
다. 열쇠가 놓여진 작은 유리 테이블, 가구들, 정원들, 꽃들은 우리가

---

3) Elizabeth Sewell, *The Field of Nonsense*. 1952. London: Chatto and Windus.
Lisa S, Ede, "The Nonsense literature of Edward Lear and Lewis Carroll." 1975.
The Ohio State University, ph. D thesis.

4) Elizabeth Sewell, "Is Flannery O'connor a Nonsense Writer?" in *The Field of Nonsense*, Ed. Wim Tigges. Rodopi. 1987. p.184에서 재인용.

잘 알고 있는 것들이었다. 그러나 그 친숙한 것들이 모두 제자리에서 벗어나 있었고 그것이 나를 무섭게 했다(Rackin 107-108에서 재인용).

포터의 회상은 《앨리스》에서 독자가 느끼는 두려움이 단순히 그로테스크하거나 폭력적인 이미지 때문만은 아니라는 것을 암시한다. 정확히 말해서 그것은 "친숙한 것들"이 "제자리에서 벗어나" 있을 때 발생하는 두려움이다. 그리고 이러한 두려움이 곧 "친숙함과 낯섦 속의 두려움"이다.

친숙한 것에서 느끼는 낯설고 기괴한 느낌, 즉 "친숙함과 낯섦 속의 두려움"(uncanny)[5]에 대해서 프로이트(Freud)는 "오래 전부터 친숙해져 있던 것과 연결된 두려움"(220)이 "친숙함과 낯섦 속의 두려움"의 특징이라고 밝힌다. 덧붙여 그는 '친숙한 것'의 사전적 정의가 대체로 집, 가정, 가구, 방 등과 연관되어 있음을 지적한다(223). 즉 집, 방, 가구 등 친숙하고 안락한 대상 또는 상황에서 발생하는 낯선 느낌이 바로 "친숙함과 낯섦 속의 두려움"이라는 것이다. 프로이트의 설명은 포터가 《앨리스》를 읽으며 느꼈던 두려움이 친숙함에서 느끼는 낯설고 기괴한 느낌, 즉 "친숙함과 낯섦 속의 두려움"이었음을 암시한다. 그런데 사실 친숙함 자체는 "친숙함과 낯섦 속의 두려움"의 조건이 되지 않는다. 그것이 그렇게 되기 위해서는 그 친숙한 사물 또는 상황이 "제자리에서 벗어나" 있어야만 한다. 그렇다면 "제자리에서 벗어난다"는 것은 무슨 의미인가? 다시 말해서 친숙한 것은 어

---

5) Sigmund Freud. The 'Uncanny,' The Standard Edition, xvii. London: The hogarth Press, 1975.

떤 조건에서 "친숙함과 낯섦 속의 두려움"으로 변하는 것인가?

다른 동화들에서와 같이 캐롤의 텍스트에는 그로테스크한 육체 이미지들이 가득하다. 예를 들어 유리병의 내용물이나 과자, 버섯 등을 먹은 후 주인공 앨리스에게 급격한 신체적 변화가 일어나는데, 너무 작아져서 자신의 눈물에 빠지기도 하고 흰토끼의 다락방에 꽉 찰 정도로 커지기도 하며 뱀처럼 목이 늘어나기도 하고 축소의 신체적 비율이 맞지 않아 턱이 곧바로 발에 닿게 되는 기괴한 장면도 등장한다. 신체 크기의 급작스러운 변화는 앨리스에게 정체성에 대한 불안감을 형성하는데, 예를 들어 자신이 누구인지 설명해 보라는 애벌레의 요구에 앨리스는 신체의 크기가 여러 번 바뀌었기 때문에 자신이 누구인지 모르겠다고 대답한다.[6] 게다가 "적당한 크기"라는 개념 자체도 결국 익숙함의 유무에 달려 있다는 애벌레의 충고, 즉 어떤 크기일지라도 익숙해지면 그것이 곧 "적당한 크기"라는 사실은 앨리스에게 쉽게 납득하기 어려운 역설이다. 게다가 신체의 변화 못지않게 절단과 식육의 이미지도 많이 등장한다. 몸통이 없이 머리만 존재하는 체셔 고양이가 등장하는가 하면 박쥐가 쥐를 잡아먹을 수도 있고, 크로켓 경기장의 여왕은 끊임없이 병사들의 목을 자르라고 명령한다. 《앨리스》에서 신체는 언제든지 축소, 확대될 수 있으며 절단되고 먹어치울 수 있는 어떤 사물화된 대상이다. 따라서 앨리스가 자신의 발에게 구두를 소포로 부칠 수도 있고(Carroll 14), 어린아이가 돼지라는 먹을 수 있는 대상으로 변하기도 한다. 앞에서 살펴보았듯이 절

---

6) Lewis Carroll, *Alice in Wonderland*, W. W. Norton & Company. New York, 1992. p.41. 앞으로 《앨리스》에 대한 언급은 이 책을 기준으로 하며 페이지 수만 표기함.

단과 식육의 이미지는 구순기의 욕망을 표현한다. 그런데 《앨리스》에서 절단과 식육의 이미지는 구순기의 욕망뿐 아니라 인간을 포함한 모든 생명체의 무생물화, 즉 사물화를 강조하는 경향이 있다. 게다가 이때 절단되어 사물화된 신체는 독립적인 개체로 변한다. 예를 들어 과자나 버섯을 먹은 후 앨리스의 신체는 자신의 의지와 무관하게 축소, 확대되며 앨리스의 발은 앨리스가 보낸 구두 선물을 고맙게 받아 줄 독립된 개체이다. 또한 체셔 고양이의 머리는 몸통과 분리됨으로써 머리가 잘리는 극형을 면한다(Carroll 68). 실제로 《앨리스》에서는 인간과 사물, 생명체와 무생물의 구별이 모호하다. 크로켓놀이를 위해 병사들은 골대로 변하고 홍학과 고슴도치는 퍼터 막대와 공 역할을 대신하며 "이상한 나라"를 참수형의 공포로 몰아넣는 왕과 여왕은 사실상 종이카드에 불과하다.

어떤 의미에서 《앨리스》의 인물들은 인간의 사물화가 아니라 사물의 인간화, 다시 말해서 의인화된 경우라고 볼 수도 있다. 종이카드가 살아 있는 왕과 여왕, 병사들로 구체화되고 유명한 에피소드인 "엉터리 차 모임"의 3월 토끼와 모자장수 그리고 체셔 고양이도 격언에 등장하는 인물들을 의인화시킨 결과이다. 다시 말해서 일상의 친숙한 사물이나 언어표현 자체가 구체적인 인물로 의인화된 것이다. 그런데 중요한 것은 이 의인화된 결과물들이 현실에서 인간에 의해 주어진 기능을 거부하고 독립적인 개체로 존재하면서 자기 주장과 함께 유일한 인간인 앨리스를 궁지에 몰아넣는다는 것이다. 앞에서 절단된 신체가 개별적인 사물로 변한다는 것은 바로 이런 맥락에서 이해해야 한다. "이상한 나라"에서 사물이나 언어는 인간의 유용성이나 의사소통이라는 주어진 기능을 거부하고 그 주인인 인간에 대

항할 뿐 아니라 인간의 신체조차도 변화하거나 단절되자마자 독자
성을 주장하며 인간에 맞선다. 앨리스가 주변 상황에 대해서 당혹감
을 느끼는 것도 이러한 이유 때문이다. 흰토끼의 명령에 따라 장갑
과 부채를 가지러 들어간 집에서 또다시 신체의 크기가 변하자 앨리
스는 자신이 처한 상황이 결코 기존의 아름답기만한 동화의 세계가
아니라는 것을 깨닫는다.

예전에 동화를 읽을 때에는 이런 일이 결코 발생하지 않는다고 생각
했는데, 내가 이제 바로 동화 속에 들어와 있는 것 같아!(Carroll 29)

캐롤은 전문적인 동화작가가 아니었지만 기존 동화들의 특성을 잘
알고 있었던 것 같다. 일반적인 기존의 동화들의 경우와 관련해서
어린이는 책 속의 내용이 현실과 전혀 무관한, 순수한 환상의 세계,
비현실의 세계라는 것을 잘 알고 있다. 따라서 동화 속의 주인공은
자신의 상황을 환상과 현실의 대립관계에서 이해해야 할 필요가 없
으며 어린이 독자 역시 손쉽게 동화 속 주인공에 자신을 직접 투사할
수 있다. 그러나 《앨리스》의 경우는 다르다. 주인공 앨리스는 자신
의 상황을 현실과 대비시킴으로써 끊임없이 환상과 현실의 경계선
을 의식한다. 게다가 현실을 바탕으로 자신이 처한 상황의 부조리함
에 대해 의심하기까지 한다. 아마도 앨리스는 자신이 동화 속의 주인
공이 아닐까 의심하는 최초의 동화 속 주인공일 것이다.
　환상과 현실을 구별하며 양자 사이의 균형과 질서를 창조하려 분투
하는 앨리스의 모습이 매우 사실적으로 묘사되고 있다면 앨리스가 접
하는 주변 인물들은 모두 일차원적인 이미지만을 보여준다. 이들에

게는 자신들만의 시각과 문맥 외에 다른 어떤 가능성도 존재하지 않으며 따라서 타협이나 이해는 불가능하다. 인물들의 이러한 모습은 이들이 대부분 특정한 언어표현이나 동요, 동시의 패러디로 존재하기 때문이다. 예를 들어 체셔 고양이는 "체셔 고양이 같은 미소"라는 표현에서 유래(Carroll 47)한 것이며 유명한 차 모임 장면의 "3월 토끼"와 "모자장수" 역시 당시의 격언에서 유래한 인물들이다. 앨리스나 주변 인물들이 부르는 노래들 또한 당시의 동요나 시에 대한 패러디이며 동요의 주인공이 직접 인물로 등장하는 경우도 있다. 가령 《거울 나라의 앨리스 Through the Looking Glass and What Alice found There》에서 계란을 의인화시킨 험프티 덤프티(Humpty Dumpty)는 지금까지도 전해지는 유명한 동요의 주인공이다. 그리고 이들은 비유적 언어표현, 동요, 또는 시에서 유래한 것으로서 그 언어표현이나 동요, 시 등의 선-텍스트의 문맥에서만 존재한다. 다시 말해서 이들의 존재는 이들이 유래한 문맥 내에서만 의미를 가지며 따라서 이들은 이들을 가능케 한 기존의 언어표현, 동요, 시 등 선-텍스트의 문맥 외에 다른 어떤 가능성도 인정하지 않는다. 앨리스는 이들을 현실의 문맥 속에 재위치시키려 하지만 이는 그들의 존재 근거를 파괴시키는 행위일 뿐이다. 따라서 이들은 앨리스의 "현실 원리"를 무시하며 태엽 감는 장난감처럼 한쪽 방향으로만 나아갈 뿐이다.

앨리스와 독자가 "이상한 나라"에서 느끼는 당혹감과 기괴한 느낌은 단순히 작품의 비현실적 상황들 또는 과도한 환상성 때문이 아니다. 그것은 사물과 언어가 인간이 부여한 현실의 의미 체계에서 벗어나 독자성을 주장하기 때문이다. 대체로 일반적인 동화들의 경우 아무리 환상적인 사건과 상황이 묘사되더라도 그것은 인간이 부여한 의미 체계를 벗어나지 않는다. 따라서 독자는 토끼가 말을 하고 그리핀이나 유니콘 같은 상상 속의 동물이 등장하더라도 이상하게 생각하지 않는다. 이들이 주인공과 독자의 "현실 원리"에 함께 참여하기 때문이다. 그러나 《앨리스》에서 이들은 자신들의 존재를 가능케 해준 선-텍스트의 문맥을 고집하며 앨리스의 "현실 원리"를 부정한다. 일반적인 동화들에서 볼 수 있었던 친숙했던 사물이나 상황이 "제자리에서 벗어난" 모습을 보이는 것이다.

프로이트는 문명의 발달과 인간 의식의 성숙을 병치시킨다. 그의 입장에서 볼 때 어린이의 의식은 원시인의 의식과 유사하며 양자 간의 가장 큰 유사성은 "사고의 전능성"(omnipotence of thoughts)으로 대표되는 애니미즘적 사고이다. 만물에 영혼이 존재한다는 이러한 믿음은 현실의 물리적 현상에 대한 과학적 설명이 부재하던 원시사회에서 당시 인간의 이해를 벗어나는 초자연적 현상을 설명하고 그러한 자연적·현실적 제약으로부터 자신을 보호하는 수단이었다.

'사고의 전능성'은… 우주에 대한 애니미즘적 개념이다. 이것은 세계에 인간들의 영혼이 가득 차 있다는 믿음, 정신적 과정에 대한 주체의 나르시시즘적 과대평가에 의해 특징지어진다…. 그 제한없는 나르시시즘의 단계에서… 현실의 명백한 제약들을 피하기 위한 것이다…. 우리들 누구에게나 그러한 사고의 잔재와 흔적이 남아 있다…. '친숙함과 낯섦 속의 두려움'은 그러한 애니미즘적 정신활동의 잔재들을 접하고 경험하게 하는 조건을 수행한다(Freud 240-241).

어린이의 미성숙한 의식이나 원시사회의 애니미즘적 사고는 상황에 대한 객관적·과학적 인식의 부재를 특징으로 하는데, 이는 자아와 외부세계가 엄격히 분리되지 않았음을 의미한다. 프로이트에 따르면 "그 제한 없는 나르시시즘"은 "자아가 외부세계나 타인들로부터 명확히 구별되지 않았던 시절로의 퇴행"(Freud 236)이며, 이러한 퇴행적 경험이 바로 "친숙함과 낯섦 속의 두려움"의 조건이다. 프로이트는 "친숙함과 낯섦 속의 두려움"을 발생시키는 몇 가지 사례를 나열하고 있는데 그 대표적인 "분신"(Double), 죽음과 사자(死者)에 대한 공포, 애니미즘적 사고, 거세 공포증, 절단된 신체 등은 모두 퇴행적 경험이라는 공통점을 가진다. 예를 들어 "분신"의 경우는 또 다른 자아를 상정함으로써 죽음이라는 객관적 상황을 부정하려는 원시적 자기애에 근거한 것이다. 이러한 원시적 단계를 극복하고 나면 "분신"은 죽음을 대비한 또 다른 자아에서 기괴한 느낌을 주는 죽음의 통고자로 변한다(Freud 235). 죽음과 사자(死者)의 이미지 또한 단순한 공포가 아니라 친숙함 속의 낯섦이 되는 것도 죽음의 공포를 과도한 자기애를 통해 극복하고자 했던 원시적 사고와의 퇴행적 만남이기 때문이다. 호프만(T. A. Hoffmann)의 《샌드맨》에 나타난 "친숙함과 낯섦 속의 두려움" 분석에서 프로이트는 주인공의 눈에 대한 강박관념에 주목하면서 이는 눈이 남성 성기의 상징이며 시력상실에 대한 두려움은 결국 거세공포증을 의미하기 때문이라고 설명한다(Freud 231). 결국 《샌드맨》의 "친숙함과 낯섦 속의 두려움"은 억압하고 극복하고자 했던 원초적 욕망, 즉 주인공의 아버지에 대한 애증의 기억이 현실의 문맥에서 재등장했기 때문에 발생하는 것이며, 넓게 볼 때 절단된 신체, 잘려진 팔·다리의 이미지, 특히 절단된 신체들이 자발적으로 움직이는 경우에 느끼는 낯섦과 두려움 역시 거세공포증과의 유사성으로 설명할 수 있다(Freud 244).

　요약하자면, "친숙함과 낯섦 속의 두려움"을 친숙함 속의 낯섦으로 정의할 때, 친숙함이란 한때 억압했던, 또는 극복했다고 믿었던 과거의 원시적 의식과의 퇴행적 만남에 근거한 것이며, 이것이 낯설은 이유는 현재의 시점에서 그것이 아직도 드러나지 않도록 억압해야만 하는 부정적인 요소이기 때문이다. 이와 같이 "친숙함과 낯섦 속의 두려움"은 과거와 현재 사이에 존재하는 의식의 차이문제이며 현재에서 바라본 과거 시절의 회상 또는 현재의 문맥에서 만나게 되는 과거의 모습이다. "친숙함과 낯섦 속의 두려움" 연구에 나타난 "억압된 것의 귀환"이라는 프로이트의 유명한 명제가 다른 동화들과 구별되는 《앨리스》만의 독특한 특성을 이해하는 데 도움이 되는 것은 이 때문이다. 《앨리스》 역시 억압과 극복을 중심으로 한 과거와 현재 사이의 낯설은 만남을 극화하고 있기 때문이다.

　잘 알려져 있듯이 일반적인 동화나 동요는 자아가 충분히 성숙되지 못한, 다시 말해서 자아와 외부세계의 구별이 엄격히 이루어지지 못한 어린이의 의식을 바탕으로 하고 있다. 따라서 동화나 동요 또는 동시의 세계는 환상과 실제가 무질서하게 결합된 원초적인 욕망의 세계이며, 이러한 이유로 대부분의 동화에서 주인공은 초반에 시련과 좌절을 경험하기도 하지만 호의적인 주변 인물들의 도움으로 행복한 결말에 쉽게 도달한다. 그런데 《앨리스》의 등장인물들은 주인공 앨리스를 배신하는 듯이 보인다. 그러나 정확히 말하자면 앨리스가 그들의 세계를 거부하는 것이라고 할 수 있다. 예의범절이라는 사회적 규범을 욕망 충족보다 우선시하는 중산층 부르주아 소녀에게 동화의 환상세계는 이미 지나온 어린 시절의 기억이고 과거일 뿐이다. 앨리스가 자신의 정체성을 잃지 않으려 분투하는 모습은 결국 자아와 외부세계의 차별성을 유지하려는 노력, 다시 말해서 현재의 문맥에 등장한 과거의 억압된 의식 또는 극복했다고 믿었던 원시적 사고를 부정하려는 노력의 일환이다.

물론 《앨리스》의 이러한 요소들이 "친숙함과 낯섦 속의 두려움" 효과의 형식적 조건이 되는 것은 사실이나 이것이 반드시 극적 긴장감을 초래하는 것은 아니며 그 긴장감이 반드시 두렵고 낯설 필요도 없다. 그것이 낯섦과 두려움의 조건이 되기 위해서는 상반된 요소들이 통제되지 않은 채 서로 갈등을 일으키며, 특히 두 요소들이 억압과 극복을 매개로 과거와 현재의 의식의 차이를 구현해야 한다. 《앨리스》의 구조가 "친숙함과 낯섦 속의 두려움" 효과로 연결될 수 있는 것은 작품에 드러난 의식과 무의식, 의미와 무의미, 어린이 의식과 성인 의식이 각각 이성과 논리적 판단, "현실 원리" 등으로 대표되는 현재와 환상과 현실의 경계가 모호한 어린이의 미숙한 의식으로 대표되는 과거 사이의 갈등으로 구체화되어 있기 때문이다.

지금까지 살펴보았듯이 "친숙함과 낯섦 속의 두려움"은 《앨리스》가 다른 동화들에 대해 가지는 차별성의 핵심 요소이자 《앨리스》의 독특한 미학적 효과, 비정상적인 언어와 논리의 구조적 기능, 이중적 서술구조의 역할, 그로테스크한 이미지의 위상 등을 이해할 수 있게 해주는 열쇠이다. 그러나 주변에서 흔히 접하는 《앨리스》에서는, 그것이 동화책이든 디즈니 만화영화 또는 뮤지컬이든 동화의 환상적 측면만을 강조한 나머지 정작 이러한 핵심적 요소는 삭제되거나 변형되어 버린 경우가 대부분이다. 바로 이러한 이유 때문에 스방크마이어의 〈앨리스〉에 주목할 필요가 있다. 그의 영화가 보여주는 그로테스크한 이미지들은 지금껏 간과되어 왔던 《앨리스》미학의 본질을 정확히 드러낸다. 작품 전반에 스며들어 있는 두렵고 낯선 요소들이 그의 그로테스크한 이미지들에 직접 드러나 있기 때문이다.

## III. 낯설은 영화

얀 스방크마이어의 〈앨리스〉는 주인공 앨리스가 언니와 냇가의 둑방에 앉아 있는 장면으로 시작한다. 앨리스의 언니는 책을 읽고 있으며 주인공 앨리스는 언니의 책을 살펴보거나 냇가에 조약돌을 던지며 지루함을 달래고 있다. 원작인 캐롤의 《앨리스》와 별반 다르지 않은 이 첫 장면은 그러나 곧 화면 가득히 클로즈업된 한 소녀의 입술로 대체되고 소녀의 입술은 앞으로 전개될 영화의 성격을 다음과 같이 아이러니하게 예고한다. "눈을 감으세요. 그렇지 않으면 아무 것도 볼 수 없을 것입니다" "여러분들은 곧 어린이들을 위한 영화 한 편을 보게 될 것입니다…. 아마도!"(You will see a film made for children… perhaps!)

입술만 확대되어 등장하는 이 소녀는 누구이며 "아마도!"라는 말의 아이러니한 어감은 어떻게 설명되어야 할까? 이 소녀는 이후의 장면들에서 증명되듯이 〈앨리스〉의 내레이터이며 원작 동화인 《앨리스》의 화자이고 또한 독자이다. 영화 전반에 걸쳐 간헐적으로 등장하면서 앨리스의 생각, 감정 등을 전달하기 때문이다. 예를 들어 무성영화의 변사처럼 주인공 앨리스의 생각을 대신 전달하기도 하고 원작 동화의 대화나 서술 자체를 그대로 읽어 주기도 한다. 따라서 관객은 입술뿐인 소녀를 영화의 내레이터이자 원작 동화의 화자로 인식할 뿐 아니라 나아가 자신이 보고 있는 영화의 장면들이 사실상 이 소녀의 상상 속에서 이루어진 내용이 아닐까 의심하게 된다. 원작 동화의 대화나 서술 내용을 그대로 전달하는 경우가 많기 때문이다. 이는 이 소녀가 《앨리스》의 독자일 수도 있음을 암시한다. 다시 말해서, 이 소녀는 현재 원작 동화인 캐롤의 《앨리스》를 읽고 있고, 관객이 보고 있는 장면들은 소녀의 독서 경험의 결과, 즉 소녀의 상상의 결과물이라는 것이다. 따라서 〈앨리스〉의 구체적인 줄거리, 에피소드, 이미지 등은 원작과 거리가 있을 수 있다. 비록 소녀의 입술이 원작의 몇 구절을 똑같이 읽어 주고 있지만 대체로 중요하지 않은 질문이나 대답 몇 가지와 "(앨리스는) 생각했습니다" "(앨리스가 그렇게) 말했습니다"와 같이 화자의 형식적인 기능만을 수행하는 듯이 보이기 때문이다. 따라서 객관적인 전달자로 보이지만 원작을 왜곡시키는 영화의 구체적인 에피소드 내용에 대해서는 침묵을 지키고 있다. 화자의 역할을 가지고 있지만 그 역할만을 인정할 뿐 서술 자체의 진실성에 대해서는 무관심한 "믿을 수 없는 화자"이자 독서 경험의 객관성을 무시하는 주관적인 해석자인 셈이다.

영화 〈앨리스〉는 원작 동화의 기본적인 구조를 차용하고 있지만 구체적인 에피소드의 전개와 관련해서는 매우 독자적인 입장을 보여 준다. 입술만 등장하는 소녀의 역할에서 알 수 있듯이, 원작과의 차이는 작품에 대한 독자의 주관적인 시각에 근거한다고 할 수 있다. 일반적인 독자들의 경우처럼 캐롤의 《앨리스》를 여타 동화들과 다를 바 없는 어린이를 위한 아름다운 이야기로 읽을 수도 있다. 그러나 〈앨리스〉의 첫 장면에 등장하는 입술의 충고는 이 영화가 원작 동화에 대한 독자의 주관적 해석에 의거하여 새롭게 재창조되었음을 암시한다. 따라서 〈앨리스〉는 눈을 감아야만 볼 수 있는 영화, 다시 말해서 상상력을 통해서만 제대로 볼 수 있는 영화이다. 게다가 "아마도" 어린이들을 위한 영화일지도 모른다는 아이러니한 예고는 이 화자-독자가 과거에 이미 《앨리스》를 읽어본 적이 있으며 따라서 원작 동화에 대한 독자적인 해석의 틀을 가지고 있다는 것을 암시한다. 이렇게 볼 때 영화 〈앨리스〉는 원작 동화의 단순한 재현이 아니라 특정한 시각을 통해 새롭게 해석한 결과물이다. 그러므로 영화 〈앨리스〉는 관객이 기대하는 그 "친숙한" 동화의 이야기가 아니다. 이 영화는 입술뿐인 소녀 또는 독자(또는 감독인 스방크마이어)의 눈을 통해 새롭게 구성된 이야기, "친숙함과 낯섦 속의 두려움"이라고 하는 《앨리스》의 독서 경험을 누구보다도 정확히 이해하고 이를 통해 "친숙한" 동화에 내재한 "낯설은" 요소들을 최대한 부각시킨 독자적인 창작물이다.

원작에서와 같이 토끼를 뒤쫓다 떨어지게 되는 지하세계에서 주인공 앨리스가 처음 접하게 되는 것은 버려진 인형들, 천조각들, 약병, 죽은 동물들의 박제된 모습들, 여러 가지 뼛조각들이며 엘리베이터가 멈추자 앨리스는 말라 죽은 나뭇잎 더미 위로 떨어진다. 앨리스가 최초로 접하는 "이상한 나라"의 모습은 결국 버려지고 방치된 사물들로 가득 찬 죽음의 세계인 것이다. 그런데 죽음의 문제는 프로이트가 "친숙함과 낯섦 속의 두려움"의 가장 중요한 요소로 강조했던 사항으로서 원시사회 이래로 대표적인 "억압"과 거부의 대상이었다(Freud 241). 비록 문명사회에서 죽음의 미신적이고 초자연적인 이미지는 거의 사라졌지만 "극복"된 것으로 간주했던 죽음의 원시적이고 초자연적인 이미지들이 현재의 문명과 과학의 문맥 속에 예고 없이 등장했을 때 그것은 낯섦과 두려움의 모습으로 나타난다. 따라서 "친숙함과 낯섦 속의 두려움"으로써의 죽음의 이미지는 단순한 공포의 느낌과는 다르다. 그것은 공포라기보다는 현실을 구성하는 이성과 실증적 사고가 와해되면서 느끼는 놀라움과 당혹감의 일종이다.

원작 동화에서 앨리스가 토끼굴에 "빠지는 것"은 꿈에 "빠지는 것"을 암시하지만 스방크마이어의 영화에서 엘리베이터를 타고 내려가는 세계는 지하의 세계, 죽음의 세계이다. 사실 서양문학에서 지하세계, 즉 죽음의 세계를 여행하는 이야기는 상당히 자주 등장한다. 따라서 〈앨리스〉를 죽음의 세계를 여행하는 전통적인 영웅의 이야기로 환원시킬 수 있을지도 모른다. 그러나 〈앨리스〉의 지하세계는 고대의 영웅담들과는 확연히 구분된다. 그것은 인간이 존재하지 않는 세계, 사물들의 죽음의 세계라는 것이다. 따라서 지하세계에서 선조나 연인, 동료를 만나고 그들의 충고나 예언을 통해 의식의 확장을 이루며 현실로 귀환하는 일은 발생하지 않는다. 〈앨리스〉의 지하세계는 앨리스 자신 외에 어떤 인간도——비록 죽은 자라 할지라도——찾아 볼 수 없는 무인(無人)의 세계이다. 죽음의 세계, 특히 죽은 사물들에 둘러싸여 있는 살아 있는 인간의 외로움과 당혹감이 〈앨리스〉의 "이상한 나라"가 관객에게 전해 주는 첫인상이며 이러한 당혹감은 이후 의인화되어 살아 움직이는 사물들의 모습을 통해 더욱 강화된다.

주인공 앨리스를 중심으로 볼 때 영화 〈앨리스〉는 주인공이 살아 있는 인간으로 등장하는 부분과 인형으로 나타나는 장면으로 구분된다. 대부분의 영화들에서처럼 실사로 이루어진 장면이 많지만 과자

나 병 속의 음료를 마신 후 신체가 비정상적으로 작아지는 경우에 주
인공 앨리스는 작은 인형으로 변하곤 한다.[7] 따라서 〈앨리스〉는 주
인공의 변신에 따라 인간인 경우와 인형인 경우의 두 부분으로 나뉘
어진다. 인간과 인형 사이를 오가는 주인공의 변신은 인간과 사물,
생명체와 무생명체의 병치구조를 확인시켜 주며 인간과 사물, 생명
과 무생명 또는 죽음과의 대조와 갈등이라는 주제를 더욱 부각시키
는 역할을 한다.

　인간과 사물의 병치, 혼합은 사실 스방크마이어 예술의 대표적인
특징이다. 1950년대에 타이로프(Tairov), 에이젠슈테인(Eisenstein)의
영화기법, 부뉘엘(Bunuel), 달리(Dali)의 초현실주의에 심취하면서 스
방크마이어는 프라하 공연예술학교의 졸업작품으로 인형의 옷을 입
은 사람이 등장하는 작품을 최초로 선보인다. 1960년대에 들어서면
서 그는 살아 있는 인간들로 담장을 꾸민 본격적인 초현실주의 영화
인 〈정원 The Garden〉을 발표하는데, 여기에서 나타난 인간과 사물,
생명과 무생명의 병치, 혼합, 상호 작용은 이후의 작품들에서도 지
속적으로 등장하는 그의 예술의 중심 주제가 된다.[8] 스방크마이어에
게 사물은 인간과 마찬가지로 독자적인 내적 삶(inner life)을 유지하
며 그것이 경험했던 어떤 "사건"을 계속 기억한다. 그리고 이러한 경
험과 기억은 예술가의 시각과 작업을 통해서 외부로 드러난다. 에펜
베르거(Effenberger)와의 인터뷰에서 스방크마이어는 사물에 대한 자

---

　7) 스방크마이어는 프라하 공연예술학교에서 인형극을 공부했으며 영화 〈앨리스〉
는 실사와 인형을 이용한 스톱모션 애니메이션을 결합시킨 영화이다. 주인공 앨리
스가 인형으로 등장하는 장면을 포함하여 등장인물들은 모두 인형들이다.
　8) www.illumin.co.uk/svank/biog/biog60s.html

신의 예술적 시각을 다음과 같이 설명한다.

나는 항상 영화를 통해서 이러한 사물들의 내용을 "발굴"하고 귀를 기울이며 그들의 이야기를 표현하고자 했습니다. 사물들로 하여금 스스로 말하게 하는 것, 이것이 바로 애니메이션의 목적이라고 생각합니다. 이를 통해서 인간과 사물은 의미 있는 관계를 형성할 수 있습니다. 소비원리가 아니라 양자 간의 대화를 통해서 말입니다. 이렇게 해서 사물들은 유용성이라는 기능에서 벗어나 그들의 원초적이고 마술적인 의미로 되돌아갈 수 있습니다. 인간이 최초로 만들어 낸 것들은 사실상 살아 있었으며 당시에는 그것들과 대화를 나누는 것도 가능했었습니다.[9]

물질문명의 발달과 함께 사물과 인간의 관계는 유용성을 중심으로 한 일방적인 시각으로 규정되었다고 할 수 있다. 따라서 스방크마이어는 이러한 도구적이며 획일적인 시각에서 벗어나 인간과 주변 사물 간의 새로운 관계를 모색하고자 했던 것 같다. 그런데 흥미로운 것은, 그가 인간과 사물의 바람직한 관계를 원초적이고 마술적인 세계, 즉 원시적·애니미즘적인 세계에서 찾고자 했다는 점이다.

원시적이고 애니미즘적인 의식은 물론 현대의 이성적이고 도구적인 유용성의 세계에 대한 비판이자 대안일 것이다. 따라서 스방크마이어에게 꿈과 어린이의 의식은 자신의 예술관을 구현하는 적절한 소재로 등장한다. 꿈은 현실의 이성적 논리를 거부하며 어린이의 미숙

---

9) www.illumin.co.uk/svank/films/usher/usher.html

한 의식은 원시적이고 애니미즘적인 사고의 흔적을 찾아볼 수 있는 적절한 장소이기 때문이다. 이러한 맥락에서 볼 때 스방크마이어가 캐롤을 단순한 동화작가가 아닌 뛰어난 초현실주의자로 본 것은 당연하다. 그가 "꿈의 논리"를 완벽하게 이해하고 있었기 때문이며, 따라서 캐롤의 《앨리스》는 "어린이의 꿈"을 다룬 순수한 실례이다.[10] 스방크마이어는 1971년 〈재버워키〉[11]를 발표한 후 자신과 캐롤이 "정신적으로 같은 부류에 속한다"고 말했을 정도로 캐롤에 대한 호감을 감추지 않았다. 따라서 그가 꿈의 논리와 어린이의 의식을 중심으로 캐롤의 대표작인 《앨리스》를 재조명하고자 한 것은 당연한 결과인지도 모른다.

1970년대에 들어서 체코의 정치적 상황으로 인해 자유로운 창작이 어려워지자 스방크마이어는 문학작품을 영화화하는 작업에 몰두하며 그 결과로 월폴(Walpole)의 작품을 각색한 〈오트란토의 성〉(1979)을 발표한다. 이 작품은 월폴의 동명 소설을 소재로 하고 있지만 실제 내용은 유적을 발굴하는 어느 고고학자의 환상을 다룬 것으로써 원작의 내용과는 차이가 있다. 포(Poe)의 작품을 다룬 〈어셔가의 몰락〉(1980) 역시 원작과는 거리가 먼 독창적인 작품이다. 이는 스방크마이어가 예술을 느낌과 이미지로 파악하기 때문이다. 그러므로 문학작품을 영화화한다고 하더라도 원작의 줄거리나 플롯 자체는 작품의 예술성과 무관한 것이다. 영화 〈어셔가의 몰락〉과 관련하여 스방크마이어는 스스로 자신은 포 작품의 플롯조차 기억하지

---

10) www.illumin.co.uk/svank/biog/inter/svank.html
11) "재버워키"(Jabberworcky)는 캐롤의 《거울 나라의 앨리스 Through the Looking-glass and What Alice found there》에 등장하는 유명한 난센스 시의 제목이다.

못한다는 다소 당혹스러운 이야기를 들려주는데, 이는 원작에 대한 무관심이라기보다는 자신의 독특한 예술관에 대한 역설일 뿐이다. 그의 관심은 원작의 내용을 충실히 재현하는 것이 아니라 원작의 "느낌이나 감정," 그리고 이를 위한 "적절한 세부묘사"에 있으며 그가 포의 작품을 통해 보여주고자 했던 부분 역시 "움직이는 늪지와 돌의 생명성"을 암시하는 이미지들이었다.[12] 이렇듯 원작의 줄거리나 구체적인 내용보다 느낌이나 이미지를 표현하고자 하는 태도는 〈앨리스〉에서도 계속된다. 〈앨리스〉는 단순히 캐롤 작품을 있는 그대로 영화화한 것이 아니라 스방크마이어 자신의 "어린 시절, 그 기간 동안의 강박관념과 불안을 매개로 발효시킨, 캐롤 작품에 대한 한 가지 해석"이다. 따라서 영화 〈앨리스〉가 반드시 캐롤의 원작을 그대로 묘사할 필요는 없다는 것이다. 사실 〈앨리스〉에는 원작과는 다른 장면들이 많이 등장한다. 예를 들어 영화의 시작 부분에서 주인공 앨리스는 흰토끼를 따라 곧바로 굴 속으로 뛰어드는 원작과 달리 황무지를 한참 달린 후 덩그러니 놓여 있는 책상을 발견하며 그 책상 서랍을 통해 지하세계로 들어간다. "눈물의 웅덩이"(Pool of tears)를 연상시키는 장면에서도 물에 빠진 앨리스의 머리 위에서 쥐가 불을 피우고 식사를 준비하는, 원작에서 찾아볼 수 없는 장면이 등장한다. 버섯 위에 앉아서 앨리스에게 충고를 해주는 애벌레가 영화에서는 책상 위의 양말로 묘사되며 흰토끼의 집에서 만나게 되는 마부와 물고기, 새는 원작에 등장하지 않으며 모두 뼈로 이루어져 있다. 괴상한 논리로 앨리스를 당황하게 하는 공작부인과 체셔 고양이는

---

12) www.illumin.co.uk/svank/films/usher/usher.html

전혀 등장하지 않으며 언어유희의 극치를 보여주는 "엉터리 차 모임"(Mad tea party)의 모자장수는 복부를 그대로 드러낸 나무 인형으로서 끊임없이 차를 마시지만 열려져 있는 배를 통해 모두 흘러내리고 만다. 잠꾸러기 쥐(dormouse) 역시 태엽 감는 인형으로 등장하며 태엽이 풀리면 곧바로 동작을 멈추어 버린다. 원작에서 차 모임이 난센스에 가까운 말장난으로 이루어져 있다면 영화에서는 끊임없이 차를 마시고 태엽을 감고 서로 자리를 바꾸는 기계적인 동작의 반복으로 이루어져 있다.

캐롤의 원작을 바라보는 스방크마이어의 시각의 독특성은 사물화에 있다. 원작에서의 생명체들이 사물로 변화하면서 무생명과 죽음의 이미지를 환기시키는 것이다. 애벌레가 양말로 묘사될 뿐 아니라 흰토끼의 집에서 앨리스를 공격하는 물고기와 새는 뼛조각으로 이루어져 있으며 여왕과 병사들은 노골적으로 종이카드임을 드러낸다. 게다가 잠꾸러기 쥐와 모자장수의 기계적으로 반복되는 동작들은 자연스러움과 부드러움을 특징으로 하는 유기체의 움직임과 달리 차갑고 무감각한 죽음의 이미지를 떠올리게 한다. 그런데 이러한 이미지는 주인공인 앨리스에게도 적용된다. 영화 속에서 앨리스는 인간이자 사물이다. 살아 있는 인간이지만 과자를 먹은 후 인형으로 변하기도 하고 다시 인간이 되기도 하기 때문이다. 그런데 이러한 앨리스의 변신은 영화에 대한 관객의 의식에 중요한 영향을 미친다.

영화 〈앨리스〉를 주인공이 인간으로 등장하는 부분과 인형으로 등장하는 부분으로 나누어 생각할 때 특히 흥미로운 것은 대체로 주인공이 인형으로 변했을 경우에 주변의 사물들과 더 쉽게 관계를 맺으며 적극적으로 반응한다는 것이다. 영화의 전반부에서 볼 수 있듯이 주인공 앨리스는 흰토끼와의 대화를 원하지만 흰토끼는 앨리스를 무시하면서 계속 자신의 길을 간다. 그러나 앨리스가 과자를 먹은 후 인형으로 변하자 흰토끼는 앨리스를 동류의 존재로 받아들여 대화를 원하는데 흰토끼의 집에서 벌어지는 에피소드가 대표적이다. 흰토끼는 인형-앨리스를 하녀로 착각하여 자신의 집으로 심부름을 보낸다. 그러나 과자를 먹고 다시 인간이 되자 흰토끼는 앨리스를 자신의 집에 침입한 낯선 괴물로 생각하고는 동료들을 불러 앨리스를 공격한다. 이어서 앨리스가 과자를 먹고 다시 인형으로 변하지만 앨리스에 대한 그들의 반감은 사라지지 않는다. 주목해야 할 것은 우호적이든 갈등관계이든 앨리스가 주변 사물들과의 관계를 형성하는 것은 스스로 인형이 된 이후의 일이라는 것이다. 사물의 세계, 죽음의 세계에서 살아 있는 인간은 환영받지 못한다. 이와 같이 사물과 죽음의 세계가 인간과 생명의 세계를 거부하고 압도하는 장면은 관객의 영화 수용 태도에도 영향을 미친다. 앨리스가 인형이 되었을 때 주변 사물들과의 상호 관계가 가능해지는 것은 사실이나 관객의 입장에서는 인형-앨리스에게 감정을 이입하는 것이 부담스럽게 느껴진다. 반면 인간으로 등장하며 주변 사물세계의 배척과 그들의 이질성에 당혹감을 느끼는 장면에서는 앨리스로의 감정이입이 용이하다. 즉 인형-앨리스의 경우에 관객은 앨리스를 주변 인물들과 같은 하나의 인형, 즉 사물로 보며 따라서 관객의 현실세계와 무관한 사물들 간의 이야기를 감정이입 없이 객관적으로 바라보게 된다. 반면 인간-앨리스가 주변 세계로부터 배척되고 고립되었을 때 관객은 앨리스의 외로움과 당혹감에 쉽게 동의하며 주변의 사물세계는 더욱 그로테스크하게 느껴진다. 따라서 인간과 인형 사이를 오가는 이 영화의 이중구조는 인간과 사물, 생명과 죽음의 대조를 극명하게 드러내는 역할을 한다.

〈앨리스〉에 나타난 그로테스크한 이미지들은 "친숙함과 낯섦 속의 두려움"과 매우 밀접한 관계를 가지고 있다. 주인공 앨리스가 사물과 죽음의 세계에서 느끼는 고립감, 소외감, 무기력함, 침묵, 그리고 죽음을 암시하는 어두운 이미지는 대표적인 유아적 불안(Infantile anxiety)의 결과이며(Freud 252), 이 불안 요소들이 "억압"의 메커니즘의 틈새를 뚫고 현실의 문맥을 침범할 때 그것은 "친숙함과 낯섦 속의 두려움"을 발생시킨다. 게다가 〈앨리스〉 전체를 둘러싸고 있는 죽음의 이미지, 특히 사물들이 인형의 모습을 빌려 살아 있는 생명체처럼 행동하는 장면들은 〈앨리스〉의 세계가 "되살아난 죽음"의 세계임을 암시한다. 프로이트에 따르면, 시체 특히 되살아난 시체나 유령은 낯섦과 두려움을 느끼게 하는 대표적인 경우이다(241). 여기에서 "되살아난 죽음"은 현재의 안정된 삶의 문맥에 갑작스럽게 끼어든 "억압"된 과거의 "낯선" 모습으로서 영화 〈앨리스〉에서 이는 인간과 사물, 생명과 무생명 즉 죽음과의 갈등으로 구체화된다. 이러한 사실은 앞에서 살펴보았듯이 인형으로 변함으로써 인간과 사물, 생명과 무생명을 오가는 앨리스의 모습에서도 확인된다. 사실 인형은 인간과 사물, 생명과 무생명이 결합된 매우 독특한 경우이다. 예를 들어 프로이트에 앞서 "친숙함과 낯섦 속의 두려움" 현상을 연구했던 옌치(Jentsch)는 인형을 이러한 효과를 발생시키는 대표적인 경우로 보았다(Freud 227). 인형은 인간의 모습을 가진 사물이며 생명 속에 스며든 죽음의 모습이기 때문이다.

〈앨리스〉의 그로테스크한 이미지들 속에 "친숙함과 낯섦 속의 두려움"의 요소가 많은 것은 사실이다. 그러나 그러한 이미지들의 나열이 반드시 낯섦과 두려움의 효과를 가져오는 것은 아니다. 그 이미지들이 "친숙함과 낯섦 속의 두려움"이 되기 위해서는 앞에서 보았듯이 현실이라는 현재의 문맥에서 "친숙했던" 과거, "억압"하고 "극복"했던 과거와의 예기치 않은 만남이 갈등으로 극화되어야 한다. 〈앨리스〉에 나타난 인간과 사물, 생명과 무생명의 갈등이 중요한 것은 이 때문이다. 스방크마이어의 말대로 사물에도 "내적 삶"이 존재하며 기억과 경험을 소유한다면 이는 분명 인간이 부여한 것이다. 그러나 영화에서 사물들은 인간이 부여한 의미와 기능을 벗어나 독자적으로 활동하며 인간의 논리를 부정한다. 사물들이 이렇게 독자적인 태도를 보일 수 있는 것은 강력한 통제력이 부재하기 때문이다. 다시 말해서 영화 속에서 사물에 생명과 질서, 의미와 기능을 부여하는 유일한 인간이 아직 사물의 고유한 기능을 제대로 이해하지 못하는 어린아이이기 때문이다. 아직 사물들을 유용성의 체계 속에 통합시키고 통제하지 못하는 미숙한 어린이의 시각에서 볼 때 사물들은 현실적 논리와 무관한 독자적인 어떤 것이며, 죽어 있는 사물이지만 동시에 언제든지 눈을 뜨고 일어나 돌아다닐 수 있는 신비하고도 두려운 미지의 대상이다. 영화에서 인간-앨리스가 사물들의 위협에 적절히 대항하지 못하고 무기력과 당혹감만을 보여주는 것도 이러한 이유 때문이다. 성인이라면 사물들의 반란에 위기감이나 분노를 느끼며 적극적으로 그것들을 인간적 맥락 속에 다시 위치시키고자 했을 것이다. 결국 〈앨리스〉는 인간과 사물의 관계를 제대로 이해하지 못하는 어린이의 시각을 극화시킨 것이며 이 영화에서 관객은 어린이의 시각과 의식으로 되돌아가 사물이 가진 죽음의 이미지와 그 이질성이 "극복"되지 못했던 시절, 즉 한때 "친숙했던" 과거와의 만남을 경험하게 되는 것이다.

## IV. 결론

스방크마이어의 〈앨리스〉는 캐롤의 동화에서 독자가 느끼는 묘한 불안감과 당혹감을 그로테스크한 영상으로 표현한 영화이다. 대체로 캐롤의 원작은 동화라는 장르적 특성 때문에 이야기 전체에 깔려 있는 불안감, 기괴함, 당혹스러움 등이 쉽게 간과되는 경우가 많다. 그러나 캐롤의 동화를 읽는 것은 아름다운 환상세계의 유희가 아니라 그동안 잊고 지냈던 "친숙함" 속의 "낯선" 요소들을 재발견하는 과정이다. 그리고 스방크마이어의 영화는 바로 이런 친숙하고도 낯선 경험을 그로테스크한 영상을 통해 보여준다. 캐롤의 텍스트는 언어로 이루어져 있으며 스방크마이어의 영화는 시각적 이미지들로 구성되어 있다. 이렇듯 매체의 상이성에도 불구하고 독자나 관객이 느끼는 독특한 감정을 "친숙함과 낯섦 속의 두려움"이라고 하는 공통의 심리적 메커니즘으로 구현할 수 있다는 사실은 문학과 영상 간의 적극적 연계 가능성을 시사한다고 할 수 있다. 특히 흥미로운 것은 원작인 동화와 영화 모두 공통적으로 당혹감을 느끼는 주체가 작품 속의 주인공보다는 독자나 관객에 집중된다는 점이다. 두 작품들을 "친숙함과 낯섦 속의 두려움"으로 접근해야 하는 이유가 여기에 있다. 그것은 결국 일종의 독서효과이기 때문이다. 옌치의 "친숙함과 낯섦 속의 두려움"에 대한 연구도 호프만(Hoffmann)의 《샌드맨》에 대한 연구이며, 같은 문제에 관한 프로이트의 논문에서도 문학작품들에 대한 언급이 많이 등장한다. 스방크마이어의 영화에서 간헐적으로 등장하는 어린 소녀의 클로즈업된 입술도 결국 〈앨리스〉가 이 소녀의 독서경험을 극화한 것이라는 사실을 암시하고 있다.

캐롤의 동화와 스방크마이어의 영화를 이어 주는 것이 "친숙함과 낯섦 속의 두려움"이며 이것이 일종의 독서효과라는 사실은 문학과 영화 사이의 관계 양상을 고찰하는 시발점이 된다. 독서에서 얻는 경험의 핵심은 사실상 줄거리나 구체적인 장면 묘사와는 큰 관계가 없다. 스방크마이어의 말대로, 중요한 것은 느낌이나 이미지이다. 〈앨리스〉에 관심을 가지는 이유도 여기에 있다. 스방크마이어의 영화는 원작을 독특하게 해석한 경우, 또는 중심 주제를 잘 파악한 경우라는 의의 외에 문학과 영화의 관례를 긍정적 시각에서 고찰하게 해준다. 문학작품의 영화화는 줄거리나 장면의 충실한 재현과는 거리가 있다. 독서경험으로서의 "친숙함과 낯섦 속의 두려움" 효과에서 보듯이 독자의 경험은 느낌이나 이미지로 이루어진다. 따라서 문학작품의 영화화는 주제적 이미지의 충실성을 중심으로 이루어져야 한다. 그러므로 흔히 제기되는 문제, 즉 영화의 과도한 시각적 이미지가 문학작품의 감상을 방해할 수 있다는 우려 이전에 양자 간의 매체의 상이성에 따른 독자적인 표현양식과 그것이 독자나 관객에게 미치는 효과의 유사관계에 대한 고려가 선행되어야 할 것이다.

## 인용 문헌

로버트 리처드슨. 《영화와 문학》. 이형식 역. 서울: 예건사, 1991.

프테판 샤프. 《영화구조의 미학》. 이용관 역. 서울: 동문선, 2000.

이효인. 《영화미학과 비평입문》. 서울: 한양대학교 출판부, 1999.

프랑시스 바누아. 《영화와 문학의 서술학》. 송지연 역. 서울: 동문선, 2003.

Carroll, Lewis. *Alice in Wonderland*. Ed. Donald J. Gray. New York: W. W. Norton & Company, 1992.

Ede S. Lisa. "The Nonsense Literature of Edward Lear and Lewis Carroll" Ph. D thesis, The Ohio State UP, 1975.

Freud, Sigmund. *The 'Uncanny,'* The Standard Edition, xvii. London: The hogarth Press, 1975.

Gardner, Martin. *The Annotated Alice*. New York: W. W. Norton & Company, 2000.

Rackin, Donald. *Alice's Adventures in Wonderland and Through the Looking-Glass: Nonsense, Sense and Meaning*. York: Twayne Publishers, 1991.

Sewell, Elizabeth. *The Field of Nonsense*. London: Chatto and Windus, 1952.

―― "Is Flannery O'connor a Nonsense Writer?" *Explorations in The Field of Nonsense*. Ed. Wim Tigges. Amsterdam: Rodopi, 1987.

www.illumin.co.uk/svank/biog/biog60s.html

www.illumin.co.uk/svank/films/usher/usher.html

www.illumin.co.uk/svank/biog/inter/svank.html

www.illumin.co.uk/svank/films/usher/usher.html

# 제3장

## 친숙한 동화와의 낯선 만남:
## 루이스 캐롤의 《이상한 나라의 앨리스》

## I. 서론

일반적으로 인간을 언어적 존재로 정의한다면 이때 언어는 인간을 다른 동물과 구별되게 하는 이성적이고 논리적인 사유의 도구를 의미하는 듯하다. 그러나 인간의 삶이 이성과 논리로만 이루어져 있지 않듯이 언어도 환상과 욕망을 통해 인간 정신의 이중적 측면을 드러낸다. 예를 들어 카시러(Cassirer)는 언어의 신화적 성격을 강조하면서 언어와 정신의 이중적 성격을 다음과 같이 설명한다.

인간의 원초적 이성의 도구인 언어는 인간의 이성적 성향보다는 신화창조적 성향을 반영한다. 사고의 상징화인 언어는 전혀 다른 두 가지 사유방식을 보여준다. 그러나 정신은 어느 방식에서나 강력하고 창조적이다. 정신은 자신을 서로 다른 형태들로 표현하는데, 한 가지는 추론적 성격의 **논리**이고 나머지 하나는 창조적인 **상상력**이다 (Cassirer xiii-ix).

인간의 정신이 언어를 통해 "논리"와 "상상력"으로 드러난다면 결국 정신과 언어는 "논리"와 "상상력"이라는 이중적 측면을 가지고 있다고 할 수 있다. 이때 "논리"의 "추론적 성격"은 이성적 판단을 의미하며 "상상력"의 "창조적" 성격은 세계를 적극적으로 재창조하는 것을 의미한다고 볼 수 있을 것이다. 따라서 "상상력"이 예술적 활동의 조건이라면 "논리"는 현실의 문맥에서 그 예술작품의 타당성을 판단하며, "상상력"이 창조한 기존의 결과물을 현재의 시각에서 평가하고 의미를 부여하는 작업이다.

언어의 논리적 측면과 상상력의 기능은 서양문학의 전반적 흐름을 리얼리즘과 환상으로 도식화시킬 수 있는 가능성을 제시한다. 예를 들어 흄(Hume)은 《환상과 미메시스 *Fantasy and Mimesis*》에서 아리스토텔레스의 모사 개념과 개연성의 문제를 중심으로 한 리얼리즘 전통과 서양문학의 주변부에서 그 리얼리즘 전통의 타당성에 의문을 제기하는 장르로서 환상문학을 대비시키고 있다. 환상문학은 근대 이후 리얼리즘 문학이 중시했던 이성적 세계관의 확실성과 부르주아 계층의 안정된 시각의 맹점을 공격하면서 현대세계의 비이성적 측면, 인간의 무의식과 욕망, 삶의 불확실성과 불안감을 부각시킨다. 리얼리즘 문학은 세계를 이해 가능하고 모사 가능하며 안정되고 고정된 대상으로 보려는 경향이 있다. 그러나 이성과 논리 속에서 안정되고 친숙한 대상으로 상정되었던 현실과 삶은 언제든지 숨겨진 욕망을 드러내며 당혹감과 두려운 대상으로 변할 수 있다. 로일(Royle)은 급격한 과학의 발전에 대해 느끼는 묘한 불안감을 묘사한 잡지 기사를 인용하면서 이러한 불안감을 "친숙함과 낯섦 속의 두려움"(uncanny)이라고 정의한다.[1] 세계가 드러내는 비현실적이고 기괴한 측면들, 그리고 이에 대한 불안감은 리얼리즘 문학과 부르주아 계층이 추구했던 안정된 세계관을 뒤흔들고 공격하며 해체한다. 이러한 이유로 로일은 해체주의도 일종의 "친숙함과 낯섦 속의 두려움"이라고 보고 있다. 친숙했던 텍스트를 불확실하게 하며 정체성을 부정하고, 관습적이며 친숙한 것을 가능케 하는 조건으로서 낯설고 이질적인 요소의 존재를 인정하며 게다가 낯선 신체, 대리보충, 경계와 현재 속에 내포된 과거의 귀환 등과 같은 개념에 의존하기 때문이다(24).

이렇듯 논리적 언어와 리얼리즘 사이의 관계에 대한 의심과 공격이 환상문학을 통해 이루어진다면 동화는 아마도 리얼리즘에 맞서는 가장 대표적인 환상문학일 것이다. 동화만큼 환상적이고 비현실적인 장르는 드물기 때문이다. 게다가 어린이의 시각을 대표하며 어린이를 위한 문학이라는 점에서 기존의 고정된 성인의 시각이 가진 맹점을 드러내기에도 편리한 측면이 있다. 그러나 실상 동화가 가진 전복적 성향은 그것이 성인 작가가 쓴 이야기이며 대체로 어린이를 기존 사회의 가치 체계에 적응시키기 위한 교육적 효과를 목적으로 한다는 점에서 태생적 한계를 가진다. 또한 "소망충족"이라는 동화의 일반적 주제는 "친숙함과 낯섦 속의 두려움"에서 경험하게 되는 기괴함과 불안감보다는 아름다운 이미지와 해피엔딩의 조건으로 작용한다. 따라서 동화는 언어의 상상력이 최대로 발휘되는 장르임에도 불구하고 리얼리즘이 주도하는 주류문학에 효과적으로 대항하지 못했다. 그러나 모든 동화가 교육적인 목적과 "소망충족"만을 보여

---

1) Nicholas Royle. *The Uncanny*. Manchester: Manchester University Press, 2003. p.3.

주는 것은 아니다. 해피엔딩으로 끝나는 아름다운 환상이 아니라 주
인공과 독자의 분열된 의식 속에서 발생하는 기괴함과 불안감, 과거
의 욕망과 현재의 이성 사이의 어색한 만남을 통해 낯섦과 두려움의
미학을 극화시킨 동화가 있다. 루이스 캐롤(Lewis Carroll: 1832-
1898)의 《이상한 나라의 앨리스 *Alice in Wonderland*》가 바로 그것
이다.[2]

《앨리스》는 영미권뿐 아니라 국내에서도 잘 알려져 있는 유명한
동화로서 출판 당시부터 지금까지 변함없는 인기를 유지하고 있다.
이러한 성공 이유와 관련해서 래킨(Rackin)은 《앨리스》가 기존 동화
들의 교훈적이고 도덕적인 태도를 거부했기 때문이라고 설명한다
(Rackin xv). 사실 대부분의 동화들이 교훈적인 목적을 가지며 이를
위해 성인의 일방적인 시각으로 이야기를 이끌어 가는 경우가 많다.
그러나 《앨리스》에는 교훈적인 내용이 거의 없으며 이야기도 주인
공 앨리스의 호기심을 따라 전개된다. 또한 주인공과 주변 인물들이
보여주는 주관과 개성은 기존 동화들에서 성인의 규준과 의도로 구
성된 플롯을 맹목적으로 따라가는 일차원적인 인물들과 확연히 구별
된다. 그러나 무엇보다도 비평가들의 흥미를 끄는 것은 《앨리스》에
나타난 특유의 언어와 논리상의 유희, 이 유희가 암시하는 언어학
적 · 철학적 문제이며 당시의 가치관을 일방적으로 반영하고 주입하
는 여타 동화들과 달리 희극성과 공포를 통해 당대의 지배적 가치관
을 풍자하고 공격한다는 점이다. 게다가 최근 들어 비평 이론들 간의

---

2) Lewis Carroll. *Alice in Wonderland*. New York: W. W. Norton & Company,
1992. 앞으로 이 책은 《앨리스》로 표기하며 페이지만 언급함.

경계가 소멸되고 다양화되면서 《앨리스》 비평도 매우 다채로운 모습을 보이고 있다. 꿈과 어린이의 의식을 소재로 한 만큼 정신분석 비평이 최근까지도 유행하고 있지만 이밖에 제국주의와 식민주의 비평, 가부장사회와 성문제, 어린이와 어린이 문학에 대한 개념의 변화, 다윈주의(Darwinism)의 영향 등에 대한 연구가 이루어지고 있으며 특히 최근에는 의미와 무의미, 언어의 지시적 기능의 한계와 모호성 문제와 관련하여 문학구조와 장르이론가들의 관심이 집중되고 있다(Rackin 24). 이러한 비평적 관심은 《앨리스》를 동화로서뿐 아니라 독자적인 위상을 가진 문학작품으로 볼 수 있는 가능성을 암시하기도 한다. 본 논문에서는 《앨리스》의 여러 가지 특성들 중에서 특히 비동화적 요소들, 다시 말해서 아름답고 환상적인 이미지들과 해피엔딩이 제공하는 만족감과 달리 《앨리스》에서 경험하게 되는 기괴함과 당혹감, 불안감의 문제를 다루고자 한다. 《앨리스》를 읽으면서 느끼게 되는 이러한 부정적인 감정은 동화라는 친숙한 장르 속에 스며들어 있는 낯선 요소들 때문이다. 친숙함 속에서 경험하는 낯선 느낌, 즉 "친숙함과 낯섦 속의 두려움"은 《앨리스》의 독자들이 공통적으로 경험하는 사항들 중 하나이다. 따라서 이 문제를 중심으로 한 연구는 《앨리스》의 특성의 일부분을 이해할 수 있는 효과적인 방법이며, "친숙함과 낯섦 속의 두려움"의 개념과 문학과의 관계까지 살펴볼 수 있는 기회를 제공해 줄 것이다.

## II. "친숙함과 낯섦 속의 두려움"의 양상

국내에서 흔히 동화책이나 만화영화로 접하는 앨리스 이야기에는 많은 부분이 삭제, 축약되어 있어서 캐롤의 《앨리스》에서 찾아볼 수 있는 수많은 비동화적 요소들을 발견할 수 없다. 비동화적 요소란 어린이들이 수용하기 어려운 과도한 말장난, 특이한 형식 논리, 그로테스크한 이미지 등을 의미한다. 《앨리스》가 다른 동화들과 다른 점은, 캐롤이 분명 앨리스 리들(Alice Liddell)이라는 실제 소녀를 위해 쓴 이야기임에도 불구하고 어린이 독자들을 당혹스럽게 만드는 언어유희와 형식 논리, 무서운 이미지들이 많다는 사실이다. 작품 속에서 주인공 앨리스가 만나는 인물들, 사건들은 사사건건 갈등을 일으키며 괴상한 언어유희와 논리를 통해 앨리스를 당혹감, 무력감, 공포 속으로 몰아넣는다. 따라서 실제 어린이 독자들 중에는 《앨리스》에 대해 거부감을 느끼는 경우도 상당히 많았다. 예를 들어 플래너리 오코너(Flannery O'connor)는 《앨리스》를 "견딜 수 없을 만큼 끔찍한 책"이라고 말하고 있으며,[3] 캐서린 앤 포터(Katherine Ann Porter) 역시 어린 시절에 접했던 《앨리스》에 대해 "끔찍했던 경험"이라고 회상하고 있다. 두 작가의 공통적인 경험들 중에서 특히 포터의 경우가 눈길을 끄는 것은 그 "끔찍한 경험"의 원인을 통해 캐롤의 동화가 보여주는 독특한 특성을 이해할 수 있는 단초를 제공해 주기 때문이다.

---

3) Elizabeth Sewell. "Is Flannery O'connor a Nonsense Writer?" *Explorations in The Field of Nonsense*. Ed. Wim Tigges, Amsterdam: Rodopi, 1987, p.184에서 재인용.

다음은 포터의 말이다.

　어린 시절, 나는 그 내용을 전적으로 믿었다. 그 책과 다른 동화책
들의 차이는 그 모든 것들이 일상적인 삶을 배경으로 한다는 것이었
다. 열쇠가 놓여진 작은 유리 테이블, 가구들, 정원들, 꽃들은 우리가
잘 알고 있는 것들이었다. 그러나 그 친숙한 것들이 모두 제자리에서
벗어나 있었고 그것이 나를 무섭게 했다(Rackin 107-108에서 재인용).

　캐롤의 《앨리스》에 나타난 거의 난센스에 가까운 말장난과 형식
논리는 성인 독자가 읽어도 부담스러울 정도이다. 그러나 어린이 독
자들이 가장 강렬하게 반응하는 부분은 말장난과 논리가 아니라 괴
상한 느낌, 알 수 없는 두려움이다. 어린이들은 대체로 이해할 수 없
는 표현이나 논리는 쉽게 무시해 버린다. 그러나 두려운 느낌은 쉽
게 사라지지 않으며 어려운 논리는 이후 인지력의 발달과 함께 해결
되지만 이러한 두려움은 어른이 된 후에도 쉽게 잊혀지지 않는다.
성인이 된 후에도 사라지지 않는 두려움, 오히려 논리적인 인식이
가능한 성인 시기에 더 생생하게 느끼는 두려움이 있다. 오코너와 포
터가 어린 시절 《앨리스》를 읽으며 공통적으로 느꼈던 가장 강렬한
인상이 바로 이 두려움이었다. 그런데 이 두려움은 포터가 설명하듯
이, 동화의 비현실적인 이미지들이 "친숙한 것들"을 배경으로 발생
한다는 사실, 그리고 그것들이 "제자리에서 벗어나" 있었다는 사실
에서 유래하는 두려움이다.

　친숙한 것에서 느끼는 낯설고 기괴한 느낌, 즉 "친숙함과 낯섦 속
의 두려움"에 대해서 프로이트(Freud)는 "오래 전부터 친숙해져 있던

것과 연결된 두려움"(220)이 "친숙함과 낯섦 속의 두려움"의 특징이라고 밝힌다. 덧붙여 그는 "친숙한 것"의 사전적 정의가 대체로 집, 가정, 가구, 방 등과 연관되어 있음을 지적한다(223). 즉 집, 방, 가구 등 친숙하고 안락한 대상 또는 상황에서 발생하는 낯선 느낌이 바로 "친숙함과 낯섦 속의 두려움"이라는 것이다. 프로이트의 설명은 포터가 《앨리스》를 읽으며 느꼈던 두려움이 친숙함에서 느끼는 낯설고 기괴한 느낌, 즉 "친숙함과 낯섦 속의 두려움"이었음을 암시한다. 그런데 사실 친숙함 자체는 "친숙함과 낯섦 속의 두려움"의 조건이 되지 않는다. 그것이 "친숙함과 낯섦 속의 두려움"이 되기 위해서는 그 친숙한 사물 또는 상황이 "제자리에서 벗어나" 있어야만 한다. 그렇다면 "제자리에서 벗어난다"는 것은 무슨 의미인가? 다시 말해서 친숙한 것은 어떤 조건에서 "친숙함과 낯섦 속의 두려움"으로 변하는 것인가?

캐롤의 텍스트에는 그로테스크한 육체 이미지들이 가득하다. 예를 들어 유리병의 내용물이나 과자, 버섯 등을 먹은 후 주인공 앨리스에게 급격한 신체적 변화가 일어나는데, 너무 작아져서 자신의 눈물에 빠지기도 하고 흰토끼의 다락방에 꽉 찰 정도로 커지기도 하며 뱀처럼 목이 늘어나기도 하고 축소의 신체적 비율이 맞지 않아 턱이 곧바로 발에 닿게 되는 기괴한 장면도 등장한다. 신체 크기의 급작스러운 변화는 앨리스에게 정체성에 대한 불안감을 형성하는데, 예를 들어 자신이 누구인지 설명해 보라는 애벌레의 요구에 앨리스는 신체의 크기가 여러 번 바뀌었기 때문에 자신이 누구인지 모르겠다고 대답한다. 게다가 "적당한 크기"라는 개념 자체도 결국 익숙함의 유무에 달려 있다는 애벌레의 충고, 즉 어떤 크기일지라도 익숙해지면 그것이 곧 "적당한 크기"라는 사실은 앨리스에게 쉽게 납득하기 어려운 역설이다.

홍미로운 점은 신체의 변화 못지않게 절단과 식육의 이미지가 많다는 것이다. 몸통이 없이 머리만 존재하는 체셔 고양이가 등장하는가 하면 박쥐가 쥐를 잡아먹을 수도 있고, 크로켓 경기장의 여왕은 끊임없이 병사들의 목을 자르라고 명령한다. 《앨리스》에서 신체는 언제든지 축소되거나 확대될 수 있으며 절단되고 먹어치울 수 있는 어떤 사물화된 대상이다. 따라서 앨리스가 자신의 발에게 구두를 소포로 부칠 수도 있고(Carroll 14), 어린아이가 돼지라는 먹을 수 있는 대상으로 변하기도 한다. 사실 식육, 특히 카니발리즘(Cannibalism)은 인간의 가장 오래된 본능적 욕망이며 세계 어느 문화에서나 발견되는 보편적인 금기사항으로서, 문명의 발달과 함께 인류가 "완전히 극복한"(Royle 206) 과거의 부정적 요소이다. 그러나 어린이의 미숙한 의식세계에서는 때때로 원시사회의 흔적이 되살아난다. 일반적으로 동화에 흔히 등장하는 식육의 이미지는 어린이의 의식과 원시적 사고의 유사성을 암시한다. 그런데 동화가 한때 "친숙했던" 과거를 다시 만나도록 해주는 장소라면 동화 속의 식육의 이미지는 더 이상 친숙하게 느낄 수 없는 부정적 이미지이며 "완전히 극복한" 것으로 믿었던 "낯선" 과거와의 예기치 못한 만남이다. 그러나 《앨리스》의 그로테스크한 신체와 식육의 이미지는 단순히 과거와의 만남으로만 끝나지 않는다.

일반적으로 동화에 흔히 등장하는 식육의 이미지는 모든 것을 구강을 통해 받아들이고 표현하는 어린이의 구순기적 성격을 암시한다고 할 수 있다. 구순기의 어린이는 입, 즉 먹는 것을 통해서 타인에 대한 애정과 두려움을 표현한다. 이 시기의 어린이에게 어떤 대상에 대한 최상의 애정은 그 대상을 먹어 버리는 것이며 때로 두려움의 대상을 없애는 방법으로도 사용된다(Mack 26-27). 그런데 《앨리스》에서 절단과 식육의 이미지는 구순기의 욕망을 표현하는 역할 외에 인간을 포함한 모든 생명체의 무생물화, 즉 사물화를 강조하는 경향이 있다. 게다가 이때 절단되어 사물화된 신체는 독립적인 개체로 변한다. 예를 들어 과자나 버섯을 먹은 후 앨리스의 신체는 자신의 의지와 무관하게 축소 또는 확대되며 앨리스의 발은 앨리스가 보낸 구두 선물을 고맙게 받아 줄 독립된 개체이다. 또한 체셔 고양이의 머리는 몸통과 분리됨으로써 머리가 잘리는 극형을 면한다(Carroll 68). 실제로 《앨리스》에서는 인간과 사물, 생명체와 무생물의 구별이 모호하다. 크로켓놀이를 위해 병사들은 골대로 변하고 홍학과 고슴도치는 퍼터 막대와 공 역할을 대신하며 "이상한 나라"를 참수형의 공포로 몰아넣는 왕과 여왕은 사실상 종이카드에 불과하다.

어떤 의미에서 《앨리스》의 인물들은 인간의 사물화가 아니라 사물의 인간화, 다시 말해서 의인화된 경우라고 볼 수도 있다. 종이카드가 살아 있는 왕과 여왕, 병사들로 구체화되고 유명한 에피소드인 "엉터리 차 모임"의 3월 토끼와 모자장수 그리고 체셔 고양이도 격언에 등장하는 인물들을 의인화시킨 결과이다. 다시 말해서 일상의 친숙한 사물이나 언어표현 자체가 구체적인 인물로 의인화된 것이다. 그런데 중요한 것은 이 의인화된 결과물들이 현실에서 인간에 의해 주어진 기능을 거부하고 독립적인 개체로 존재한다는 사실이다. 게다가 그들은 적극적인 자기 주장을 통해 유일한 인간인 앨리스를 궁지에 몰아넣는다. 앞에서 절단된 신체가 개별적인 사물로 변한다는 것은 바로 이런 맥락에서 이해해야 한다. "이상한 나라"에서 사물이나 언어는 인간의 유용성이나 의사소통이라는 주어진 기능을 거부하고 그 주인인 인간에 대항할 뿐 아니라 인간의 신체조차도 변화하거나 단절되자마자 독자성을 주장하며 인간에 맞선다. 앨리스가 주변 상황에 대해서 당혹감을 느끼는 것도 이러한 이유 때문이다. 흰토끼의 명령에 따라 장갑과 부채를 가지러 들어간 집에서 또다시 신체의 크기가 변하자 앨리스는 자신이 처한 상황이 결코 기존의 아름답기만 한 동화의 세계가 아니라는 것을 깨닫는다.

예전에 동화를 읽을 때에는 이런 일이 결코 발생하지 않는다고 생각했는데, 내가 이제 바로 동화 속에 들어와 있는 것 같아!(Carroll 29)

캐롤은 전문적인 동화작가가 아니었지만 기존 동화들의 특성을 잘 알고 있었던 것 같다. 일반적인 기존의 동화들의 경우와 관련해서 어린이는 책 속의 내용이 현실과 전혀 무관한 세계, 순수한 환상의 세계이자 비현실의 세계라는 것을 잘 알고 있다. 따라서 동화 속의 주인공은 자신의 상황을 환상과 현실의 대립관계에서 이해해야 할 필요가 없으며 어린이 독자 역시 손쉽게 동화 속 주인공에게 자신을 직접 투사할 수 있다. 그러나 《앨리스》의 경우는 다르다. 주인공 앨리스는 자신의 상황을 현실과 대비시킴으로써 끊임없이 환상과 현실의 경계를 의식한다. 게다가 현실을 바탕으로 자신이 처한 상황의 부조리함에 대해 의심하기까지 한다. 아마도 앨리스는 자신이 동화 속의 주인공이 아닐까 의심하는 최초의 동화 속 주인공일 것이다.

앨리스는 기존의 동화책들을 많이 접했고 그 책들이 들려주는 현실에 대한 충고를 잘 알고 있다. 따라서 테이블 위에 놓인 유리병에 "독약"이라는 문구가 없는지 조심스럽게 살핀다. 부주의했기 때문에 불에 데거나 잡아먹힌 동화 속 주인공들의 이야기를 잘 알기 때문이다(Carroll 10). 《앨리스》의 인기가 기존 동화들의 교훈적이고 도덕적인 태도와의 결별에 기인한다는 사실(Rackin xv)은 당시 동화의 기본적인 기능이 어린이들을 교육시키는 데 있었음을 암시한다. 따라서 당시의 동화들은 도덕적인 내용이 주를 이루었으며 때로 어린이들에 대한 통제와 규율을 너무 강조한 나머지 실수와 잘못에 대한 처벌을 강조하는 무서운 이미지의 삽화들을 삽입하기도 했다(Avery 321. 324). 앨리스가 당시의 동화들이 가진 교육적 · 도덕적 성향을 잘 알고 있다는 사실은 기존의 동화에 대한 캐롤의 풍자적 시각이 드러나는 부분이기도 하지만, 작품 속에서 앨리스가 자신을 둘러싼 이상한 사건과 상황에 대해 끊임없이 의문을 제기하고 현실의 물리적 법칙과 사회적 규약을 적용시키려는 태도를 설명해 주기도 한다. 앨리스에게 기존 동화들의 비현실적인 세계는 "현실 원리"를 수용해 나가는 과정, 즉 어린이들이 성장 과정에서 겪는 혼란을 반영하며, 그 혼란은 "현실 원리"에 의해 평가되고 수정되어야 한다. 앨리스는 기존 동화들에 대한 이러한 생각을 자신이 처한 상황에 그대로 적용하고자 한다. 앨리스가 각각의 상황에서 느끼는 당혹감이나 인물들과의 갈등은 이렇듯 환상의 무질서한 세계에 현실적인 질서를 부여하려는 태도에 기인하며, 이러한 앨리스의 모습은 위험스럽고 무질서하며 그로테스크한 것에 대항해 아름다움과 질서를 창조하려는 현대예술가의 모습을 연상시킨다(Rackin 101).

환상과 현실을 구별하며 양자 사이의 균형과 질서를 창조하려 분투하는 앨리스의 모습이 매우 사실적으로 묘사되고 있다면 앨리스가 접하는 주변 인물들은 모두 일차원적인 이미지만을 보여준다. 이들에게는 자신들만의 시각과 문맥 외에 다른 어떤 가능성도 존재하지 않으며 따라서 타협이나 이해는 불가능하다. 인물들의 이러한 모습은 이들이 대부분 특정한 언어표현이나 동요 또는 동시의 패러디로 존재하기 때문이다. 예를 들어 체셔 고양이는 "체셔 고양이 같은 미소"라는 표현에서 유래(Carroll 47)한 것이며 유명한 차 모임 장면의 "3월 토끼"와 "모자장수" 역시 당시의 격언에서 유래한 인물들이다. 앨리스나 주변 인물들이 부르는 노래들 또한 당시의 동요나 시에 대한 패러디이며 때로는 동요의 주인공이 직접 인물로 등장하는 경우도 있다. 가령 《거울 나라의 앨리스 *Through the Looking Glass and What Alice found There*》에서 계란을 의인화시킨 험프티 덤프티(Humpty Dumpty)는 지금까지도 전해지는 유명한 동요의 주인공인데 이들이 비유적인 언어표현이나 동요 또는 시에서 유래한 것이라는 사실은 이들이 그 존재의 근거인 특정한 언어표현이나 동요 또는 시 등의 원래 문맥에 따라서만 존재할 수 있다는 것을 암시한다. 다시 말해서 이들의 존재는 이들이 유래한 문맥 내에서만 의미를 가지며 따라서 이들은 자신들의 존재를 가능케 한 기존의 언어표현, 동요 또는 시의 원래 문맥 외에 다른 어떤 가능성도 인정하지 않는다. 앨리스는 이들을 현실의 문맥 속에 재위치시키려 하지만 이는 그들의 존재 근거를 파괴시키는 행위일 뿐이다. 따라서 이들은 앨리스의 "현실 원리"를 무시하며 태엽 감는 장난감처럼 한쪽 방향으로만 나아갈 뿐이다.

앨리스와 독자가 "이상한 나라"에서 느끼는 당혹감과 기괴한 느낌은 단순히 작품의 비현실적 상황들 또는 과도한 환상성 때문이 아니다. 그것은 사물과 언어가 인간이 부여한 현실의 의미 체계에서 벗어나 독자성을 주장하기 때문이다. 대체로 일반적인 동화들의 경우 아무리 환상적인 사건과 상황이 묘사되더라도 그것은 인간이 부여한 의미 체계를 벗어나지 않는다. 따라서 독자는 토끼가 말을 하고 그리핀이나 유니콘 같은 상상 속의 동물이 등장하더라도 이상하게 생각하지 않는다. 이들이 주인공과 독자의 "현실 원리"에 함께 참여하기 때문이다. 그러나 《앨리스》에서 이들은 자신들의 존재를 가능케 해준 기존의 문맥을 고집하며 앨리스의 "현실 원리"를 부정한다. 일반적인 동화들에서 볼 수 있었던 친숙했던 사물이나 상황이 "제자리에서 벗어난" 모습을 보이는 것이다.

프로이트는 문명의 발달과 인간의식의 성숙을 병치시킨다. 그의 입장에서 볼 때 어린이의 의식은 원시인의 의식과 유사하며 양자 간의 가장 큰 유사성은 "사고의 전능성"(omnipotence of thoughts)으로 대표되는 애니미즘적 사고이다. 만물에 영혼이 존재한다는 이러한 믿음은 현실의 물리적 현상에 대한 과학적 설명이 부재하던 원시사회에서 당시 인간의 이해를 벗어나는 초자연적 현상을 설명하고 그러한 자연적 · 현실적 제약으로부터 자신을 보호하는 수단이었다.

'사고의 전능성'은… 우주에 대한 애니미즘적 개념이다. 이것은 세계에 인간들의 영혼이 가득 차 있다는 믿음, 정신적 과정에 대한 주체의 나르시시즘적 과대평가에 의해 특징지어진다…. 그 제한 없는 나르시시즘의 단계에서… 현실의 명백한 제약들을 피하기 위한 것이다…. 우리들 누구에게나 그러한 사고의 잔재와 흔적이 남아 있다…. '친숙함과 낯섦 속의 두려움'은 그러한 애니미즘적 정신활동의 잔재들을 접하고 경험하게 하는 조건을 수행한다(Freud 240-241).

어린이의 미성숙한 의식이나 원시사회의 애니미즘적 사고는 상황에 대한 객관적이고 과학적인 인식의 부재를 특징으로 하는데, 이는 자아와 외부세계가 엄격히 분리되지 않았음을 의미한다. 프로이트에 따르면 "그 제한 없는 나르시시즘"은 "자아가 외부세계나 타인들로부터 명확히 구별되지 않았던 시절로의 퇴행"(Freud 236)이며, 이러한 퇴행적 경험이 바로 "친숙함과 낯섦 속의 두려움"의 조건이다. 프로이트는 이러한 느낌을 발생시키는 몇 가지 사례를 나열하고 있는데 그 대표적인 "분신"(Double), 죽음과 사자(死者)에 대한 공포, 애니미즘적 사고, 거세 공포증, 절단된 신체 등은 모두 퇴행적 경험이라는 공통점을 가진다. 예를 들어 "분신"의 경우는 또 다른 자아를 상정함으로써 죽음이라는 객관적 상황을 부정하려는 원시적 자기애에 근거한 것이다. 이러한 원시적 단계를 극복하고 나면 "분신"은 죽음을 대비한 또 다른 자아에서 기괴한 느낌을 주는 죽음의 통고자로 변한다(235). 또한 죽음과 사자(死者)의 이미지가 단순한 공포가 아니라 친숙함 속의 낯섦이 되는 것도 죽음의 공포를 과도한 자기애를 통해 극복하고자 했던 원시적 사고와의 퇴행적 만남이기 때문이다. 호프만(T. A. Hoffmann)의 《샌드맨 *The Sandman*》에 나타난 "친숙함과 낯섦 속의 두려움"을 분석하면서 프로이트는 주인공의 눈에 대한 강박관념에 주목한다. 그의 설명에 따르면 눈은 남성 성기의 상징이며 시력상실에 대한 두려움은 결국 거세공포증을 의미한다(231). 결국 《샌드맨》에 나타난 "친숙함과 낯섦 속의 두려움"은 억압하고 극복하고자 했던 원초적 욕망, 즉 주인공의 아버지에 대한 애증의 기억이 현실의 문맥에서 재등장했기 때문에 발생하는 것이며, 넓게 볼 때절단된 신체, 잘려진 팔·다리의 이미지, 특히 절단된 신체들이 자발적으로 움직이는 경우에 느끼는 낯섦과 두려움 역시 거세공포증과의 유사성으로 설명할 수 있다(244).

요약하자면, "친숙함과 낯섦 속의 두려움"을 친숙함 속에서 느끼는 낯선 감정으로 정의할 때, 친숙함이란 한때 억압했던, 또는 극복했다고 믿었던 과거의 원시적 의식과의 퇴행적 만남에 근거한 것이며, 이것이 낯설은 이유는 현재의 시점에서 그것이 아직도 드러나지않도록 억압해야만 하는 부정적인 요소이기 때문이다. 이와 같이 "친숙함과 낯섦 속의 두려움"은 과거와 현재 사이에 존재하는 의식의 차이문제이며 현재에서 바라본 과거 시절의 회상 또는 현재의 문맥에서 만나게 되는 과거의 모습이다. "친숙함과 낯섦 속의 두려움" 연구에 나타난 "억압된 것의 귀환"이라는 프로이트의 유명한 명제가 다른 동화들과 구별되는 《앨리스》만의 독특한 특성을 이해하는 데 도움이 되는 것은 이 때문이다. 《앨리스》역시 억압과 극복을 중심으로한 과거와 현재 사이의 낯설은 만남을 극화하고 있기 때문이다.

《앨리스》가 출판되었던 1860년대의 영국은 산업혁명과 자유방임주의, 민주주의의 확산 등으로 매우 급격한 변화의 시기였으며[4] 대부분의 영국 중산층들은 이러한 사회적 변화에 상당한 불안감을 느끼고 있었다(Rackin 3-4, 8). 이러한 분위기는 《앨리스》에서 동물이

---

4) 《이상한 나라의 앨리스》는 1865년에 출판되었고, 속편인 《거울 나라의 앨리스》는 1872년에 출판되었다.

인간에게 명령을 내리는 뒤집혀진 위계질서에 대한 당혹감과 끊임없이 신체변화 속에서 자신의 정체성에 대해 불안감을 느끼는 앨리스의 모습에서도 드러난다. 사실 앨리스는 당대의 전형적인 중산층의 시각을 대표한다. 단순히 학교에서 과외수업으로 프랑스어와 음악을 배울 여유가 있고 세탁일을 경멸하기 때문이 아니다(Carroll 76). 앨리스는 공작부인의 턱이 어깨를 짓눌러도 무례가 되지 않도록 참을 줄 알고(70), 애벌레의 거친 태도에도 끝까지 예의범절을 잊지 않는다(36). 게다가 주변 인물들의 독단과 난센스에 가까운 말장난에 대항해 논리와 상식을 강조하면서 무질서한 환상세계에 현실적 맥락에 근거한 질서를 부여하고자 애쓴다. 환상을 즐기는 철부지 어린아이가 아니라 현실을 중시하는 성인의 시각을 보여주는 것이다. 그러나 앨리스를 둘러싼 주변 인물들은 항상 독단적이고 적대적인 반응을 보일 뿐이다. 그런데 흥미로운 것은 앨리스가 접하는 당혹스러운 상황들과 그 등장인물들이 앨리스가 이전에 읽었거나 들어서 알고 있는 동화나 동요, 시로 구성되어 있다는 점이다(Hume 129). 다시 말해서 기존의 텍스트가 존재하는 것이다. 게다가 그것은 패러디의 형태를 띠고 있는데 이러한 사실은 《앨리스》의 구조에서 시간의 문제가 차지하는 중요성을 일깨워 준다. 패러디란 결국 기존의 텍스트에 대해서 이후의 텍스트가 취하는 시각과 태도의 문제이며 과거를 대하는 현재의 문제 또는 현재라는 문맥에 위치한 과거의 문제이기 때문이다.

잘 알려져 있듯이 일반적인 동화나 동요는 자아가 충분히 성숙되지 못한 단계, 다시 말해서 자아와 외부세계의 구별이 엄격히 이루어지지 못한 어린이의 의식을 바탕으로 하고 있다. 따라서 동화나 동요 또는 동시의 세계는 환상과 실제가 무질서하게 결합된 원초적인 욕망의 세계이며, 이러한 이유로 대부분의 동화에서 주인공은 초반에 시련과 좌절을 경험하기도 하지만 호의적인 주변 인물들의 도움으로 행복한 결말에 쉽게 도달한다. 그런데《앨리스》에 등장하는 기존의 텍스트는 주인공 앨리스를 배신하는 듯이 보인다. 그러나 정확히 말하자면 앨리스가 그들의 세계를 거부하는 것이라고 할 수 있다. 예의범절이라는 사회적 규범을 욕망 충족보다 우선시하는 중산층 부르주아 소녀에게 동화의 환상세계는 이미 지나온 어린 시절의 기억이고 과거일 뿐이다. 앨리스가 자신의 정체성을 잃지 않으려 분투하는 모습은 결국 자아와 외부세계의 차별성을 유지하려는 노력, 다시 말해서 현재의 문맥에 등장한 과거의 "억압"된 의식 또는 "극복"했다고 믿었던 원시적 사고를 부정하려는 노력의 일환이다.

일반적인 동화들의 경우에서는 이야기를 이끌어 가는 화자의 시각과 어조가 매우 단순하며 상당히 안정되어 있다. 그러나《앨리스》의 경우에는 서술구조, 시점뿐 아니라 내용을 구성하는 여러 요소들마저 대립적인 이중구조를 보여준다. 예를 들어 주인공 앨리스의 시각과 언어 외에 성인의 시각과 어조를 담은 목소리가 병존하고 있는데, 특히 앨리스에 대한 서술 사이에 괄호의 형태로 삽입된 말들은 명료하고 차분하며 친절한 성인의 어조를 유지하면서 앨리스의 당혹감과 두려움을 묘사하는 서술과 대비를 이루고 있다. 뿐만 아니라《앨리스》에는 의미와 무의미, 의식과 무의식, 풍자와 감상, 어린이 의식과 성인의식이 서로 대비되고 있다(Rackin 125). 그리고 이러한 이중구조는 서로 갈등하고 경쟁하면서 여느 동화에서 볼 수 없는《앨리스》 특유의 긴장감을 만들어 낸다. 대체로 작품의 구조적 특성에 근거한

극적 긴장감은 독자의 호기심과 흥미, 이야기의 진행을 자극하고 촉발하는 역할을 한다. 그러나 《앨리스》에는 플롯이 존재하지 않는다. 각각의 에피소드들이 서로 무관하게 연결되어 있을 뿐이다. 따라서 긴장감은 독자의 호기심이나 흥미를 자극하지도 않고 이야기의 진행을 이끌지도 않는다. 단지 당혹감과 낯섦만을 초래할 뿐이다.

물론 《앨리스》의 이러한 구조가 친숙함 속에서 느끼는 낯섦과 두려움의 형식적 조건이 되는 것은 사실이나 작품의 이중적 구조가 반드시 극적 긴장감을 초래하는 것은 아니며 그 긴장감이 반드시 두렵거나 낯설어야 할 필요도 없다. 그것이 "친숙함과 낯섦 속의 두려움"의 조건이 되기 위해서는 상반된 요소들이 통제되지 않은 채 서로 갈등을 일으키며, 특히 두 요소들이 "억압"과 "극복"을 매개로 과거와 현재의 의식의 차이를 구현해야 한다. 《앨리스》의 구조가 낯섦과 두려움으로 연결될 수 있는 것은 작품에 드러난 의식과 무의식, 의미와 무의미, 어린이 의식과 성인 의식이 각각 이성과 논리적 판단, "현실 원리" 등으로 대표되는 현재 그리고 환상과 현실의 경계가 모호한 어린이의 미숙한 의식으로 대표되는 과거 사이의 갈등으로 구체화되어 있기 때문이다.


## III. "친숙함과 낯섦 속의 두려움," 환상성, 동화

《앨리스》의 긴장감의 또 다른 특징은 그 긴장감이 질적 변화가 없이 계속 유지되며 따라서 주인공이나 독자 모두 환상과 현실, 옳고 그름에 대한 최종적 판단을 행할 수 없다는 것이다. 앞에서 밝혔듯이 《앨리스》에는 플롯이 존재하지 않는다. 따라서 에피소드들 간의 연관성이 없고 이전 에피소드에서 제기된 문제와 갈등이 이후에 해결되거나 더 큰 차원의 문제로 발전하지도 않는다. 각각의 에피소드들은 특유의 논리적 · 언어적 문제를 제기하여 주인공과 독자를 혼란시킬 뿐이며 주인공과 독자 모두 작품 내에서 그들의 현재적 의식과 주변 인물들의 유아적 과거 의식 중 어느 것이 더 진실에 가까운 것인지 판단하지 못한다. 이렇듯 판단의 부재 또는 판단의 유보라는 의미에서 《앨리스》는 토도로프(Todorov)가 말하는 "환상문학"(The Fantastic)과 유사한 점이 있다. 사실 《앨리스》는 토도로프가 말하는 "환상문학"의 세 가지 조건을 모두 갖추고 있다고 할 수 있다. 그가 말하는 세 가지 조건은 첫째, "망설임," 둘째, "주인공과 독자의 공통감." 마지막으로 "비유나 시적 해석의 불가성"이다. "환상문학"의 주인공은 환상과 현실 사이에서 자신이 처한 상황과 사건에 대한 최종적 판단을 내리지 못한 채 끝까지 망설인다. 그리고 그 "망설임"은 독자에게도 동일하게 적용되어야 하며 사건이나 상황에 대한 "비유적, 시적 해석"의 가능성도 배제되어야 한다(Todorov 33).

《앨리스》에서 친숙했던 자신의 신체, 가구, 동물들, 기존의 동화나 동요 등이 제각기 "현실 원리"를 무시하고 난센스에 가까운 이상한 논리로 대항해 올 때 주인공 앨리스가 느끼는 당혹감과 독자가 느끼는 낯섦은 사실상 그 맥을 같이한다. 주인공과 독자 모두 과거와 현재 사이의 의식의 간격 사이에서 혼란을 느끼는 것이다. 다시 말해서 주인공과 독자 모두 과거의 의식과 현재의 의식 사이의 갈등을 체험하게 되며 이것이 바로 《앨리스》의 형식적 구조의 이중성보다 더 중요한 문제, 즉 의식의 이중성 문제이다. 《앨리스》에서 "친숙함과 낯섦 속의 두려움"의 핵심 조건은 결국 구조의 이중성이 주인공과 독자의 의식의 이중성으로 이어진다는 데 있다. 그리고 이성과 논리가 지배하는 현재의 문맥에 환상의 형태로 침입해 들어온 과거의 원시적 의식에 대한 친숙하지만 낯선 느낌은 주인공 앨리스뿐 아니라 독자에게도 똑같이 적용된다. 예를 들어 래킨은 《앨리스》를 읽을 때 그 독자가 "즐거움을 느끼는 성인으로서의 독자"와 "겁에 질린 어린이로서의 성인 독자"로 구분된다고 주장하는데(114) 이는 두 종류의 독자가 아니라 동일한 독자가 《앨리스》와 관련하여 느끼는 이중적 의식을 암시하는 것이다. 성인의 시각에서 친숙했던 과거의 장면들을 부담 없이 바라보는 현재의 독자와 과거의 원시적 사고에서 벗어나지 못한 미숙한 의식의 독자가 동일한 의식 속에 공존하는 것이다.

어떤 의미에서 《앨리스》를 해석하는 것은 불가능하다. 에피소드들이 언어유희와 형식 논리로 구성되어 있으며, 에피소드들 간의 연계성과 발전이 없듯이 언어와 논리의 유희가 반복될 뿐 이것이 암시하거나 지시하는 주제적 의미가 존재하지 않는다. 물론 상징성에 대한 연구도 한계가 있다. 《앨리스》가 어린이의 꿈을 소재로 하는 만큼 프로이트의 상징 체계를 이용해 작품의 몇몇 장면을 해석하려는 시도가 있었다. 예를 들어 앨리스가 빠진 "눈물의 웅덩이"(The Pool of Tears)를 양수(amniotic fluids)의 상징으로 보고 이를 "이상한 나라"에서의 재탄생으로 해석하는 시각, 참수형을 즐기는 여왕을 히스테리한 어머니의 이미지로 해석하는 것 등이다(Rackin 22). 그런데 잘 알려져 있듯이 프로이트의 꿈과 상징은 무의식적 욕망에 근거한다. 따라서 꿈에 나타난 이미지나 상징은 충족되지 못한 욕망의 정체와 함께 함축과 전치를 통해 그 욕망이 어떻게 간접적으로 충족되는지를 보여준다. 그러나 앨리스가 자신이 흘린 "눈물의 웅덩이"에 빠지는 장면은 사실 "눈물에 젖다"(drown in one's tears)와 같은 비유적 표현을 문자 그대로 수용하여 극화시킨 것에 불과하다. 게다가 《앨리스》에서 꿈은 주인공 앨리스의 "소망성취"와 전혀 무관하다. 앨리스가 토끼굴에 들어간 것은 인간의 옷을 걸치고 말을 하는 괴상한 토끼에 대한 호기심 때문이었으며, 열쇠 구멍 너머에 보이는 정원으로 가고자 하는 유일한 욕망을 드러내지만 막상 그곳은 페인트를 뒤집어쓴 가짜 장미의 동산이었고 엉망이 된 크로켓놀이와 군인들의 참수형이 벌어지는 끔찍한 장소일 뿐이다. 이외에 불쾌한 여러 사건들이 이어진 후 재판에 출석해 재판 과정의 모순을 지적하다 참수형에 처하게 된 앨리스는 환상세계의 모든 존재들을 부정하고 스스로 꿈에서 깨어난다. 《앨리스》의 꿈은 "소망성취"가 아니라 일종의 악몽일 뿐이다.

이와 같이 《앨리스》는 토도로프가 제시한 "환상문학"의 요소들을 적절히 갖추고 있다. 그러나 "친숙함과 낯섦 속의 두려움"을 중심으로 한 《앨리스》의 환상성은 분명 기존의 동화들에서 접할 수 있는 환상성과는 다르다. 따라서 토도로프는 "환상문학"의 하부 장르로 "친숙함과 낯섦 속의 두려움의 문학"(The Uncanny)과 "경이로움의 문학"(The Marvelous)을 설정하면서, "친숙함과 낯섦 속의 두려움의 문학"은 과거를 향하는 장르이고 "경이로움의 문학"은 미래를 향하는 장르라고 말한다(Todorov 42). 다시 말해서 독서가 끝난 후 독자는 작품의 환상적 사건에 대해 결론을 내려야 하는데, 이때 현실의 리얼리티 법칙이 유지되고 그에 근거해 논리적 설명이 가능하면 "친숙함과 낯섦 속의 두려움의 문학"이 되고, 기존의 리얼리티 법칙으로 설명이 불가능하거나 따라서 새로운 자연법칙이 필요한 경우에는 "경이로움의 문학"이 된다는 것이다. 토도로프가 "친숙함과 낯섦 속의 두려움"을 과거라는 시간 개념과 연결시킨 것은 물론 옳다. 그러나 그는 "망설임"과 최종적 판단의 유무라는 기준에 얽매어 "친숙함과 낯섦 속의 두려움"의 조건을 독서가 끝난 후 텍스트의 세계 외부에서 이루어지는 판단에 근거하여 정의하고 있다. 따라서 독서 중에는 단순히 "환상문학"이었던 것이 독서 후의 판단에 따라 "친숙함과 낯섦 속의 두려움의 문학"이 될 수도 있고 "경이로움의 문학"이 될 수도 있다. 과거를 현재로부터 단절시켜 놓고 과거의 독서행위를 그것이 완료된 현재의 시각에서 판단하는 방식으로 볼 경우 독서행위는 당연히 판단이 유보된 "망설임"의 연속일 뿐이다. 현재의 입장에서 과거를 판단하고 특히 그 과거를 일종의 증상으로 보며, 그것을 드러내고 밝혀내어 결론짓고 이름을 붙여야 할 대상으로 본다는 의미에서 토도로프의 시각은 프로이트의 정신분석학을 연상시키기에 충분하다.

"친숙함과 낯섦 속의 두려움" 문제에 대한 프로이트의 정의는 "억압된 것의 귀환"이라는 명제를 통해 설명되는데 흥미로운 점은 프로이트 스스로도 자신의 정의에 한계가 있음을 인정하고 있다는 것이다. 그에 의하면 대부분의 "친숙함과 낯섦 속의 두려움" 현상은 "억압된 것의 귀환"으로 설명되지만 역으로 "억압된 것의 귀환"이 반드시 "친숙함과 낯섦 속의 두려움"이 되는 것은 아니라는 것이다. 이어서 프로이트는 동화를 중심으로 자신의 이론의 한계를 예시하고 있다. 예를 들어 하우프(Hauff)의 동화 《잘려진 손》에서는 절단된 신체에 대한 반응을 거세 공포증으로 설명하는 것이 가능하지만 잘려진 신체가 반드시 두렵거나 낯선 것은 아니며, 특히 "소망충족"을 내용으로 하는 동화의 경우에는 "친숙함과 낯섦 속의 두려움"이 존재하지 않는다고 주장한다. 《세 가지 소원》이라는 동화에서 코에 달라붙은 소시지의 이미지는 낯설지도 두렵지도 않다. 오히려 우스꽝스러울 뿐이다. 또 일반적으로 "살아 있는 인형"이 "친숙함과 낯섦 속의 두려움"을 촉발시키는 대표적인 경우라고 알려져 있으나 동화에서 흔히 접하는 "살아 있는 인형"들은 결코 낯설거나 두렵지 않으며, 《백설공주》나 《신약성서》에 등장하는 죽은 자의 귀환도 마찬가지이다(Freud 245-246).

물론 프로이트의 고백은 자신의 명제의 모순점보다는 특정 분야의 학문적 특수성에 대한 주장에 가깝다. 그는 설명이 불가능한 경우가 대체로 동화를 비롯한 문학작품들에서 발견되며 현실에서 경험하는 "친숙함과 낯섦 속의 두려움"은 대체로 "억압된 것의 귀환"으로 설명할 수 있다고 주장한다. 결국 정신분석의 분야에서는 여전히 유용한 개념이며 문학작품의 예외적인 경우들은 미학적 문제로 남겨두어야 한다(Freud 247). 그렇다면 지금까지 프로이트의 시각을 중심으로 논의해 온 《앨리스》의 "친숙함과 낯섦 속의 두려움" 문제는 잘못된 것인가? 이 문제를 위해서는 프로이트가 말한 문학작품의 예외성을 꼼꼼하게 살펴볼 필요가 있다. 특히 동화라는 장르의 일반적 특징에 대한 논의는 《앨리스》의 특성을 이해하는 데에도 도움이 되기 때문이다.

프로이트에 따르면, "친숙함과 낯섦 속의 두려움"이 유아기의 콤플렉스와 관련된 경우에는 "물리적 리얼리티"가 아니라 "정신적 리얼리티"가 문제가 되며 이는 특정한 내용의 "억압"과 그 귀환의 문제이다. 반면 "극복된 원시적 믿음"의 경우에는 "물리적 리얼리티"에 대한 재확인이 문제가 되며 이는 "억압"이 아니라 "극복"의 문제이다(Freud 249). 다시 말해서 현실에서 경험할 수 있는 "친숙함과 낯섦 속의 두려움"은 "억압된 것"과 "극복된 것"으로 구분되며 후자의 경우 "물리적 리얼리티" 또는 "리얼리티-검증"(reality-testing)이 중요하다는 것이다. 반면에 유아기의 콤플렉스에 근거한 경우에는 그것이 자아와 현실세계의 분리가 완전하지 않고 현실의 물리적 법칙에 대한 경험이 부재하는 만큼 "리얼리티-검증"이 필요치 않다. 이러한 사실은 동화를 비롯한 문학작품에도 적용된다. 문학작품의 경우 독자는 그것이 작가의 의도적 허구라는 것을 알고 있다. 따라서 독자는 작가가 요구하는 허구성을 인정하므로 현실에서처럼 "물리적 리얼리티"에 집중하지 않으며(250) 따라서 "리얼리티-검증"에 대한 요구도 적다. 특히 동화의 경우 "소망충족," 마술적인 힘, "사고의 전능성" "무생물의 의인화" 등 "친숙함과 낯섦 속의 두려움"의 조건이 될 만한 요소들을 많이 가지고 있으나 실제로 그러한 결과를 찾아보기는 어렵다. 처음부터 비현실성을 전제로 하기 때문에 동화는 콜리지(Colerdge)의 소위 "자발적인 불신의 중지"에 의존하는 대표적인 장르이며 따라서 현실세계의 검증을 필요로 하지 않는 것이다. 그러나 이러한 사실은 역으로 "친숙함과 낯섦 속의 두려움"과 무관한 동화의 비현실적 요소들이 실제로 현실에서 발생한다면 "리얼리티-검증" 문제가 도출되며 따라서 "친숙함과 낯섦 속의 두려움"의 효과가 발생한다는 것을 의미하기도 한다(Freud 250). 이것이 바로 앨리스가 느끼는 당혹감의 원인이다. 신체의 급격한 변화에 놀란 앨리스는 "예전에 동화를 읽을 때에는 이런 일이 결코 발생하지 않는다고 생각했는데, 내가 이제 바로 동화 속에 들어와 있는 것 같아!"

(Carroll 29)라고 말한다. 앨리스에게 동화는 현실에서의 "리얼리티-검증"이 필요 없는 아름다운 환상의 세계이며 동화 속에 신체의 변화가 등장하더라도 그것은 현실과 무관한 것이었다. 그러나 동화 속의 사건이 현실의 문맥을 침범할 때 그것은 더 이상 아름다운 환상이 아니라 깨어나야 할 악몽이다.

프로이트의 "리얼리티-검증"은 토도로프의 "망설임"과 유사하다. 양자 모두 상황에 대한 현실적 해설의 어려움에 초점이 맞추어져 있기 때문이다. 게다가 두 사람 모두 "친숙함과 낯섦 속의 두려움"을 작품 외부의 시점, 텍스트의 세계가 아닌 현실의 문맥에서 사후 재평가하는 방식을 택하고 있다. 이러한 사실은 "친숙함과 낯섦 속의 두려움"의 '체험'과 그에 대한 '정의' 사이의 필연적인 차이를 암시한다. '정의'가 단절된 과거, 현재의 시점에서 평가된 과거라면 '체험'은 텍스트 속에서 과거와 현재를 모두 경험하는 것이라고 할 수 있다. 《앨리스》의 "친숙함과 낯섦 속의 두려움"은 이러한 '체험'의 미학을 구현하며 이는 주인공 앨리스와 독자 모두가 경험하는 과거와 현재라는 이중의 의식에 근거하고 있다.

대체로 동화에서는 주인공을 포함한 인물들이 현실의 문맥을 동화의 세계로 끌어들이지 않는다. 따라서 인물들은 "리얼리티-검증"의 필요성을 느끼지 않으며 독자들도 환상과 현실 사이의 괴리를 의식하지 않는다. 동화 속의 환상은 자아와 "현실 원리"의 간섭이 부재하는 자유로운 놀이터이며 독서 후에 그 환상은 '즐거운 퇴행'으로 '정의'된다. 그러나 《앨리스》에서는 환상과 현실, 과거와 현재가 공존하며 갈등을 일으킨다. 주인공 앨리스는 "현실 원리"를 대표하며 계속해서 환상세계의 무질서에 맞선다. 앨리스에게 주변 인물들의 편협하고 독단적인 의식은 사회적 규범에 따라 수정되어야 할 부정적인 요소이다. 예를 들어 모두가 즐기는 "코커스 경주"(Caucus race)이지만 앨리스에게 아무런 규칙도 없고 승자도 패자도 없는 그 경주는 무의미한 몸짓일 뿐이다. 모두가 원하는 대로 행하며 만족감을 느끼는 "코커스 경주"는 일종의 원초적인 "자유로운 유희"라고 볼 수 있다. 다른 인물들이 타인과의 약속과 동의에 근거한 규칙의 개념 자체를 모른 채 유아기의 원초적 단계를 암시하는 혼자만의 놀이에 몰두하며 만족할 때 앨리스 혼자만이 규칙의 필요성을 주장한다(Blake 116). 인물들의 입장에서 볼 때 앨리스는 유아기의 "자유로운 유희"의 세계에 끼어든 침입자이며 "현실 원리"를 부과하려는 귀찮은 잔소리꾼에 불과하다. 그러나 앨리스는 자아를 갖춘 후의 그들이 가지게 될 미래의 모습이며 앨리스에게 그들은 "극복"했다고 믿는 자신의 과거의 흔적이다. 그들이 앨리스의 주장을 받아들인다면 "이상한 나라"는 더 이상 "자유로운 유희"를 즐길 수 있는 환상의 세계가 아니다. 마찬가지로 유아기의 애니미즘적 단계를 막 벗어나 자아를 형성해 가는 앨리스에게 "현실 원리"의 포기는 자아의 상실을 의미한다. 앨리스가 작품 전반에 걸쳐 자신의 정체성에 의문을 가지고 위기감을 느끼는 것은 이 때문이다.


## IV. 결론

성인을 위한 문학작품과 달리 어린이 문학, 즉 동화는 필연적으로 이중성을 가질 수밖에 없다. 성인 의식과 어린이 의식이 혼재하고 때로 겹치기 때문이다. 오이티넨(Oittinen)은 이를 다음과 같이 표현한다.

우리가 어린이들을 위해 창조하는 것은 그것이 창작이든 번역이든 어린 시절에 대한 우리의 관점, 어린이로서의 우리의 관점을 반영한다…. 어린이 문화는 항상 그 사회의 모든 것, 어린 시절에 대한 성인의 이미지, 어린이들 자신이 어린 시절을 경험하는 방식과 성인이 그 어린 시절을 기억하는 방식을 반영한다(Oittinen 41).

그러나 동화의 이러한 특성이 작품 자체에 구체적으로 드러나는 경우는 흔치 않다. 작가는 어린이가 동화의 내용을 무리 없이 수용할 수 있도록 구조적인 문제를 순화시키며 이 과정에서 어린이 의식이 자연스럽게 성인 의식 속에 포함되기 때문이다. 따라서 대부분의 동화는 성인 의식을 통해 재해석된 어린이 의식을 보여주게 된다. 그러나 《앨리스》의 경우 이러한 이중성 문제가 순화되지 않은 채 작품의 구조, 스타일, 언어, 이미지에 그대로 적용된다. 따라서 어린이 의식과 성인 의식의 갈등과 충돌이 각각의 에피소드를 통해 직접 구현되며 이 과정에서 어린이나 성인 모두 예기치 못한 과거와의 만남에 당혹감을 느끼게 된다.

일반적으로 환상문학은 그 비현실성과 함께 기존 리얼리즘 문학의 관습을 거부하고 비판한다(Zanger 227)는 의미에서 전복적 성격을 가진다고 할 수 있다. 《앨리스》역시 웃음과 공포를 통해 빅토리아 시대 부르주아 계층의 상식과 이성주의, 나아가 서구사상이 만들어 낸 "자연스러움"과 영원함, 상식과 이성의 토대를 공격하는 전복적인 작품(Rackin 36)이라는 평을 받았다. 그러나 "친숙함과 낯섦 속의 두려움"을 중심으로 한 독법은 《앨리스》의 전복적 성격뿐 아니라 동화 장르의 특수성 자체를 작품화시킨다는 의미에서 일종의 '메타동화'로서의 가능성을 보여준다. 따라서 동화 연구의 한 가지 모델을 제공해 줄 수 있으며 특히 동화와 문학의 관계, 나아가 문학 자체에 대한 또 다른 시각을 제공해 줄 수도 있다. 홀랜드(Holland)의 말대로, 문학이 인간의 원초적 욕망과 두려움을 의미 있는 통합체로 변용시켜 우리에게 즐거움을 주는 것(30)이라면, 문학은 결국 우리의 과거, 어린 시절, 환상과 현실이 욕망과 두려움 속에 혼재하던 시절과의 만남의 장인 셈이다. 사실 환상과 현실의 만남은 어떤 의미에서 문학의 존재 조건이기도 하다. 프로이트의 말대로, "친숙함과 낯섦 속의 두려움"이 환상과 현실의 차이가 사라졌을 때 발생하는 것이라면 그것은 문학의 속성과도 매우 유사하다. 문학은 환상과 현실 그 어느 한쪽에 고정되는 것을 거부하기 때문이다(Royle 15). 이와 같이 《앨리스》의 "친숙함과 낯섦 속의 두려움"에 주목해야 하는 이유는 그것이 단지 《앨리스》를 읽는 여러 방법들 중 하나이기 때문만은 아니다. 《앨리스》의 "친숙함과 낯섦 속의 두려움"은 일반적인 동화들과 구별되는 《앨리스》만의 독특한 특성이며 동화 장르에 대한 인식을 제고하고 과거와 현재, 환상과 현실 사이의 존재로서 인간과 문학의 문제를 생각하게 하는 단초를 제공해 주기 때문이다.

# 인용 문헌

Avery, Gillian. "Fairy Tales with a Purpose" Ed. Donald J. Gray. in *Alice in Wonderland*. New York: W. W. Norton & Company, 1992.

Blake, Kathleen. *Play, Games and Sport: The Literary Works of Lewis Carroll*. Ithaca: Cornell University Press, 1974.

Carroll, Lewis. *Alice in Wonderland*. Ed. Donald J. Gray. New York: W. W. Norton & Company, 1992.

Cassirer, Ernst. *Language and Myth*. Trans. Susanne K. Langer. New York: Dover Publications, 1953.

Freud, Sigmund. "*The 'Uncanny'* " in *The Standard Edition xvii*. London: Hogarth Press, 1975.

Holland, Norman. *The Dynamics of Literary Response*. New York: Oxford UP, 1968.

Hume, Kathryn. *Fantasy and Mimesis: Responses to Reality in Western Literature*. New York: Methuen, 1984.

Mack, John E. *Nightmares and Human Conflict*. New York: Columbia UP, 1989.

Oittinen, Riitta. *Translating for Children*. New York: Garland Publishing, 2000.

Rackin, Donald. *Alice's Adventures in Wonderland and Through the Looking-Glass: Nonsense, Sense and Meaning*. New York: Twayne Publishers, 1991.

Royle, Nicholas. *The Uncanny*. Manchester: Manchester UP, 2003.

Sewell, Elizabeth. "Is Flannery O'connor a Nonsense Writer?" in *Explorations in The Field of Nonsense*. Ed. Wim Tigges, Amsterdam:

Rodopi, 1987.

Todorov, Tzvetan. *The Fantastic—A Structural Approach to a Literary Genre*. Trans. Richard Howard. Ithaca: Cornell UP, 1975.

Zanger, Jules. "Heroic Fantasy and Social Reality: ex nihilo nihil fit" in *The Aesthetics of Fantasy Literature and Art*. Ed. Roger C. Schlobin. Notre Dame: University of Notre Dame Press, 1982.

# 제4장
# 루이스 캐롤의 《이상한 나라의 앨리스》:
## 패러디와 상호 텍스트성

## I. 캐롤 동화의 현대성과 패러디

루이스 캐롤(Lewis Carroll)은 전문적인 동화작가가 아니었음에도 불구하고 그의 작품이 보여주는 독특한 특성으로 인해 영미권의 동화 연구에서 매우 중요한 위치를 차지하고 있다. 동화는 대체로 성인 작가가 미숙한 어린이를 대상으로 쓴 것인 만큼 도덕적이고 교훈적인 내용을 담고 있는 경우가 많다. 그러나 캐롤의 《이상한 나라의 앨리스 *Alice's Adventures in Wonderland*》[1]는 일반적으로 동화가 보여주는 교훈주의 성향에서 완전히 벗어나 있을 뿐 아니라 나아가 전복적인 성향까지 보여주는 매우 특이한 작품이다. 도덕과 교훈을 통해 사회성을 강조하는 대부분의 기존 동화들과 달리 캐롤의 《앨리

---

1) 앨리스가 주인공으로 등장하는 《이상한 나라의 앨리스》와 속편인 《거울 나라의 앨리스 *Through the Looking-glass and What Alice Found There*》를 영미권에서는 흔히 "앨리스 책들"(alice books)로 통칭한다. 본 논문에 사용한 텍스트는 *Alice in Wonderland: Authoritative texts of Alice's Adventures in Wonderland, Through the Looking-glass, The Hunting of the Snark*. Ed. Donald J. Gray(New York: W. W. Norton & Company, 1992)이며 이하 페이지 수와 함께 《앨리스》라고 표시함.

스》에서는 수학과 논리, 사회적 규약으로서의 언어, 질서 있는 시공간의 개념 등 현실의 일상적 법칙을 구성하는 요소들이 의도적으로 왜곡되고 파괴되기 때문이다(Rackin 36-37). 이는 언어유희와 논리에 대한 그의 개인적 관심과 함께 당시 빅토리아 시대 중산층들의 보수성과 위선에 대한 캐롤 자신의 반감이 풍자적으로 작용한 탓이지만 결과적으로 동화의 역사와 관련하여 즐거움 자체를 목적으로 쓰여진 동화, 즉 현대적 개념의 동화를 선보이는 계기가 되었다. 17세기 후반 로크(John Locke)의 "백지설"(tabula rasa) 이후 동화작가들의 주된 관심사는 동화의 교육적 효과였으나 최근에는 노골적으로 교훈주의만을 지향하는 작품들은 찾아보기 힘들다. 그만큼 동화에서 즐거움의 요소가 증가했고 중시되고 있는 것이다.

러셀(Russell)은 고대부터 현대까지의 동화의 역사를 간략하게 개괄하면서 제2차 세계대전 이후로 성인의 일방적인 시각에서 벗어나 어린이들의 독립적인 의식과 시각을 중시하는 작품들이 많이 등장하고 있다고 주장한다. 그리고 이러한 경향은 어린이만의 독특한 의식과 인지발달 메커니즘에 대한 몬테소리(Montessori)나 피아제(Piaget)의 연구와도 관련이 있다고 설명하고 있다(19). 그런데 이러한 사실은 캐롤의 동화가 보여주는 현대성의 또 다른 실례이다. 어린이를 단순히 훈육의 대상으로만 상정하는 여타의 동화들과 달리 캐롤은 "이상한 나라"의 현실에 대응해 나가는 어린이의 의식 자체에 초점을 맞추고 있다. 예를 들어 《앨리스》에 등장하는 과도한 말장난, 괴상한 형식 논리와 수수께끼 등은 주인공 앨리스와 독자 모두에게 당혹감을 안겨 준다. 그러나 이것은 작가가 성인의 시각이 아니라 어린이의 시각에서 어린이의 의식, 심리를 묘사하기 때문이다(Lesnik-Oberstein

201). 따라서 언어와 관련해서 배운 것을 체계화시키며 예외를 배워 나가는 앨리스의 모습에서 어린이의 언어습득 과정을 연상하는 것 (Lecercle 54)도 무리가 아니다.

이와 같이 캐롤의 《앨리스》는 어린이의 의식과 언어에 대한 새로운 이해의 가능성을 제공해 준다. 뿐만 아니라 이 과정에서 드러나는 난센스에 가까운 말장난과 수수께끼 등은 언어를 중심으로 한 흥미로운 철학적, 미학적 문제를 제기하는 바, 이는 《앨리스》가 여타의 동화들과 구별되는 가장 큰 특징이자 대부분의 캐롤 학자들이 가장 흥미롭게 생각하는 부분이기도 하다. 《앨리스》의 말장난들을 현대 논리학의 제문제들과 연결시킨 피터 히스(Peter Heath)의 《철학자의 앨리스 *Philosopher's Alice*》, 난센스의 미학적 특성을 집중적으로 다루고 있는 티제스(W. Tigges)의 《문학적 난센스의 해부 *An Anatomy of Literary Nonsense*》, 언어유희로서의 말장난을 놀이 이론으로 규명한 블레이크(K. Blake)의 《놀이, 게임, 스포츠: 루이스 캐롤의 문학작품 *Play, Games and Sport: The Literary Works of Lewis Carroll*》 등이 대표적이다.[2]

《앨리스》 연구가 대체로 언어와 논리문제에 집중되어 있는 것은 당연한 일이다. 물론 동화뿐 아니라 문학 자체가 언어의 구성물인 만큼 언어에 대한 연구는 필수적인 것이며 작품의 의미 또한 언어의 내

---

2) 《앨리스》에서 제기되는 이러한 언어, 논리적 문제들은 어린이 독자들이 이해하고 즐기기에는 너무 과도한 것이 사실이다. 실제로 어린이들 중에는 《앨리스》에 대해 거부감을 느끼는 경우가 종종 있다. 그러나 그 거부감은 "친숙함과 낯섦 속의 두려움"(uncanny)의 느낌에 근거하며 언어와 논리에 대한 지적 부담에 대한 것은 아니다. 어린이들은 환상적인 장면과 이미지 등을 즐길 뿐 언어와 논리에 대해 깊이 있는 의문을 제기하지는 않는 듯하다. 이렇듯 성인 독자와 어린이 독자 간의 취향에는 분명 차이가 있는 것으로 보인다.

적 논리성을 중심으로 이루어지는 의미와 무의미의 긴장관계를 통해 산출되는 것이라고 본다면 이를 《앨리스》만의 특징이라고 보기 어려울지도 모른다. 게다가 언어유희, 난센스, 수수께끼 등이 《앨리스》와 같은 동화에서만 등장하는 것도 아니다. 그러나 이러한 것들이 작품의 소재이자 동시에 주제이며 나아가 작품을 구성하는 구성 요소로서 글쓰기의 현대적 개념을 암시하는 경우는 매우 드물다. 따라서 《앨리스》는 언어와 텍스트를 새롭게 규정하려는 현대문학이론 가들의 관심을 끌기에 충분하며 소설의 본질에 대한 물음이 메타픽션을 탄생시켰듯이 캐롤의 언어를 메타언어, 《앨리스》를 메타텍스트로 볼 수 있는 가능성도 고려해 볼 수 있을 것이다.[3] 그리고 그 가능성은 패러디에서 시작된다. 《앨리스》 전반에 걸쳐 패러디된 동요나 동시들이 산재해 있을 뿐 아니라 각 장의 에피소드들 역시 패러디로 이루어져 있기 때문이다.

서시에도 암시되어 있듯이(Carroll 3) 《앨리스》는 1826년 7월 4일 캐롤이 앨리스를 포함한 세 명의 리들(Liddell) 자매들과 템스 강으로 보트놀이를 갔던 일에서 유래한다. 보트 위에서 리들 자매들은 캐롤에게 이야기를 해달라고 요청했고 캐롤은 즉석에서 여러 이야기들을 지어낸다. 그런데 즉석에서 지어낸 것인 만큼 캐롤의 입장에서 이야기들 사이의 유기적인 관계나 일관된 주제를 미리 상정하기는 어려웠을 것이다. 이후에 회상하듯이 캐롤 자신도 당시에는 자신의

---

3) 실제로 르세르클(Lecercle)은 《앨리스》에 나타난 난센스가 언어와 의미 자체의 문제를 다루고 있는 만큼 캐롤의 난센스를 "메타내러티브 장르"라고 볼 수 있다고 주장한다. *Philosophy of Nonsense: The Intuitions of Victorian Nonsense Literature*, New York: Routledge, 1994, p.199.

이야기가 어떻게 전개될지 전혀 모르는 상태에서 주인공 앨리스를 토끼굴로 내려 보냈던 것이다.

　이후에 어떤 일이 생길지는 전혀 생각지도 않은 채 여주인공을 토끼굴로 우선 내려 보냈습니다(Gardner 8).

　흥미로운 것은 즉석에서 이야기를 지어내는 캐롤의 모습이 실제 작품 속에서 이루어지는 앨리스에 대한 묘사와 매우 흡사하다는 것이다. 시계를 꺼내 보며 발길을 재촉하는 흰토끼의 모습을 보자 호기심이 발동한 앨리스는 "어떻게 나올지는 생각지도 않은 채"(Carroll 8) 토끼굴로 즉시 따라 들어간다. 그리고 그 후에 전개되는 앨리스의 모험들 역시 인과관계나 앨리스의 의지와 무관하게 갑작스럽고 예기치 못한 방식으로 연결된다. 따라서 에피소드들 간의 논리적 인과관계가 존재하지 않는다.[4] 이에 따라 새로운 에피소드가 시작될 때마다 앨리스는 그 전에 습득했던 "이상한 나라"의 언어와 논리규칙이 더 이상 적용되지 않는 전혀 새로운 상황에 처하게 된다. 그곳에서 앨리스는 전혀 다른 논리를 접하게 되며 새로운 규칙에 적응하기 위해 어려운 시간을 보낸다. 따라서 앨리스에게 각각의 에피소드들은 전혀 다른 새로운 "이야기들"인 셈이며 이후의 에피소드가 어떻게 전개될지 전혀 예측하지 못한다. 물론 《앨리스》의 내용이 주인공

---

　4) 물론 주제와 통합적 구조가 존재한다는 주장도 있다. 예를 들어 이디(Ede)는 《앨리스》의 각 장들의 주제를 입문과 소개, 언어와 논리, 성취 등 세 가지로 묶어 제시하고 있다. 그러나 이러한 설명도 에피소드나 각 장들을 연결시키는 논리적 연관성은 제공해 주지 못한다. Lisa Ede. *Nonsense Literature of Lear and Carroll*. Ohio Stat University, Ph D Thesis, 1975, p.90 참조.

앨리스의 꿈으로 이루어졌다는 사실을 통해 이에 대한 설명을 시도할 수도 있을 것이다. 그러나 매순간 새로운 이야기들을 즉석에서 지어내는 캐롤과 서로 다른 규칙을 가진 에피소드들 사이에서 정체성의 혼란을 느끼는 주인공 앨리스의 모습이 상당히 유사하다는 사실은 성인 작가와 어린이 독자 간의 의식의 연계성이[5] 동화의 패러디 또는 상호 텍스트성을 설명하는 데 유용하다는 사실을 암시한다.

어느 작가나 글쓰기 과정에서 "이상적인 독자"를 상정하기 마련이며 동화의 경우 그 독자는 당연히 어린이이다. 흥미로운 점은 대체로 동화의 경우 그 어린이가 작가 자신의 어린 시절의 모습인 경우가 많다는 것이다(Rudd 25). 이는 동화작가가 어린이의 시각에서 세계를 관찰하고 이야기를 전개하는 데 상당한 도움을 준다. 그런데 이 문제는 이야기의 구성과 관련해서 작가 자신이 어린 시절 독자의 입장에서 읽었던 기존의 텍스트와의 연관성, 그 영향관계에 대한 관심을 유발시킬 정도로 충분히 흥미롭다. 동화작가는 필연적으로 어린 시절의 독서경험에 영향을 받기 때문이다. 윌키-스팁스(Wilkie-Stibbs)는 이 문제를 상호 텍스트성으로 연결시켜 다음과 같이 설명한다.

어린이를 위해 글을 쓰는 성인들은(당연히 더 이상은 어린이가 아닌) 의식적으로 또는 무의식적으로 그들이 어린 시절에 읽었던 문학작품들이라고 하는 상호 텍스트적 공간 내에서 작업하게 되며 또 그것에 영향을 받는다. 어린 시절에 읽었던 책들, 어린 시절의 경험들이 성

---

5) 《앨리스》는 실존인물인 앨리스 리들(Alice Liddell)에게 들려준 이야기를 이후에 다시 정리한 것으로서 캐롤은 책이 출판되자 앨리스에게 가장 먼저 선사했다. 따라서 앨리스 리들은 작품의 주인공이자 《앨리스》의 최초의 독자이기도 했다.

인의 인식에 심대한 영향을 미친다는 사실은 수많은 성인들, 특히 어린이를 대상으로 한 책을 쓰는 사람들이나 어린 시절의 독서의 영향에 대해 언급하는 사람들이 공통적으로 인정하는 사실이다(169).

전문 작가들에게조차 어린 시절의 독서가 상호 텍스트의 형태로 영향을 미친다면 즉석에서 이야기를 꾸며내야 했던 캐롤의 입장에서 자신이 기존에 알고 있던 단편적인 동시나 동요들을 즉석에서 가공하는 방식은 가장 효과적인 상호 텍스트적 글쓰기였는지도 모른다. 따라서 이러한 사실은 《앨리스》의 에피소드들 간의 무작위성뿐만 아니라 《앨리스》의 내용이 패러디로 이루어진 이유, 나아가 《앨리스》를 상호 텍스트성에 근거한 구성과 글쓰기의 전형으로 볼 수 있는 기회를 마련해 준다.

## II. 언어유희로서의 패러디

《앨리스》의 에피소드들은 주로 기존의 동요나 동시의 패러디로 이루어져 있다. 각 에피소드 또는 장마다 패러디된 동요나 동시가 등장할 뿐 아니라 패러디된 내용이 에피소드 자체를 구현하는 경우도 많기 때문이다. 예를 들어 제6장의 주된 에피소드인 공작부인과 아기는 데이비드 베이츠(David Bates)의 동시를 패러디한 것이며, 제9장에서 벌어지는 공작부인의 괴상한 도덕론과 플라밍고, 겨자, 광산으로 이어지는 난센스에 가까운 말장난은 당시에 유행하던 격언들과 "animal, vegetable, mineral"이라는 일종의 스무고개 같은 놀이의

패러디이다(Gardner 92). 패러디된 동요들만으로 가득 찬 장이 있는
가 하면(Carroll 78-85), 단순한 기존 동시의 한 구절 때문에 《앨리
스》의 주요 등장인물들이 모두 소환되는 중대한 재판이 벌어지기도
한다. 물론 이 재판 장면에서도 이야기를 이끌어 나가는 중심 동력은
패러디된 기존의 동시들이다.[6] 《거울 나라의 앨리스》에서도 수많은
동요나 동시의 패러디들이 등장하며 특히 제6장의 트위들덤과 트위
들디(Tweedledum and Tweedledee) 이야기는 당시의 유명한 동요의
내용을 그대로 극화시킨 경우이다. 두 편의 앨리스 연작의 인물들 중
최고의 언어이론가인 험프티 덤프티(Humpty Dumpty)가 등장하는 에
피소드는 현재에도 불리워지는 유명한 동요를 근거로 하고 있으며
제12장의 사자와 유니콘의 싸움도 동요의 내용이다.

그렇다면 왜 패러디의 대상이 기존의 동화가 아니라 동요나 동시
인가? 이는 기존의 동화 전체를 즉석에서 패러디하기 어렵다는 문제
외에 캐롤이 기존 동화들의 교훈주의적 시각을 탐탁치 않게 생각했
기 때문이다. 물론 패러디를 통해 기존의 동화들을 풍자할 수도 있
다. 그러나 캐롤의 목적은 교훈도 풍자도 아닌, 자신이 좋아하는 어
린이를 즐겁게 해주는 것뿐이었다.[7] 그렇다면 어린이를 즐겁게 해주
는 가장 대표적인 방법은 무엇인가? 아마도 장난감을 가지고 함께
놀아 주는 것이라고 할 수 있을 것이다. 그리고 템스 강 위의 보트에
서 캐롤이 꺼내 보일 수 있었던 장난감은 기존의 동요나 동시들이었
고 그 놀이는 패러디였을 것이다.

---

6) 이 에피소드는 IV장에서 구체적으로 살펴보게 된다.

7) "And so, to please a child I love(I don't remember any other motive)…"(Gardner
8).

캐롤은 안데르센(H. C. Andersen)이나 오스카 와일드(Oscar Wilde) 같은 도덕주의 동화작가도 아니었고 의도적인 예술가도 아니었다. 그가 원했던 것은 단순히 귀여운 여자아이들과의 친교였을 뿐이다. 그리고 놀이는 그 친교를 가능케 해주는 수단이었다. 가드너(Gardner)에 따르면, 캐롤은 여자 어린이를 만날 때를 대비해서 항상 재미있는 이야기와 장난감을 준비하고 다녔고, 실제로 그의 방에는 흥미로운 장난감들로 가득했다고 한다(Gardner 237). 놀이 또는 게임에 대한 그의 관심은 언어나 이야기에도 그대로 반영된다. 실제로 철자들의 조합을 이용한 놀이기구를 만들어 내는가 하면 《거울 나라의 앨리스》에서는 체스 게임을 작품의 기본적인 플롯으로 사용했으며, 험프티 덤프티의 말을 통해 말 또는 대화도 일종의 게임이 될 수 있음을 암시하고 있다(Carroll 161). 따라서 캐롤에게 언어 또는 이야기를 이용한 놀이는 어린이들에게 어필할 수 있는 그의 가장 큰 특기이자 장난감이었다. 《앨리스》가 패러디로 이루어져 있다고 할 때 그 대상이 동화가 아니라 짤막한 동요나 동시인 이유도 이 때문이다. 플롯과 주제가 고정되어 있고 비교적 긴 내용의 동화보다는 동요나 동시가 놀이의 대상, 즉 장난감으로 활용하기에 편리했던 것이다.[8] 결국 보트에서 캐롤이 즉석에서 지어낸 이야기들은 기존의 동요나 동시 또는 짤막한 이야기들을 이용한 놀이의 결과물이며 그것은 다시 《앨리스》의 텍스트에서 패러디의 형태로 선을 보인다.

---

8) 시웰(Sewell)에 따르면 놀이는 대상에 대한 통제와 숙달을 목표로 하며, 따라서 그 대상은 작은 것, 분리된 조각 등 조작과 통제가 가능한 것이어야 한다. 너무 크거나 가변적인 것, 무형의 것은 통제와 조작에 어려움이 따르므로 놀이의 대상이 되지 않는다. *The Field of Nonsense*. London: Chatto and Windus. 1952, pp.28~29.

캐롤에게 놀이나 장난감은 고유의 규칙을 따르는 것이 아니라 새로운 측면을 발견하고 노출시킴으로써 놀라움과 기쁨을 만들어 내는 도구이다. 그가 고안한 놀이나 장난감들이 주로 거꾸로 뒤집힌 세계를 보여주는 것도 이 때문이다. 예를 들어 왼손을 내리면 왼손이 오른손으로 변하는 인형, 거울에 비추어야 읽을 수 있도록 쓰인 편지, 거꾸로 돌아가는 뮤직박스 등(Gardner 142) 캐롤이 고안했거나 언급한 놀이는 모두 비틀리고 뒤집힌 것들이며 어린이들은 여기에서 예기치 못했던 낯설고 신기한 일상세계의 이면을 경험하게 된다. 낯설고 신기한 세계를 발견하고 놀라움과 기쁨에 찬 표정을 짓는 어린이의 순수한 모습, 이것이 바로 캐롤이 그의 어린 여자 친구들에게 전해 주고 싶어했던, 도덕이나 교훈보다 더 소중한 가치였다.

놀이의 세계는 규칙의 세계이다. 규칙이 없다면 놀이는 존재할 수 없으며 놀이의 즐거움은 규칙을 따르는 데에서 출발한다. 그러나 비틀리고 뒤집힌 장난감들로 가득한 《앨리스》의 꿈의 세계에서 등장인물들은 난센스에 가까운 언어유희와 극단적인 형식 논리를 통해 일상적인 현실의 규칙을 끊임없이 위협하고 뒤집는다. 많은 비평가들이 앨리스와 다른 인물들 간의 적대적인 관계에 주목하는 것도 이 때문이다. 기존의 규칙을 준수하려는 앨리스와 그 규칙을 파괴하며 새롭고 신기한 것으로 가득 찬 "이상한 나라"를 보여주려는 등장인물들의 모습은 규칙의 준수와 파괴라는 놀이 이론의 핵심을 보여준다.[9] 실제로도 《앨리스》의 거의 모든 에피소드들은 규칙을 둘러싼 앨

---

9) Kathleen Blake의 *Play, Games, and Sport: The Literary Works of Lewis Carroll*(Ithaca: 1974)는 《앨리스》를 놀이 이론으로 접근한 대표적인 연구서이다.

리스와 다른 인물들 간의 갈등을 극화시키고 있는데 거의 예외 없이 앨리스는 기존의 현실에 바탕을 둔 일반적이고 사회적인 규칙을 옹호하며 다른 인물들은 새롭고 낯선 시각을 강요한다. 특이한 것은 앨리스가 그들의 시각을 수용하고 새로운 규칙에 적응하자마자 기존의 에피소드가 중단되고 새로운 에피소드가 시작되어 또 다른 규칙을 강요한다는 것이다. 결국 앨리스의 모험은 계속되는 놀라움과 신기함의 연속이다.[10] 그리고 이를 가능케 하는 것은 언어와 논리의 놀이를 통해 이질적인 시각과 문맥을 끌어들이는 패러디라는 장난감의 역할에 기인한다. 언어와 논리에 대한 캐롤의 개인적인 관심, 그리고 이를 장난감 삼아 어린이에게 새롭고 신기한 세계를 보여주고자 했던 그의 의도는 이질적인 시각과 문맥들이 공존하는 패러디와 상호 텍스트의 세계를 만들어 낸다.

## III. 글쓰기로서의 패러디 또는 상호 텍스트성

캐롤이 언어를 놀이의 대상, 하나의 장난감으로 보았으며 특히 그 장난감의 고유 기능이나 놀이의 일반규칙을 벗어나 그것을 재배치하고 변형시키거나 기존의 형태와 병치시킴으로써 새롭고 신기한 세계를 만들었다는 사실은 그의 글쓰기가 패러디에 근거함을 암시하

---

10) 앨리스와 다른 인물들이 계속해서 갈등을 일으키는 만큼 앨리스는 신기함과 놀라움 못지않게 좌절과 정체성의 혼란을 경험한다. 게다가 여러 어린이 독자들이 《앨리스》를 기괴한 느낌으로 경험한다는 사실은 캐롤의 미학적 성취에 대해 다양한 시각과 접근이 필요함을 생각하게 한다.

는 것이라고 할 수 있다. 패러디는 서사시의 영웅담을 희극적으로 다시 쓰는 형태로 시작된 만큼(Rose 15) 상당히 오래된 문학적 장치로서 주로 풍자적인 기능을 담당했다. 그런데 캐롤이 패러디의 대가라거나 그의 패러디가 희극성을 통해 서사시의 거대 담론을 풍자하거나 전복하는 기능을 가진다고 보기는 어려울 듯싶다. 따라서 허천(L. Hutcheon)이 패러디를 정의하면서 사용했던 "비판적 거리"(critical distance)[11] 또는 선텍스트(pre-text)에 대한 작가의 정치적 태도는 거의 드러나지 않는다. 동화가 정치적 시각을 담기에 상대적으로 한계가 있는 장르이며 앨리스 리들이라는 특정 소녀를 즐겁게 해주기 위한 목적이었기 때문일 것이다. 특히 보트 위에서 즉흥적으로 이야기를 꾸며내기 위한 가장 편리한 수단이었던 만큼 캐롤의 패러디를 희극적 전복성이나 이데올로기 비판 등의 일반적 시각으로 평가하기에는 적합하지 않은 측면이 많다.[12] 그의 패러디의 특징은 주제나 모티프가 아니라 이야기의 구성, 글쓰기의 원리로서 상호 텍스트성의 기능을 보여주는 흥미로운 실례를 제공해 준다는 데 있다. 패러디가 상호 텍스트의 일종일 뿐 아니라, 선텍스트의 주제와 그에 대한 작가의 비판적이고 이질적인 시각이 병존하는 일반적인 패러디와 달리,

---

11) 허천은 패러디를 "비판적 거리를 가진 반복"(6)으로 정의하면서 패러디를 상호 텍스트성 이론으로 확장시키고 있다. Linda Hutcheon. *A Theory of Parody*. New York. 1991, pp.20-21.

12) 물론 근면성을 강조한 도덕적 동시인 아이삭 와츠(Issac Watts)의 "Against Idleness and Mischief"를 패러디한 경우(Carroll 16)처럼 기존 동요나 동시의 교훈적 태도에 대한 풍자적 시각이 직접 드러나는 경우도 있다. 그러나 이 경우에도 풍자성과 해당 에피소드의 주제나 진행 사이에 연관성이 발견되지 않으며 다른 에피소드들, 나아가 작품 전체의 주제와도 연결되지 않는다. 게다가 대부분의 패러디가 한두 페이지의 짧은 에피소드만을 구성하여 에피소드들 간의 논리적 연관성도 명확치 않은 경우가 대부분이다.

캐롤의 패러디에서는 작가의 비판적 시각이 배제된 채 선텍스트와 그 텍스트의 이질적 변형만이 공존하기 때문이다.[13] 그리고 이러한 어색한 공존은 특정한 시각이나 주제로 통합되지 않은 채 이질성 또는 이항성으로서 텍스트와 이야기의 본질을 드러내며 계속해서 새로운 텍스트, 새로운 에피소드들을 만들어 나간다.

마거릿 로즈(Margaret A. Rose)는 고대부터 현대까지 패러디의 역사를 개괄하면서 1960년대 이후로 이론가들이 패러디를 희극성보다는 일종의 메타픽션 또는 상호 텍스트의 형태로 보는 경향이 많다고 주장한다(113). 이는 패러디를 통해 수사적 효과가 아니라 작품 또는 텍스트의 구성원리, 나아가 텍스트성 자체를 규명할 수 있다고 본다는 의미이다. 그리고 이러한 주장은 상호 텍스트성에 대한 크리스테바(J. Kristeva)의 시각과도 일치한다. 크리스테바는 "숨겨진 논쟁"이나 패러디와 같이 바흐친(Bakhtin)이 "대화주의"의 조건으로 보았던 이중의 목소리를 가진 텍스트들을 "상호 텍스트성"이라는 용어로 정리하면서 이를 텍스트 자체의 구성원리로까지 확장시킨다. 역사와 사회도 일종의 텍스트라고 볼 수 있으며 언어가 그러한 역사와 사회의 문맥에서 벗어나 독자적으로 존재할 수 없는 것이라면 글쓰기 작업은 기존의 텍스트를 "읽고 다시 고쳐 쓰는 작업"(크리스테바 106)이다. 따라서 "어떤 텍스트라도 서로 다른 다양한 인용이라는 모자이

---

13) 일반적으로 패러디에서 선텍스트의 주제와 패러디된 텍스트 사이에는 "비판적 거리"와 긴장이 유지되며 이는 선텍스트에 대한 작가의 태도에 의해 수렴되거나 통합된다. 그러나 캐롤의 경우 선텍스트라는 언어-장난감은 언제나 그 텍스트 자체의 언어의 논리적 맹점을 지적하는 이질적이거나 상반된 텍스트와 동시에 "공존"한다. 따라서 캐롤의 패러디에 등장하는 사건, 에피소드들은 모두 동전의 양면처럼 상반된 짝을 가지고 있다. 《거울 나라의 앨리스》는 특히 이 문제를 구체화시킨 경우이다.

크로 이루어지기 때문에 텍스트는 모름지기 한 텍스트의 다른 한 텍스트로의 흡수와 변형에 지나지 않는다"(109). 이러한 이유로 독창성이나 순수한 글쓰기는 존재하지 않는다. 작가는 작가이기 이전에 선재하는 텍스트의 독자이며 글쓰기는 선텍스트에 대한 언급이고 텍스트는 이질적인 요소들이 중첩되고 공존하는 3차원적인 집합체가 된다. 크리스테바가 바흐친의 "대화주의"에서 주목한 것은 이러한 이질성이었다. 대화적 관점에서 만약 이질성이 텍스트의 본질적 조건이라면 글쓰기는 곧 이러한 이질적 요소들 간의 관계의 장이며 동시에 그 구체적 관계의 양상과 형태를 드러내는 작업이기도 하다. 크리스테바가 문학 텍스트를 "생성"의 개념으로 보면서 이를 "문장 또는 서술구조를 이루는 다양한 항 사이의 거리와 관계의 논리"(118)라고 정의한 것도 이 때문이다. 글쓰기나 이야기하기, 즉 텍스트의 "생성"은 "다양한 항 사이의 거리와 관계의 논리"에 의존하며 대화적 글쓰기는 이러한 논리를 적극적으로 드러내는 행위인 것이다. 사실 크리스테바의 중요성은 단순히 바흐친을 본격적으로 소개했다거나 또는 "대화주의"를 상호 텍스트성으로 확장시켰다는 데 있는 것이 아니라 바흐친이 말하는 언어와 텍스트를 대상을 지칭하거나 반영하는 고정된 체계나 실체가 아니라 가변적이고 역동적인 것, 즉 존재가 아니라 "생성"으로 재해석했다는 데 있다. 그리고 텍스트의 이러한 특성을 패러디라는 상호 텍스트로 구현한 작품이 바로 캐롤의 《앨리스》이다. 앞에서 잠시 살펴보았듯이 캐롤은 리들 자매에게 자신이 기존에 알고 있었던 여러 가지 동요나 동시들을 보트 위에서 즉흥적으로 새롭게 조립하고 비틀며 재가공하여 들려줌으로써 언어가 레고 장난감처럼 자유로운 조립과 배치를 통해 다양한 형태로 변할 수 있는 하나의 유희의 대상이며, 이야기하기란 결국 기존의 이야기들을 달리 말하는 것과 다르지 않다는 것을 보여주고 있기 때문이다. 캐롤의 달리 말하기는 결국 크리스테바가 말하는 "다시 고쳐 쓰는 작업"을 통한 텍스트의 무한한 "생성"과 같다. 게다가 캐롤의 텍스트에서 각각의 에피소드들은 텍스트의 "생성" 과정 그 자체를 드러내고 구현하는 방식을 직접적으로 보여준다. 대표적인 경우가 바로 제11장의 재판 장면이다.

## IV. "누가 파이를 훔쳤나?"

앨리스의 마지막 모험에 해당되는 재판 장면은 그 이전의 어떤 에피소드보다 혼란스럽다. 이전의 에피소드들은 비교적 소수의 인물들만이 등장하며, 난센스와 말장난이 가득하지만 상대적으로 안정된 분위기에서 진행되는 방식이었다. 그러나 재판 장면에서는 이전의 인물들이 모두 사자, 증인들, 방청객, 배심원 등 새로운 역할을 부여받아 다시 등장하여 제각기 자신의 입장을 옹호하면서 재판 과정의 혼란스러움을 배가시킨다. 사실 재판 자체도 한 편의 난센스 극에 불과하다. 일상적인 과정과 논리가 거꾸로 되어 있기 때문이다. 판사 역할을 맡고 있는 왕은 가발 위에 왕관을 쓴 우스꽝스러운 모습으로 앉아 있는데 이는 이후에 진행될 엉터리 재판 과정을 암시하고 있다. 왕관으로 상징되는 권위를 통해 정상적인 재판 절차와 판결을 무시하기 때문이다. 예를 들어 증인 심문도 이루어지기 전에 판결을 요구하며 여왕도 처형이 판결보다 앞서야 한다고 주장한다(Carroll 96).

게다가 배심원들의 무식함은 이 재판 장면 전체의 역설과 불합리성을 요약해서 보여주는 듯하다. 재판이 시작되기 전 배심원들은 무엇인 가를 열심히 쓰고 있다. 자신들의 이름을 잊지 않기 위해 미리 적어 두고 있는 것이다. 이를 보고 앨리스는 "멍청한 것들!"(stupid things!) 이라고 화를 낸다. 그리고 그 말을 들은 배심원들은 이름 대신 "멍 청한 것들"이라고 써 넣는다. 주목할 사항은 그중 몇몇은 "멍청한" (stupid)이라는 단어를 몰라 그나마도 써 넣지 못한다는 것이다. 이 장 면의 중요성은 재판 과정 전체를 어우르는 역설적인 논리를 집약하 고 있다는 데 있다. "멍청한"의 철자를 아는 자들은 "멍청한 것들" 이라는 이름을 얻게 되지만 철자조차 모르는 진짜 "멍청한 것들"은 역설적으로 멍청한 것들이 되지 않아도 되는 행운을 누리기 때문이 다. 도치와 역설은 《앨리스》의 난센스를 구성하는 중요한 요소로서 특히 《거울 나라의 앨리스》에서는 앞으로 가는 것이 뒤로 가는 것이 고 달리는 것은 머무르는 것이며 케이크를 자르기 위해서는 먼저 케 이크 조각들을 나누어 주어야 하는 등(Carroll 177) 거울에 비친 세계 의 상반성을 강조하는 역할을 한다. 그러나 재판 장면에서는 의미와 소리, 재료와 구성, 선텍스트와 패러디, 명사와 대명사의 관계 등을 중심으로 이야기하기 또는 글쓰기의 일반적 과정에 대한 문제를 노 출시키는 역할을 한다.

재판 장면을 다룬 열한번째 에피소드는 "누가 파이를 훔쳤나?" (Who Stole the Tart?)라는 소제목을 달고 있다. 이 소제목은 1842년 제임스 오쳐드 핼리웰(James Orchard Halliwell)이 편집, 출판한 《영국 의 동시 *Nursery Rhymes of England*》에 등장하는 동시에서 유래한 것으로(Carroll 87 주석) 다음과 같은 내용이다.

하트의 여왕님이 어느 여름날

파이를 손수 만드셨다네

그런데 하트의 악당 잭이란 놈이

어디론가 훔쳐가 버렸다네

앞에서도 밝혔듯이 《앨리스》에는 수많은 선텍스트들이 패러디의 형태로 등장하며 이러한 선텍스트에 대한 지식은 앨리스의 의식과 행동에도 영향을 미친다. 예를 들어 병 속의 음료를 마셔야 할지 조심스레 결정해야 하는 이유는 앨리스가 이전에 이러한 규칙을 어겨서 고통받는 어린이들에 대한 책을 읽은 적이 있기 때문이며(Carroll 10), 가발을 쓴 사람이 판사임을 알아차리고 배심원이라는 단어를 알고 있으며 충분한 심문 과정과 증거 이후에 판결이 가능하다는 재판 절차를 잘 알고 있는 것도 신문을 통해서 이미 법정의 상황을 알고 있었기 때문이다. 박수를 치다 제압당해 끌려 나가는 기니피그를 보면서 앨리스는 다음과 같이 중얼거린다.

전에 신문에서 자주 본 적이 있어. 재판이 끝날 때에 박수치려는 사람들이 있어서 법원 직원들이 끌고 나간다지. 지금까지는 그게 무슨 의미인지 몰랐었는데(Carroll 90).

그렇다면 앨리스는 이제 그것이 "무슨 의미인지"(what it meant) 이해한 것인가? 여기에서 《앨리스》에 등장하는 수많은 패러디의 역할을 다시 상기해 보아야 한다. 《앨리스》에서 패러디화된 선텍스트들은 특정 에피소드의 주제를 강화하거나 인물의 개성적 시각을 뒷

받침하지 않는다. 또한 작가의 사상이나 세계관에 통합되는 것도 아니다. 캐롤에게 기존의 동요나 동시는 즉석에서 이야기를 꾸며내는 데 필요한 재료이며 패러디는 기존의 재료를 재배열하고 조합하여 새로운 형태를 만들어 내는 언어의 장난감에 불과하다. 캐롤이 앨리스의 환심을 사기 위해 건네준 장난감이 바로 기존의 동요나 동시에 대한 패러디였으며, 그에게 패러디는 이야기의 한 가지 구성 요소가 아니라 이야기 그 자체였다. 결국 법정의 소란스러운 장면은 앨리스가 의미를 추출해 내야 하는 어떤 객관화된 사건이 아니다. 그것은 신문이라는 선텍스트의 내용 자체를 극화시킨 것으로써 더 정확히 말하자면 선텍스트에 대한 앨리스의 사전 지식 그 자체의 극화이다. 마찬가지로 제11장의 재판 장면은 "누가 파이를 훔쳤나?"라는 기존 동시를 패러디의 형태로 극화한 것이다.

이 재판은 흰토끼가 낭독하는 기소문에 근거한 것으로써 그 기소문의 내용이 바로 문제의 동시이다. 그렇다면 기소문/동시에 등장하는 하트의 악당 잭은 누구이며 파이를 훔친 이유는 무엇인가? 언뜻 보아도 재판의 목적은 잭의 유죄를 증명하여 그를 사형시키는 데 있다는 것을 알 수 있는데 잭의 사형이 무엇을 의미하는 것이며 왜 앨리스는 재판 과정의 불합리성을 주장하며 재판을 방해하는 것인가? 만약 이 재판이 이러한 의문들을 설명해 주지 못한다면 이 떠들썩한 엉터리 재판소동은 결국 무엇을 위한 것이었을까?

《앨리스》의 에피소드들이 비교적 잘 알려진 내용의 동요나 동시라는 선텍스트의 패러디로 이루어져 있다는 사실은 이미 밝힌 바 있다. 그런데 재판 장면이 흥미로운 것은 이것이 《앨리스》에서 유일하게 선텍스트의 내용의 진위성을 의심하는 경우이기 때문이다. 다시 말해서 이 재판은 선텍스트가 제기하는 파이 절도사건의 진위를 밝히는 데 목적이 있는 것이다. 그러나 앞으로 살펴보겠지만 사건의 진위는 밝혀지지 않으며 특히 판결을 내려야 할 판사/왕은 말장난만을 즐길 뿐 사건의 해결에는 관심이 없어 보인다. 본 논문은 따라서 재판 장면이 사건 해결이나 사실 확인이 아니라 이야기 또는 글쓰기의 구성 원리로서 선텍스트의 상호 텍스트적 기능에 대한 시도로 해석될 수 있는 가능성을 제기한다. 다시 말해서 재판 장면은 기소문/동시라는 선텍스트가 수용되고 변형되어 새롭게 "생성"텍스트로 변할 수 있는 가능성, 그리고 그 가능성에 대한 논란 자체의 극화라는 것이다.

사건의 해결을 위해 왕은 두 명의 증인을 호출한다. 첫번째 등장한 모자장수는 겁에 질려 무의미한 이야기만 늘어놓으며 왕도 차(tea)와 철자 티(T)의 발음을 두고 말장난을 즐길 뿐이다(Carroll 89). 두번째 증인인 공작부인의 요리사는 파이의 재료를 묻는 질문에 후추라고 대답하며 잠꾸러기 쥐는 당밀이라고 반박한다. 물론 사실적 근거가 전혀 없는 무가치한 증언들이다.[14] 세번째 증인으로 등장한 앨리스는 지금까지의 증인들 중 가장 "중요한" 또는 "안 중요한" 증언을 들려준다.

"너 이 일에 대해서 알고 있는 것이 있니?" 왕이 앨리스에게 물었

---

14) 제6장의 "돼지와 후추"에서 공작부인의 요리사는 수프에 후추를 집어넣고 있고, 제7장의 "엉터리 차 모임"에서 잠꾸러기 쥐는 당밀을 먹고 사는 자매들 이야기를 들려준다. 자신의 입장만을 고수하는 인물들의 폐쇄된 태도는 갈등과 함께 말장난과 난센스를 초래하는 주된 원인이 된다.

어요.

"아무것도 없어요."

"정말 아무것도 없어?" 왕이 재차 물었어요.

"이 말 아주 중요하다." 배심원들을 쳐다보면서 왕이 말했어요. 그런데 배심원들이 그렇게 받아 적으려는 데 흰토끼가 갑자기 말했어요. "물론 폐하의 말씀은 안 중요하다는 거야." 흰토끼는 이 말을 하면서 공손하기는 했지만 왕을 향해 약간 얼굴을 찌푸렸어요.

"그래 물론 안 중요하다는 의미지." 왕은 이렇게 말하고는 낮은 목소리로 혼자 중얼거렸어요. "중요한——안 중요한——안 중요한——중요한." 왕은 마치 어느 것이 듣기에 더 좋은지 생각하는 것 같았어요. 그래서 어떤 배심원은 "중요한"이라고 쓰고 어떤 배심원은 "안 중요한"이라고 썼어요.[15]

앨리스의 증언의 중요성은 역설적으로 이 사건에 대해 아무것도 모른다는 것이다. 그렇다면 그 이유는 무엇일까? 앨리스는 대체로 작품 속에 등장하는 선텍스트들을 이미 알고 있다. 물론 몇몇 동요나 동시 암송 장면에서 기억이 정확치 않아 틀리는 경우가 있지만

---

15) What do you know about this business? the King said to Alice. "Nothing," said Alice. "Nothing *whatever?*" persisted the king "Nothing *whatever*," said Alice. "That's very important," the King said, turning to the jury. They were just beginning to write this down on their slate, when the White Rabbit interrupted: "*Uni*mportant, your Majesty means, of course," he said, in a very respectful tone, but frowning and making faces at him as he spoke. "*Uni*mportant, of course, I mean," the King hastily said, and went on to himself in an undertone, "important-unimportant-unimportant-important" as if he were trying which word sounded best. Some of the jury wrote it down "important," and some "unimportant"(Carroll 93).

에피소드를 구성하는 선텍스트의 문맥에 비교적 거부감을 드러내지 않는다. 게다가 잘 알려진 동요나 동시가 대부분인 만큼 인지도에 따라 독자들도 선텍스트의 내용을 알고 있는 경우가 많다. 그러나 흰 토끼의 기소문에 등장하는 동시는 별로 알려지지 않은 시이다. 따라서 앨리스는 이 동시, 즉 이 사건에 대해 전혀 모른다. 따라서 상호 텍스트로서 선텍스트의 수용과 활용에 어려움을 느끼는 것이다. 선텍스트가 상호 텍스트로, 특히 패러디의 형태로 활용되기 위해서는 선텍스트의 문맥에 대한 이해가 선행되어야 하기 때문이다.

선텍스트를 상호 텍스트로 활용하는 문제는 사실 독자나 앨리스의 역할이 아니다. 그것은 작가, 즉 캐롤의 역할이며 여왕이 손수 만든 파이의 절도사건인 만큼 이 사건을 다루는 것은 판사의 역할이고 왕의 역할이다. 따라서 왕의 역할을 눈여겨볼 필요가 있다. 특히 왕의 태도와 작가로서 캐롤의 역할이 매우 유사하기 때문이다.

왕은 앨리스가 이 사건에 대해 아무것도 모른다고 하자 "이 말 아주 중요하다"라고 했다가 다시 "안 중요하다"라고 말을 바꾼다. 이후에도 "이 말"이 "중요한"지 "안 중요한"지 혼동을 일으킨다. 언뜻 이해하기 어려운 왕의 태도는 사실 "이 말"이 지시하는 내용의 차이에 근거한 것이다. 왕에게 "이 말"은 앨리스가 아무것도 모른다는 사실을 의미하는 것이 아니고 "아무것도"(Nothing)라는 단어 그 자체이다. 따라서 "이 말 아주 중요하다"라는 왕의 말은 "아무것도 안 중요하다"(*Nothing*'s very important)를 의미하는 것이다. 왕에게 언어는 의미이기 이전에 소리이며 그는 문맥보다는 고정된 구문론적 구조를 중시하는 태도를 보인다. 그런데 이러한 태도, 특히 구문론에 대한 과도한 관심은 《앨리스》의 언어유희를 구성하는 대표적인 요소이다.

예를 들어 르세르클(Lecercle)은 난센스의 특징이 의미상의 공간과 이를 보충하는 구문론상의 과도함에 있으며 난센스의 언어는 언어의 형식적 측면에 과도할 정도로 집착하는 경향이 있다고 주장한다(31, 35). 사실 내용이나 의미보다 형식과 규칙을 중시하는 태도는 캐롤의 언어관에도 나타난다. 예를 들어 캐롤은 "논리성과 일관성만 유지된다면 작가들이 자신만의 규칙을 만들어도 된다"고 주장한다(Gardner 214). 이는 언어와 인간, 둘 중 어느 것이 주인이 되느냐라는 문제가 가장 중요하다는 험프티 덤프티의 주장(Carroll 163)과도 일치하는 것으로써 난센스나 말장난도 결국은 인간이 언어를 지배할 때만 비로소 가능해진다는 사실을 생각할 때, "자리에 앉아"(sit down) 대신 "일어서 앉아"(stand down) 있으라는 명령으로 모자장수를 당혹스럽게 하고 "경련"(fit)과 "적합"(fit)의 동음이의어로 말장난을 즐기는 왕의 모습(90, 96)은 캐롤의 언어관의 대변자로 간주되기에 충분하다. 게다가 왕은 앨리스의 신체가 커지기 시작하자 즉석에서 법률을 제정하여 앨리스를 법정에서 추방하고자 하는데 이 모습 또한 즉흥적으로 이야기를 지어내는 캐롤의 모습을 연상시킨다.[16] 앨리스의 신체가 커진다는 것은 "이상한 나라"의 독특한 규칙들에 대한 거부를 암시한다. 예를 들어 《거울 나라의 앨리스》에서 앨리스는 신체가 축소되면서 체스판의 세계에 들어가며 마지막 장면에서는 붉은 여왕(Red Queen)이 작아지면서, 다시 말해서 앨리스가 커지면서 현실세계로 복귀한다. 물론 형식적으로는 왕의 입장에서 앨리스

---

16) 《앨리스》에는 왕 외에도 험프티 덤프티, 보트놀이를 즐기는 양(sheep), 백기사 등 캐롤의 모습을 연상시키는 인물들이 많이 등장한다.

의 신체가 너무 커지면 법정의 공간이 부족해져 재판이 진행되지 못하기 때문이지만, 신체가 커지면서 앨리스가 주변 인물들에 대한 자신감을 회복하고 재판의 불합리성을 용감히 지적하는 것을 생각해 보면 신체의 변화는 "이상한 나라"의 난센스 규칙에 대한 거부를 암시한다고 볼 수 있고, 이는 곧 왕의 엉터리 재판, 즉 캐롤의 이야기를 더 이상 듣지 않겠다는 선언과도 같다. 만약 리들 자매가 이성과 현실 원리를 주장하며 캐롤의 이야기의 논리적 모순점을 반박한다면 이야기는 중단될 수밖에 없을 것이며 재판도 더 이상 진행될 수 없을 것이다.

사건 해결에 진전이 없자 흰토끼는 편지를 증거로 제시하고 왕은 편지의 내용을 해석한다. 편지의 내용은 다음과 같다.

그들이 내게 말했지 네가 그녀에게 갔었다고
그리고 그에게 내 이름을 말했다고:
그녀는 나를 칭찬했지만 말하기를
나는 수영을 못해.

그는 내가 가지 않았었다고 그들에게 알렸는데
(우리는 그것이 사실임을 알고 있어):
만약 그녀가 그 문제를 끝까지 물고 늘어지면
그러면 너는 어떻게 될까?

나는 그녀에게 하나를 주고, 그들은 그에게 두 개를 주고
너는 우리에게 세 개 또는 그 이상을 주었지;

그들은 모두 그에게서 돌려받아 네게 주었지
비록 그 전에는 그것들이 내 것이었지만 말이야.

만약 나 또는 그녀가 이 일에 우연히도
얽매이게 된다면
그는 네가 그들을 풀어 주리라 믿고 있어
바로 우리들이 그랬던 것처럼 말이야.

내 생각에는 네가 그 전까지는
(그녀가 경련을 일으키기 전에)
장애물이었던 거야, 그 사람과 우리
그리고 그것 사이에서.

절대 그에게는 알리지마
그녀가 그것들을 제일 좋아한다는 것을
왜냐하면 이 일은 영원히 비밀이어야 하니까
남들은 전혀 모르게 너와 나 사이에서만 말이야(Carroll 94-95).

혼란스러운 이 편지의 내용에 대해 앨리스는 아무런 의미도 없다
고 단언하지만 왕은 의미가 있을지도 모른다면서 나름대로 그 내용
을 해석한다. 다시 말해서 없는 의미를 만들어 내는 것이다. 물론 진
실규명보다 말장난에 더 관심이 많은 왕의 해석은 지극히 자의적이
고 비논리적이다. 예를 들어 "나는 수영을 못해"는 하트의 악당인 잭
을 지칭한다고 주장하는데 잭은 종이카드이므로 당연히 수영을 못한

다. 게다가 왕과 여왕도 마찬가지로 종이카드이므로 같은 혐의의 대상이 될 수 있다. 그밖에 "우리는 그것이 사실임을 알고 있어"는 배심원을 의미하며 "만약 그녀가 그 문제를 끝까지 물고 늘어지면"의 "그녀"는 여왕을 지칭한다고 주장한다. 왕의 이러한 해석은 물론 편지의 몇 구절에만 적용될 수 있을 뿐 대부분의 내용은 해석되지 않은 채 남게 된다. 흥미로운 것은 왕이 해석하는 몇 가지 구절들이 종이카드인 잭, 법정의 등장인물들 중 유일한 여성인 여왕 등 법정의 구체적 상황과 일치하는 것들에 한정되어 있다는 것이다. 다시 말해서 편지의 내용이 상황 설명의 근거가 되고 있는 것이 아니라 상황이 편지내용 해석의 근거가 되는 것이다. 르세르클은 왕의 해석방식을 다음과 같이 설명한다.

텍스트를 상황에 대한 정보의 근거로 사용하는 것이 아니라 그는 텍스트에 의미를 주입시키기 위해서 상황을 이용하고 있다…. 비록 지시대상을 찾아낼 수는 없지만 그 단어들을 이해할 수 있고 올바른 문장 속에 삽입되어 있다는 것을 알고 있다…. 픽션들은 텍스트에 의해 만들어진다. 의사소통이 불가능해지는 순간에도 픽션들은 지시대상들을 기다린다. 인물들과 사건들이 그 빈 지시대상들을 채우기를 기다리는 것이다(96).

왕의 해석방식은 여타의 다른 인물들이 그렇듯이 언어의 규칙과 구문에 과도하게 집착하는 모습을 보여준다. 왕에게 언어는 지시하는 대상이 불명확하더라도 구문상의 규칙에서 벗어나지만 않으면 문제될 것이 없다. 따라서 편지의 내용에서 "그"와 "그녀"가 올바른 구문 속에 위치해 있다면 그 단어들의 지시대상은 언제든지 잭이 될 수도 있고 여왕이 될 수도 있으며 또한 아닐 수도 있다. 왕에게 언어의 지시대상이 만들어 내는 문맥과 의미는 필요에 따라 채워 넣을 수 있는 가변적인 요소일 뿐이다. "픽션들은 텍스트에 의해 만들어진다"라는 르세르클의 말도 구문상의 완결성이 픽션, 즉 왕의 엉터리 해석에 선행한다는 의미이다.

편지의 내용이 혼란스럽고 무의미해 보이는 것은 지시대상을 알 수 없는 대명사들의 나열 때문이다. 사실 이 재판의 목적도 어떤 의미에서 대명사가 지칭하는 대상을 밝히는 데 있다고 할 수 있다. 그러나 왕의 해석방식에서 볼 수 있듯이 지시대상을 명확히 밝혀낼 가능성은 없어 보인다. 따라서 이 사건의 진실은 결코 밝혀지지 않으며 사실 왕 또는 캐롤의 입장에서 그것은 전혀 중요하지 않은 사항이다. 그들에게 편지는 재판을 진행시키기 위한 구실이며 재판은 상호 텍스트로서 선텍스트의 활용 가능성에 대한 시도일 뿐이고 텍스트를 통해 픽션을 만들어 내는 실험일 뿐이다. 당연한 사실이지만 대명사는 명사를 대체하는 것으로써 순서상으로 명사 이후에 등장하게 마련이다. 그러나 이 재판에서는 대명사가 먼저 존재한다. 순서가 도치된 것이다. 그렇다면 대명사 앞에 놓였어야 할 명사는 무엇을 의미하는 것인가? 그것은 재판 에피소드를 가능케 했던 조건, 다시 말해서 캐롤의 이야기의 구성 조건인 선텍스트인 것이다. 그러나 왕이나 캐롤 모두 선텍스트의 "정체"를 밝히는 데에는 관심이 없다. "정체"는 필요에 따라 채워 넣으면 그만이다. 왕이나 캐롤의 관심은 의미의 빈 공간을 채워 넣는 "과정"에 있을 뿐이다. 그리고 이러한 사실은 다른 에피소드들과 구별되는 재판 장면만의 독특한 특징이기도 하다.

《앨리스》의 에피소드들이 선텍스트의 패러디로 구성되었다는 사실은 여러 번 지적한 바 있다. 그러나 재판 장면의 에피소드는 엄밀히 말해서 패러디가 아니다. 대명사로 이루어진 편지는 명사라는 선텍스트를 '암시'할 뿐 선텍스트를 패러디하지 않는다. 패러디할 선텍스트 자체가 없기 때문이다.[17] 따라서 선텍스트의 "정체"를 밝힐 수가 없는 것이다. 대명사들로 이루어진 문제의 편지는 단지 선텍스트에 대한 '암시'를 통해서 선텍스트의 개념과 기능 등, 상호 텍스트성의 글쓰기가 어떻게 구현되는지를 보여주는 하나의 에피소드를 보여주고 있을 뿐이다. 이것이 바로 캐롤의 글쓰기가 보여주는 상호텍스트성의 특징이다. 캐롤의 글쓰기를 구성하고 있는 패러디나 상호 텍스트라는 대명사는 분명 선텍스트라는 명사를 전제로 하고 있다. 그러나 재판 장면이 보여주는 선텍스트의 활용방식은 상호 텍스트적 글쓰기의 본질이 고정된 의미나 "정체"의 파악이 아니라 끊임없이 다시 고쳐쓰며 스스로를 "생성"해 나가는 "과정"에 있음을 보여준다.

영미권의 동화의 역사에서 루이스 캐롤이 차지하는 중요성은 기존의 교훈주의적 시각에서 벗어나 어린이의 즐거움 자체를 목적으로 했으며 성인의 일방적인 시각에서 벗어나 어린이들의 독립적인

---

17) 가드너에 따르면, 편지의 시는 1855년 《코믹 타임즈》에 실렸던 캐롤의 난센스 시 "She's All My Fancy Painted Him"의 일부이다. 이 난센스 시의 제목은 당시 윌리엄 미(William Mee)라는 가수가 불러 유행시켰던 "Alice Gray"의 첫소절을 변형시킨 것이다. 그러나 내용상의 연관성은 전혀 없으며 《앨리스》에 등장하는 부분도 캐롤이 기존의 자신의 난센스 시를 개작한 것이다. 따라서 편지의 시는 캐롤의 창작물이라고 할 수 있다(Gardner 122).

의식과 시각을 중시하는 작품을 썼다는 데 있다(Russell 19). 그러나 그의 작품의 문학적 가치는 그가 작품에서 보여준 언어와 논리에 대한 솔직하고도 집요한 관심에 있다고 할 수 있다. 말장난과 난센스를 중심으로 한 그의 "이상한 나라" 이야기는 따라서 문학전공자뿐 아니라 수많은 언어학자 · 논리학자의 관심을 끌기에 충분했다. 언어, 의미/무의미의 경계를 가르고 규정하는 논리의 문제, 그리고 이것을 소재이자 주제로 삼은 이야기하기/글쓰기, 이 세 가지는 캐롤의 텍스트를 구성하는 가장 핵심적인 요소이다. 그런데 어떤 의미에서 이 세 가지는 또한 문학을 구성하는 요소이기도 하다. 따라서 문학의 구조적 측면에 대한 본질적 의문과 함께 캐롤의 텍스트를 다시 읽게 되는 것은 당연한 일인지도 모른다. 만약 동화의 기원이 민담에 있고 민담의 "이야기하기"가 모든 문학행위의 기원이라면 동화야말로 문학의 원초적인 모습을 간직하고 있는 장르인지도 모른다. 캐롤 텍스트의 현대성이 바로 여기에 있다. "이야기하기" 또는 글쓰기의 기원과 본질에 대한 물음뿐 아니라 상호 텍스트성이라는 텍스트의 현대적 개념을 통해 그 물음에 대한 대답을 직접 들려주고 있기 때문이다.

## 인용 문헌

Carroll, Lewis. *Alice in Wonderland*. Ed. Donald J. Gray. New York: W. W. Norton & Company, 1992.

Gardner, Martin. *The Annotated Alice*. New York: W. W. Norton &

Company, 2000.

Hutcheon, Linda. *A Theory of Parody*. New York: Routledge, 1991.

Lecercle, Jean-Jacque. *Philosophy of Nonsense: The Intuitions of Victoria Nonsense Literature*. New York: Routledge, 1994.

Lesnick-Oberstein, Karin. "Fantasy, childhood and literature: in pursuit of wonderlands" in *Writing and Fantasy*. Ed. Ceri Shullivan and Barbara White. London: Longman, 1999.

Rackin, Donald. *Alice's Adventures in Wonderland and Through the Looking-Glass: Nonsense, Sense and Meaning*. New York: Twayne Publishers, 1991.

Rose, Margaret A. *Parody: ancient, modern and post-modern*. New York: Cambridge UP, 1995.

Rudd, David. "Theorising and theories: how does children's literature exist?" in *Understanding Children's Literature*. Ed. Peter Hunt. London: Routledge, 2005.

Russell, David L. *Literature for Children*. New York: Pearson, 2005.

Sewell, Elizabeth. *The Field of Nonsense*. London: Chatto and Windus, 1952.

Wilkie-Stibbs. Christine. "Intertextuality and the child reader." *Understanding Children's Literature*. Ed. Peter Hunt. London: Routledge, 2005.

줄리아 크리스테바. 《세미오티케》. 서민원 옮김. 동문선, 2005.

# 제5장
# 판타지 언어의 문학적 효용성

## I. 들어가는 글

포스트모더니즘이나 후기-구조주의 등 소위 "포스트"주의의 도래와 더불어 가장 눈에 띄는 변화의 하나는 주변 문화 또는 주변 장르에 대한 관심의 증가인 듯하다. 특히 페미니즘이나 후기-식민주의 등은 남성 중심, 서구 중심의 기존 문화전통이 가진 억압과 지배구조의 맹점을 적극적으로 드러내고 있다. 그리고 이와 함께 언어의 불완전성에 대한 인식과 이에 따른 현실에 대한 모사(模寫)로서의 문학의 전통적 기능에 대한 비판 등 문학 내부적인 문제에 대한 비판도 함께 제기되고 있다. 예를 들어 메타픽션은 소설 장르에 대한 전통적 시각에 대한 반성에서 출발하여 전통적 리얼리즘에 대한 심각한 의문을 제기하고 있다. 패트리시아 워(Patricia Waugh)에 따르면, 메타픽션은 "창조적 상상력에 대한 찬미와 그 재현된 결과물의 불확실한 타당성"에 대한 인식, "언어와 문학 형태, 소설 쓰기에 대한 극도의 자의식" "허구와 현실 간의 불안정한 관계"에 대한 인식(2)에서 출발한다. 특히 메타픽션 작가들에게 "언어는 단순히 일상을 반영하는 것이 아니라 일상을 구성하며, 의미는 텍스트 외부에 존재하는 대상에 대한 지시관계가 아니라 텍스트 내부의 기호들의 관계에서 형성된다"(51). 다시 말해서, 언어와 리얼리티 간의 불완전한 결합 양상을 통해 전통적 리얼리즘이 추구하던 언어와 반영 대상 간의 안정된 관계, 작품과 현실 간의 미학적 동일성, 그리고 이에 근거한 대중들의 심리적·사회적 정체성의 확보와 유지에 대한 믿음을 흔들어 놓고 있는 것이다. 그러나 리얼리즘에 대한 비판과 반성이 메타픽션을 통해서만 이루어지는 것은 아니다.

문학에 대한 전통적 시각에 대한 비판은 그동안 무시되거나 경시되었던 주변 장르에 대한 관심을 촉발시켰다. 대표적인 경우로 판타지와 아동문학을 들 수 있을 것이다. 물론 메타픽션이 제기하는 리얼리즘에 대한 비판은 분명 유효하기는 하지만 여전히 리얼리즘 소설의 전통을 의식하고 있는 것이 사실이며, 독립된 장르, 특히 경시되었던 주변 장르만의 독특한 태생적 특성은 부족해 보인다. 예를 들어 상반된 시각을 보여준다 하더라도 메타픽션의 주제는 여전히 리얼리즘의 주제와 연결되어 있다. 또한 작가나 독자 모두 기존 리얼리즘 소설과의 연관성 하에서 작품을 쓰고 읽는다. 그러나 판타지나 아동문학 또는 동화의 경우, 근대 이후 리얼리즘이 걸었던 노선과는 상당한 거리가 있으며 텍스트에 대한 작가나 독자의 태도나 시각도 매우 다르다. 따라서 판타지나 아동문학은 어느 정도 독자적인 장르로 발전되어 왔다고 할 수 있을 것이다. 기존의 리얼리즘에 대한 비판과 대안으로서 환상적 요소들을 가진 장르, 즉 판타지가 상당히 효과적인 이유도 여기에 있다. 판타지는 독자적인 장르로서의 위상을 유지하면서 리얼리즘에 대한 비판적 시각을 유지하므로 기존의 리얼리즘의 재활을 염두에 두는 메타픽션과는 차이가 있다. 게다가 현실의 모사에서 리얼리티를 찾는 기존의 리얼리즘과 달리 이야기 만들기 자체, 언어와 창조성에 대한 관심, 모사가 아니라 창조로서의 대안적 리얼리티를 추구한다는 의미에서 리얼리즘에 대한 더욱 폭넓은 비판적 시각을 제공한다.

## II. 판타지의 언어

문학을 모사로 규정했던 플라톤과 아리스토텔레스 이후 비평가들은 텍스트와 현실의 관계를 주로 모사를 통한 재현이라는 관점에서 보았다. 그리고 이러한 시각에는 텍스트나 현실이 객관적인 실체이며 양자 간에는 모두가 인정하는 객관적이고 과학적인 상응관계가 존재한다는 믿음이 전제되어 있다. 따라서 세계는 이성적이고 묘사 가능한 객관적 실체이며 묘사와 그 대상 사이에는 안정된 상호 반영 관계가 형성된다. 그러나 철학과 마찬가지로 문학도 세계를 이해하기 위한 방편의 하나이므로 의도와 형식에서 벗어날 수 없다. 따라서 문학작품은 현실을 반영하는 것이 아니라 어떤 의미에서 현실을 반영하거나 반영한다고 믿는 방식들의 총합이라고 할 수 있다. 게다가 방식들은 과학적인 법칙 못지않게 주관적인 의도에 의지하며 이 의도는 이질적인 그 외의 가능성에 대해 적대적인 경계선을 구축한다. 따라서 판타지를 리얼리즘과 상반된 것으로 규정할 때 그 규정이 리얼리즘의 의도와 한계를 지적하는 방식으로 이루어지는 것은 당연하다. 예를 들어 흄(Hume)은 판타지를 다음과 같이 정의한다.

나는 판타지가 일반적으로 실제적이고 정상적인 것으로 받아들여지는 것의 한계들로부터의 고의적인 이탈이라고 생각한다…. 판타지는 거의 모든 종류의 문학에서 발견되는 **하나의** 요소이다…. 현실로부터의 이탈이 현실에 대한 언급을 배제한다는 뜻은 아니다. 사실상 그것은 판타지의 주요 기능들 중의 하나이다(xii).

리얼리즘이 주장하는 모사의 타당성은 결국 "일반적으로 실제적이고 정상적인 것으로 받아들여지는 것"에 근거할 뿐이다. 다시 말해서 그만큼 인위적이고 의도적인 것이며 따라서 "한계들"을 가질 수밖에 없다. 판타지는 리얼리즘의 이러한 배타적 의도를 분명히 알고 있으며 따라서 그것은 리얼리즘으로부터의 "고의적인 이탈"을 시도할 뿐 아니라 리얼리즘의 맹점에 대한 비판까지 시도한다. 판타지가 리얼리즘을 비판할 수 있는 것은 그것이 리얼리즘의 거부에도 불구하고 "거의 모든 종류의 문학에서 발견되는 하나의 요소"로서 문학의 중요한 구성 요소이기 때문이다.[1] 게다가 이러한 요소는 리얼리즘의 의도에서 벗어난 것, 따라서 억압되고 부정되어 왔던 것을 적극적으로 드러내는 역할을 하기도 한다. 잭슨(Rosemary Jackson)이 판타지가 기존 사회의 가치 체계에서 벗어난 것, 침묵 속에 덮어두었던 것들을 드러냄으로써 19세기 부르주아 리얼리즘과의 부정적 관계를

---

1) 흄은 그의 책 《판타지와 모사 *Fantasy and Mimesis*》의 제목에도 암시되어 있듯이 판타지와 모사를 서양문학의 기본적인 요소로 보고 있으며, 모사를 중심으로 한 리얼리즘의 독단과 한계를 지적하면서 판타지가 이러한 단점을 보완할 수 있다고 주장한다. 특히 판타지는 기존의 세계를 모사, 반영하는 수동적인 기능이 아니라 새로운 가능성을 창조하는 능력을 의미하는 만큼 문학의 창조성이라는 측면에서 큰 의미를 가진다. 이 문제는 앞으로 논의하게 될 어린이의 의식, 언어와도 관련되어 있다.

형성하는 전복적 성격을 가진다(26)고 주장하는 것도 분명 일리가 있다.

물론 판타지의 역할이 단순히 리얼리즘의 비판에만 머무르지는 않는다. 오히려 과거에 시도되지 않았거나 무시되었던 시각을 되살리면서 새로운 가능성을 탐구하는 측면도 많이 발견된다. 특히 리얼리즘에서 모더니즘으로의 전통적 문학의 흐름이 중지되고 속칭 포스트주의 문학이 시작되면서 이러한 현상이 더욱 두드러지게 나타난다. 예를 들어 톨킨(Tolkien)은 중세의 이미지와 유사 역사소설의 형식을 이용해 대의명분을 통한 집단적·사회적 의미 형성의 가능성을 탐구하며, 핀천(Pynchon)은 〈브이 V〉나 〈49호 품목의 경매 The Crying of Lot 49〉에서 현실 해석의 다양성과 함께 의미의 가능성을 찾아 방랑하는 신화적 인물을 보여준다. 무엇보다도 이들이 보여주는 의미의 추구는 판타지의 형식을 띠고 있으며 특히 상징적이고 은유적인 이미지들이 신화적 요소들과 적절히 결합되어 있다. 이와 관련해서 흄은 의미의 추구가 상징의 언어를 통해서만 가능하며 기존의 방식이 막다른 골목에 도달했을 때 새로운 방식으로 의미를 창조하기 위해서는 판타지로 눈을 돌릴 수밖에 없다고 주장한다(Hume 50).

흄의 주장에서 흥미로운 것은 상징적 언어와 신화적 사고의 중요성이다. 판타지의 언어는 기표와 기의 사이의 음성학적 차이에 바탕을 둔 사회적 규약으로서의 언어가 아니라 언어와 사물의 속성이 밀접하게 연결되어 있는 상징의 언어이다. 그리고 언어가 독특한 창조성을 발휘하는 것도 이러한 상징적 언어를 통해서 가능한 것이다. 물론 언어를 모사나 반영과 같은 기능적 측면이 아니라 독자적이고 창조적인 독립된 실체로 보는 시각은 메타픽션이나 패뷸레이션

(fabulation)²⁾의 개념과 관련해서도 흔히 등장한다. 예를 들어 스콜스 (Scholes)는 《구조적 패뷸레이션 *Structural Fabulation*》에서 언어와 글 쓰기의 기능이 묘사나 기록에서 이제 창조와 구성으로 바뀌었다고 주장한다.

분명 우리는 사물의 묘사 가능성에 대한 조이스식의 신념을 더 이상 받아들일 수 없다. 리얼리즘이 죽은 이유는 리얼리티가 기록될 수 없는 것이기 때문이다. 모든 글쓰기, 모든 저술은 구성이다. 우리는 세계를 모방하지 않는다. 우리는 세계의 변형물들을 구성한다. 모사란 없다. 창작만이 있을 뿐이다. 기록도 없다. 구성만이 있을 뿐이다 (Hume p.24에서 재인용).

물론 스콜스가 말하는 패뷸레이션의 언어와 판타지의 상징적 언어는 상당히 유사한 점이 많다. 스콜스의 주장은 언어가 현실을 모사하거나 반영하는 데 한계가 있음을 지적하면서, 따라서 언어를 모사와 반영의 수단이 아니라 언어로 구성된, 텍스트라는 독자적 대안 세계를 창조하는 능력에 주의를 기울여야 한다는 것이다. 그런데 확고불변한 외부 현실세계의 존재에 대한 의심과 모사나 반영이라는 속박으로부터의 언어의 해방은 판타지의 발생조건이기도 하다. 토도로프(Todorov)도 환상문학의 현대적 의의를 언급하면서, 모사와 반

---

2) 스콜스가 말하는 패뷸레이션은 메타픽션과 유사하나 "비유적인 이야기" (fable/fabula)와 "이야기꾼"(fabulator)이라는 의미가 강조, 내포되어 있다. 따라서 스콜스는 포스트주의 소설의 특징을 판타지 요소와 이야기 구성의 인위성에서 찾고 있다. *Fabulation and Metafiction*, pp.2-3 참조.

영으로서의 문학 개념의 쇠퇴와 언어의 독립성에 주목한다.

오늘날 우리는 불변의 외부적 현실을 더 이상 믿지 않으며 그러한 현실의 필사에 불과한 문학도 믿지 않는다. 말은 사물이 잃어버린 자율성을 획득했다(168).

언어의 현실 반영에 대한 불신과 그에 따른 언어의 자율성 문제는 현대의 자아 반영적 예술에서도 공통적으로 발견할 수 있는 사항이다.

여러 현대 예술가들은 언어를 현실의 재현이 아니라 현실의 무질서를 보여주는 것, 또는 인간이 그의 본질적 조건을 인식하는 것을 방해하는 죽은 단어들의 덩어리로 본다. 방법과 형태, 언어의 기능에 대한 현대문학의 전례 없는 집착은 이러한 시각의 한 가지 예일 뿐이다. 문학작품을 자족적이고 자아 반영적인 것으로 만들고자 하는 시도도 있었다. 현실은 단지 있는 그대로의 것들의 총합에 불과하다…. 이를 강조한 결과 현대문학의 대부분이 문학 자체에 대한 언급으로 변했고 스타일이 주제가 되었다(Ede 50-51).

자아 반영적 예술에 대한 일반적 논의라 할 수 있는 위의 내용에서 눈에 띄는 것은 "스타일이 주제가 되었다"라는 언급이다. 작품의 주제로서의 스타일은 결국 현실에서 분리된 언어가 스스로에 대해 느끼는 자의식의 표출이며, 이는 다시 "방법과 형태" 그리고 "언어의 기능"과 관련된 언어유희로 구체화된다. 그런데 언어유희는 사실상 메타픽션에 대한 논의에서도 자주 언급되는 사항이다. 메타픽션에서도 언어는 종종 모사와 반영이라는 속박에서 벗어나 자유로이 창조적 유희를 즐긴다. 메타픽션이 보여주는 언어유희는 예술이 상징적 세계를 창조하는 유희의 일종이며 픽션도 "~인 척하기"(pretending)인 만큼 유희나 놀이로 볼 수 있다는 사실을 암시한다(waugh 34). 물론 유희로서의 문학이라는 개념은 전통적인 리얼리즘에도 적용될 수 있다. 그러나 유희의 진실성과 진지함을 강조하는 리얼리즘과 달리 메타픽션은 작품의 허구성을 적극적으로 드러낸다. 이는 언어가 더 이상 현실을 반영할 필요가 없다는 믿음 때문이다. 따라서 언어는 외부에 존재하는 지시대상의 속박에 얽매이지 않고 언어 자체의 구조적 특성과 한계를 그대로 드러낸 채, 이를 이용하여 말장난과 같은 언어유희에 빠져든다. 그리고 이러한 유희는 언어로 이루어진 환상세계, 현실과 무관한 자족적인 또 다른 세계를 창조하는데 이것이 곧 판타지의 세계이며, 판타지에서 언어의 논리성을 극단적인 수준까지 추구하는 언어유희가 곧 난센스이다.[3]

판타지 또는 언어학적 논리의 극단적 형태로서의 난센스는 모두 언어의 독립성과 자율성을 바탕으로, 전통적 리얼리즘이 추구했던 모사와 반영에서 벗어나 언어로 이루어진 독자적인 세계를 창조하는 능력에 주목한다.

난센스는 독특하고도 특별한 방식으로 생명력을 가지게 된 말의 세

---

3) 잭슨은 난센스를 판타지의 일종으로 보고 있다. 판타지 중 언어의 논리성을 극단으로 추구한 것이 난센스라는 것이다. Rosemary Jackson, *Fantasy: Literature of Subversion*, 1998. p.144.

계, 거의 완전히 언어학적인 현실로서 정의된 세계이다. 난센스에서 말은 원시문화에 허용된 언어와 유사한 창조적 능력을 가진다. 예를 들어 리어의 난센스한 식물 이미지와 캐롤의 거울 나라에 등장하는 곤충들은 언어 자체의 속성들로부터 창조된 사물들을 대표한다(Ede 51-52).

언어의 세계가 생명력을 가질 수 있는 것은 그 언어가 자체의 내재적인 세계만을 반영하기 때문이다. 특히 이러한 언어의 창조력이 원시문화의 언어와 유사한 것은 "언어 자체의 속성들"과 사물의 속성 사이의 연관성에 대한 믿음 때문이다. 예를 들어 루이스 캐롤(Lewis Carroll)의 《거울 나라의 앨리스 *Alice's Adventures in Looking-Glass and What She Found There*》에 등장하는 bread-and-butter-fly는 "버터 바른 빵"(bread and butter)과 "나비"(butterfly)라는 단어들을 이용한 신조어이다. "버터 바른 빵"이 "빵과 버터"(bread and butter)로 이루어지고 "나비"가 "버터와 파리"(butter and fly)로 이루어진다면 bread-and-butter-fly가 불가능해야 할 이유도 없는 것이다. 판타지와 난센스의 세계에서 언어는 자체적인 속성들에만 충실하기 때문이다. 마찬가지로 나비를 새로 호칭하는 원시사회의 언어도 날아다닌다는 공통의 속성에 대한 인식에 근거한다(Cassirer 96). 그리고 이러한 언어의 속성과 사물의 속성은 원시사회의 신화적 사고 또는 어린이의 의식과 언어에서 서로 만나 언어의 창조적 풍요로움을 부활시킨다.

판타지나 난센스의 세계에서 언어의 독립성과 자율성은 언어적 창조력의 출발점이다. 차이에 근거한 사회적 규약의 체계에서 벗어나 언어와 현실과의 원초적 관계를 되살려내기 때문이다. 그리고 이러한 원초적 관계는 정신과 물질, 언어와 사물 간의 상호 연관성을 통해 세계 자체를 하나의 이해 가능한 의미의 유기적 결합체로 보는 원시적 또는 신화적 사고를 바탕으로 한다. 토도로프는 "범-결정주의"(pan-determinism)라는 용어를 통해 이 문제를 설명한다.

"범-결정주의"는 세계의 모든 사물들이 독특한 의미를 가지며 사물들 간에는 의미상의 연관관계가 존재한다는 믿음에 근거해 있다. 그리고 이러한 믿음을 가능케 하는 것은 정신과 물질, 언어와 사물 간의 유기적 관계이다. 토도로프에 따르면, "범-결정주의"는 물리적인 것과 정신적인 것, 언어와 사물 사이의 침투 불가능한 상황이 중지되는 것을 의미한다(Todorov 113). 이는 "정신에서 물질로의 전이가 가능해진 것"을 의미하며 이에 따라 "말은 사물과 동일한 것"이 된다(114). 그러나 언어와 사물 간의 이러한 유기적 관계는 리얼리즘의 전통에서 철저히 배제되었다. 토도로프가 19세기에는 정신과 물질의 혼동 또는 융합이 정신병의 증거로 간주되었다는 사실을 지적(115)한 것도 같은 맥락에서 이해할 수 있다. 그러나 언어와 사물 사이의 원초적인 관계는 환상문학과 같이 소외되었던 장르, 어린이와 같이 무시되었던 존재 속에 여전히 남아 있다. 토도로프의 주장은 다음과 같이 이어진다.

피아제에 따르면, "발달의 초기 단계에서 어린아이는 정신적 세계와 물질적 세계를 구별하지 못한다." 그런데 어린아이의 의식세계에 대한 이런 식의 묘사는 물론 두 세계가 명확히 구분되는 성인의 시각을 반영하고 있다. 결국 우리는 성인의 눈에 비친 어린아이의 모습을 다루고 있는 것이다. 그러나 사실상 이것이 바로 환상문학에서 우리가 접하게 되는 사항이다. 신화적 사고에서처럼, 여기에서 사물과 정신 사이의 경계란 존재하지 않는다(115-116).

피아제(Piaget)의 연구는 어린이의 의식에서 정신과 물질이 혼재하는 신화적 사고를 찾아볼 수 있으며, 어린이의 언어는 말과 사물이 유기적 관계가 유지되는 상징적 언어의 일종이라는 사실을 암시한다. 그런데 중요한 것은 피아제의 연구도 결국 "성인의 눈에 비친 어린아이의 모습"이며 이것이 바로 판타지의 구조적 본질이라는 토도로프의 지적이다. 동화나 아동문학은 어린이가 다른 어린이를 위해 쓴 것이 아니라 성인이 어린이의 의식과 언어를 상정하고 차용한 것이다. 마찬가지로 신화적 사고나 어린이의 언어 역시 성인의 기존 시각에 비친 이질적인 과거의 기억이다. 따라서 판타지에 대한 시각 역시 이중적일 수밖에 없다. 즉 판타지를 가능케 하는 의식과 언어는 항상 리얼리즘과의 상대적 관계 안에서 다루어지게 되는 것이다. 판타지에 대한 논의가 항상 리얼리즘과의 연관성하에서 이루어지거나 판타지가 전복적 성향을 띠는 것도 이 때문이다. 또한 자아 반영적 문학에서 판타지 요소가 자주 등장하는 것도 판타지가 가지는 이중적 의식구조에 근거한 것이라고 할 수 있다. 그런데 이러한 사실은 리얼리즘에 대한 대안으로서 판타지에 대한 관심을 강화하는 데 일조한다는 측면도 있다. 특히 신화적 사고나 어린이의 의식과 언어에 대한 문학적 관심을 촉발시키기에 충분하다. 판타지가 리얼리즘에 대한 대안으로 자리잡기 위해서는 판타지를 가능케 하는 고유의 언어적 특징과 의식에 대한 이해가 필요하다. 그리고 그러한 이해는 역설적으로 기존의 시각에 의해 재평가되고 분석되면서 대안으로서의 가능성을 구체화시킨다.

## III. 어린이의 의식과 언어

앞에서 살펴보았듯이 판타지는 모사를 중심으로 한 리얼리즘의 세계와 대조된다. 사실 판타지는 실제 현실에서는 불가능한 경험을 다루는 만큼 모사적 성향이 가장 적다. 그러나 동시에 그와 같은 이유로 상상력이 가장 창조적으로 활용되는 경우이기도 하다(Schlobin xiv). 그런데 이러한 창조적 상상력은 어린이에게서 가장 두드러지게 나타난다. 오베르스타인(Karin Lesnick-Oberstein)은 전통적인 낭만주의의 시각에서 어린이는 상상력, 판타지, 꿈의 시기로 인식되었음을 지적하면서, 따라서 판타지의 개념과 어린이의 개념은 매우 밀접하게 연관되어 있다고 주장한다(197). 그런데 슐로빈(Shlobin)과 오베르스타인의 주장에는 어린이의 의식과 일상적인 경험세계와는 거리가 있으며, 이러한 거리가 상상력의 자유롭고 독자적인 활동을 가능케 한다는 사실이 암시되어 있다. 다시 말해서 어린이의 의식은 독자적인 방식으로 작용하며, 현실의 경험세계에 대한 반응도 모사나 반영이 아니라 의도와 놀이의 형태로 나타난다.

잘 알려져 있듯이, 현실에 대한 객관적 인식은 자아의 형성과 성숙과정에 밀접하게 연결되어 있다. 프로이트(Freud)에 따르면, 자아는 "모든 것을 포함하지만 이후 외부세계로부터 자신을 분리시킨다. 따라서 현재 우리의 자아 의식은 자아와 자아를 둘러싼 외부세계 사이의 밀접한 유대에 상응하는 모든 것을 끌어안고 포함하는 느낌이 이후 축소되고 남은 것에 불과하다(Freud 1930. 68). 따라서 자아의 성숙은 외부세계와의 단절에서 출발하며 이러한 단절 이후에 비로소 자아는 자신과 외부세계를 독립적인 객관적 실체로 인식하게 된다. 그런데 자아가 미성숙한 상태에서 어린아이는 자신을 양육해 주는 타인, 즉 어머니에 대한 기다림, 기대, 믿음을 통해 외부세계와의 친밀성을 유지한다. 그리고 이러한 믿음은 이후 로맨스, 동화, 공상과학소설 등 판타지 요소를 많이 내포한 문학 형태에 대한 호감으로 연결된다. 즉 "우리를 양육해 준 어머니를 믿었듯이 이 새로운 세계를 '신뢰'해야 한다. 그 세계를 받아들이고 거기에 흡수되어야 하는 것이다"(Holland 35). 따라서 판타지의 즐거움은 어떤 의미에서 자아의 미성숙 단계, 또는 주체와 객체가 분리되기 이전의 상태로 회귀하는 것이라고 할 수 있다. 그리고 이러한 회귀는 언어가 만들어 낸 낯선 세계에 대한 거부감과 불신을 극복하게 해준다는 의미에서 사실상 모든 독서행위의 출발점이라고 볼 수도 있다. 텍스트의 비현실적인 세계를 수용하기 위해서는 그에 대한 불신을 중지시켜야 하기 때문이다. 예를 들어 홀랜드(Norman Holland)는 콜리지(Samuel Taylor Coleridge)의 "자발적인 불신의 중지"(willing suspension of disbelief)를 주객분리 이전의 수동적 만족감으로 해석한다. 신뢰를 바탕으로 외부세계를 수용하는 즐거움을 제공할 뿐 아니라 외부세계에 대한 적극적인 행위를 요구하지 않기 때문이라는 것이다(Holland 79). 다시 말해서 현실세계의 부담으로부터 면제되기 때문에 그만큼 자유로울 수 있는 것이다. 그런데 텍스트라는 외부세계의 수용과 동화(assimilation), 그리고 그 과정에서의 부담감의 부재는 피아제가 주장하는 어린이의 "상징적 놀이"의 특성과 매우 유사하다.

피아제는 의식의 발달에 따른 어린이의 놀이를 3단계로 나누어 설명하고 있다. 첫번째 단계는 물건 집어 던지기와 같은 "감각적 연습 놀이"로서 어린이는 여기에서 단지 행위 자체에 대한 즐거움만을 추구한다. 두번째 단계는 "상징적 놀이"로서 판타지 요소가 중심이 되는 모방의 단계이며, 세번째 단계는 "규칙을 가진 놀이"의 단계로서 상호적 제약 내에서 이루어지는, 사회성을 기반으로 한 놀이이다. "감각적 연습놀이"는 신체의 운동능력을 발달시키기 위한 것이고 "규칙을 가진 놀이"는 이미 사회적 적응단계에 접어들면서 발생하는 놀이인 만큼 자아와 현실 간의 불안정한 관계가 직접적으로 드러나는 것은 "상징적 놀이"의 경우이다. 특히 두번째 단계는 "수용의 요구 속에서 현실을 자아에 동화"(Blake 28)시키는 단계이므로 현실의식이 부족한 첫번째 단계나 현실에 대한 자아의 적극적 수용의 결과인 세번째 단계와 달리, 자아와 현실 간의 상호적 관계가 두드러지게 나타나는 단계이다. 이 단계에서 어린이는 물리적 · 사회적 법칙을 무시한 채 현실을 자신의 의도에 따라 자의적으로 해석하는데, 이는 현실이 자신의 의도와 목적을 위해 존재한다는 생각에 근거한 것이다. 따라서 이 단계에서 어린이의 언어는 현실을 자신의 의지와 의도에 따라 변화시킬 수 있는 능력을 가진 "마술적 언어"(magical language)가 된다. 이와 같이 두번째 단계는 외부 현실세계를 수용하고 자아에 동화시키는 과정에서 어린이의 의식과 언어의 특수성이 가장 잘 드러나는 단계인 것이다. 그렇다면 어린이는 현실을 어떻게 자아에 동화시키는 것일까? 이 단계에서 어린이의 행위와 언어는 일종의 상징이며, 피아제에 따르면 어린이는 상징들을 "동기화"(motivated)된 것,

즉 연상작용에 근거한 기표들로 인식한다(Piaget 75).⁴⁾ 다시 말해서, 어린이는 세계를 어떤 의도에 따라 동기가 주어진 것으로 보며, 각각의 사물들은 유사성에 따라 서로 연결되어진 것으로 보는 것이다. 따라서 어린이는 현실을 논리와 타당성이 아니라 심리적 동기에 근거해 해석한다. 사물의 존재 이유를 자연적·논리적·우연적 관계가 아니라 의도에 근거해서 찾고자 하는 것이다(Piaget 184).

어린이의 의식에서 세계는 의도로 구성되어 있고 그 의도는 해석이 가능하다. 어린이에게는 어느 것도 우연적인 것이란 없으며 모든 것은 서로 연관되어 있다. 따라서 어린이는 논리적 관계와 무관하게 어떤 것이든 주관적인 설명이 가능하다. 어린이에게서 때로 예상치 못한 대답을 듣게 되는 것도 이 때문이다(Piaget 156-159). 피아제는 객관성이 없이 주관적 추론에만 의지하며 분석을 부정하고 전체적인 이미지의 통합을 특징으로 하는 어린이의 의식을 "혼합주의"(syncretism)라고 부르면서 이를 프로이트의 꿈 개념과 유사한 것으로 설명한다. 예를 들어 꿈의 압축과 전치는 혼합적 사고의 특징과 매우 유사하다. 서로 다른 이미지들이 하나로 응축되는 압축, 그리고 특정 사물의 속성이 다른 사물로 전이되는 전치는 혼합적 사고에서 이미지의 "일반화"와 "추상화" 과정과 유사하다. 결국 꿈과 마찬가지로 어린이의 "혼합주의" 역시, 무관한 요소들을 단일한 전체로 압축하며, 연상이나 외적 유사성에 따라 특정한 속성을 다른 사물로 전치시킨다는 것이다(168). 프로이트의 꿈이 자아와 현실 간의 타협

---

4) 이때의 "동기화"된 상징으로서의 언어와 행위는 사회화된 언어나 놀이와는 다르다. 사회적 규약의 체계로서의 언어나 상호적 규칙에 근거한 놀이는 "동기화"된 것이 아니라 관습적이고 임의적인 것이다.

이 이루어지기 전의 무의식적 욕망, 즉 자아와 외부세계의 미분리 단계에 근거한 것이라면 어린이의 미성숙한 자아의 증거인 혼합적 사고와 꿈이 유사한 구조를 가지는 것은 당연하다고 할 수 있을 것이다. 피아제가 모든 것에 대한 설명이 가능하다는 믿음을 원시적 사고와 어린이의 의식의 공통점으로 본 것도 같은 이유이다(159).

원시사회의 신화적 사고 역시 통합적이고 유기적인 사고라는 특징을 가진다(Cassirer 14). 그리고 언어는 사회적 규약이 아니라 특정한 사물이나 상황에 대한 주관적 경험을 반영한다. 최초의 언어는 특정한 경험에 대한 반응에서 생겨난 것이며, 따라서 언어는 사물이나 상황을 환기시키는 역할을 한다. 이 과정에서 언어는 사물의 속성 또는 사물 자체와 동일시된다. 따라서 신화적 사고에서 언어는 의미나 지시작용이 아니라 구체적인 현실이며 사물에 대한 직접적인 효과인 것이다.

이러한 신화적 영역에서는, 구체적인 현실에서 주어진 것 외에는 어느 것도 중요하지 않으며 존재하지도 않는다. 여기에서는 어떤 "지시"나 "의미"도 없다. 정신이 지향하는 곳에서 의식의 모든 내용물은 즉시 실제적인 존재와 효과라는 형태로 변형된다(Cassirer 57).

신화적 사고는 어린이의 의식과 언어에서도 발견된다. 예를 들어 어린이에게 사물의 이름은 그 사물의 속성과 동일한 것으로 인식된다. 비고스키(Vygotsky)는 어린이들과의 대화에서 매우 흥미로운 사실을 발견한다. 어린이의 입장에서 어떤 동물이 암소라 불리는 이유는 뿔이 있기 때문이며 송아지는 뿔이 작기 때문에 그렇게 불린다.

개를 개라고 부르는 이유는 뿔이 없기 때문이다. 암소와 잉크를 서로 바꾸어 부를 수 있느냐는 질문에 어린이는 불가능하다고 대답한다. "잉크는 글 쓰는 데 쓰는 것이고 암소는 우유를 주기 때문"이라는 것이다. 이와 같이 어린이에게 이름의 변화는 속성의 변화를 의미한다. 마찬가지로 어린이는 개가 암소라고 불리기 위해서는, 암소가 뿔이 있으므로, 개도 뿔을 가져야만 한다고 말한다(Vygotsky 129).

신화적 사고와 어린이의 의식에서 공통적으로 발견되는 언어와 속성의 연관성은 사물에 대한 언어의 우위성의 근거가 된다. 원시사회에서 어린이에게 죽은 자의 이름을 붙이는 것이 선조의 부활을 암시한다거나 종교의례에서 죽은 자의 이름을 부르는 것이 죽은 자의 소환능력을 가진 것으로 파악되듯이(Cassirer 51) 언어는 외부세계에 대한 즉각적인 물질적 변화를 초래한다. 카시러가 말했듯이 "정신이 지향하는 곳에서 의식의 모든 내용물은 즉시 실제적인 존재와 효과라는 형태로 변형된다." 즉 원시인이나 어린이에게 언어의 구사는 사물에 대한 지배력을 의미하는 것이다. 비고스키의 연구에 등장하는 어린이가 개를 암소로 부르면서 개로 하여금 뿔을 가지도록 요구할 수 있다면 그것은 사물에 대한 언어의 우선권을 근거로 한 것이다. 결국 사고나 언어는 사물과 현실에 우선하며 현실을 지배하고 변화시킬 수 있는 능력을 주장한다. 이것이 바로 신화적 사고와 어린이의 의식에서 발견되는 "마술적 언어"이다.

피아제가 말하는 "상징적 놀이"의 중요성도 "마술적 언어"와 연관되어 있다. "상징적 놀이"는 어린이가 외부 현실세계를 수용하고 동화시키는 과정에서 보여주는 어린이의 의식과 현실 간의 상호 작용이다. 이 과정에서 어린이는 현실을 수동적으로 수용하기도 하지만 자신의 의도와 의지에 따라 현실을 변화시키기도 한다. 즉 현실을 자아에 동화시키는 것이다. 어린이의 능동적인 창조성이 발휘되는 것은 바로 이때이며, "마술적 언어"는 어린이에게 상상 속의 대안세계를 창조할 수 있는 수단을 제공해 준다. 대안세계는 물론 현실의 불만족에 대한 반응이다. 어린이는 "마술적 언어"를 이용해 이러한 불만을 해소한다. 프로이트의 유명한 "'갔다'(fort)-'저기'(da) 놀이"도 유사한 경우로 해석할 수 있다. 프로이트는 어머니가 외출하여 혼자 남게 되자 줄이 달린 실패를 던진 후 "갔다"라고 말하고는 다시 줄을 잡아당겨 실패가 나타나자 "저기"라고 말하며 즐거워하는 어린아이의 경우를 소개하고 있다(Freud 1920. 14-15). 이 어린이는 어머니의 부재에 따른 불만을 실패를 던지고 당기는 행위와 "갔다""저기"라는 언어의 놀이를 통해 해소하고 있는 것이다.

일반적으로 놀이는 경쟁을 핵심으로 하며 당연히 경쟁상대가 있기 마련이다. 그러나 이는 사회성에 바탕을 둔 "규칙을 가진 놀이"에 해당되는 사항이다. "규칙을 가진 놀이"는 경쟁상대와의 평등한 위치와 객관적이고 상호적인 규칙을 전제조건으로 하므로 창조적 상상력이나 대안적 세계를 형성하는 데 한계가 있다. 오히려 창조성은 혼자만의 "상징적 놀이"에서 더 활성화된다.

만약 어린이가 혼자 있을 때에도 어떤 행위를 한 후에 그에 덧붙여 말을 한다면, 그 어린이는 순서를 바꾸어 행위 자체가 이루어 낼 수 없는 것을 초래하기 위한 목적으로 말을 사용할 수도 있을 것이다. 이렇게 해서 사물이나 사람과의 접촉이 없이, 말과 말만으로 사물에 영향을 미치는 마술적 언어를 통해 현실을 창조하는 행위, 즉 이야기 또는 발명의 습관이 생겨난다(Piaget 36-37).

프로이트와 피아제가 관찰한 어린이의 놀이에는 흥미로운 공통점이 발견된다. 놀이가 육체적 동작과 언어행위로 구성되어 있다는 점이다. 놀이하는 어린이의 동작은 물론 상징성을 가진 몸짓이며 여기에 수반되는 혼잣말 등의 언어는 그 동작의 상징성에 대한 의미부여이며 해석이고 그 의미를 확정짓는 행위이다. 예를 들어 "갔다"와 "저기"는 어머니의 부재라는 현실을 인정하면서 동시에 사물을 어머니로 대체하고자 하는 욕망뿐 아니라, 그 사물이 상상적 대안세계에서 어머니라는 새로운 의미를 가질 수 있고, 이미 어머니로 변화했음을 스스로 인정하고 확정하는 행위라고 볼 수 있다. 이렇게 볼 때 어린이의 놀이에서 동작보다 언어행위가 더 중요하다고 할 수 있다. 동작에 의미를 부여함으로써 상상적 대안세계로 향한 문을 여는 것은 언어이기 때문이다. 위의 인용문에서 알 수 있듯이, 피아제는 한 걸음 더 나아가 언어가 현실의 물리적 한계를 벗어나며 언어만으로도 놀이가 구성될 수 있음을 암시하고 있다. 그리고 이는 대안적 세계를 창조하는 "마술적 언어"에 근거한 것이다. 언어는 일반적으로 기존의 현실세계를 지시하거나 반영하지만 동시에 인간의 욕망과 의지, 상상력과 결합하면서 수동적 기능에서 벗어나 능동적으로 대안적 세계를 창조하는 능력도 있다. "마술적 언어"는 언어의 창조성을 보여주는 대표적인 경우로서 단순히 원시사회의 신화적 사고나 어린이 의식의 미숙성을 보여주는 증거에만 한정되지 않는다. 그것은 외부 현실세계와의 직접적인 상호 작용의 결과이며 구체적인 상황에 대한 인간의 정서적·의지적 반응에 근거하므로 가장 원초적인 언어이다. 게다가 현실에 의미를 부여하고 상상력과 결합하여 대안적 세계를 보여줌으로써 현실을 개혁하고 변화시킬 수 있는 시각을 마련해 주는 듯하다.


## IV. 나가는 글

판타지가 리얼리즘의 비판과 대안이 될 수 있는 것은 언어의 고유한 창조력의 재발견에 기인한 바가 크다. 그리고 이는 기존 관념의 맹점을 공격하면서 새로운 리얼리티의 가능성을 추구하는 작품의 경우에서 흔히 발견된다. 새로운 비전을 추구하는 작품들은 대체로 차이와 리얼리티에 대한 기존 관념의 한계에 주목하며 더 풍요롭고 강렬한 요소들을 발굴하고 추가시킨다. 기존에 의식하지 못했거나 부정했던 시각, 감각, 소재 등을 끌어들이는 것이다. 대표적인 것이 "마술적 장치"와 "신화적 혹은 은유적" 요소이다(Hume 86). 여기에서 "마술적 장치"는 상상력과 결합된 창조적 언어의 결과물이며 "신화적 혹은 은유적" 요소는 논리적 · 분석적 사고에 대비되는 통합적 사고 또는 "혼합주의"와 연결된다.[5] 앞에서 살펴보았듯이 원시사회의 신화적 사고나 어린이 의식의 "혼합주의" 성향은 인간의 과거의 기억이라는 공통점을 가진다. 따라서 의식과 언어의 기원을 향한 이러한 과거로의 여행이 현실로부터의 도피 내지는 퇴행으로 비추어질 수도

---

5) 카시러는 인간의 사고를 논리적 사고와 신화적 사고로 구분하면서 신화적 사고를 표현하는 언어는 은유적 요소에 의존한다고 주장한다(Cassirer 84, 89).

있을 것이다. 그러나 프로이트의 작업이 증명하듯이, 과거에 대한 관심은 현재의 문제에 대한 인식과 그 해결책의 모색에서 시작된다. 과거가 없는 현재가 있을 수 없듯이 현재를 이해하기 위해서는 과거에 대한 이해가 선행되어야 한다. 메타픽션에서 볼 수 있듯이 현대세계와 리얼리티 간의 전통적인 반영적 관계가 더 이상 의미를 가지지 못할 때 판타지가 그 대안에 대한 모색으로서 의식과 언어의 원초적 상태로 눈을 돌리는 것은 당연한 일인지도 모른다. 게다가 어떤 의미에서, 문학 자체가 과거와의 만남을 통한 새로운 의미의 형성이라고 할 수도 있다. 예를 들어 독서 경험을 무의식적 심리기제로 환원하여 설명하고 있는 홀랜드는 독서의 즐거움이 주체와 객체가 분리되기 이전의 상태로의 회귀에 근거한다고 주장하면서 이것이 퇴행과는 다르다는 것을 명확히 하고 있다. 퇴행의 경우 일상 수준 이하의 단일한 수준만이 존재하지만 문학의 경우 현실검증이라는 최고 수준의 정신적 기능이 작용하기 때문이다. 즉 독서 시에 이전 내용을 기억하고 기대하며 개연성을 판단하는 과정이 공존하므로 퇴행이라기보다는 "깊이 있게 하기"(deepening)라고 보아야 한다는 것이다(Holland 81-82).

판타지는 아동문학과 함께 오랫동안 무시되었던 주변 문학이었으나 최근에는 정치적·유물론적 시각에서 재조명 작업이 활발히 이루어지고 있는 듯하다. 미켈(Lesley Mickel) 역시 판타지에 대한 최근의 정치적 관심을 상기시키면서, 판타지가 근본적으로는 현실에 근거하고 있음을 강조한다. 서술방식의 비현실성에도 불구하고 현재의 사회적 문제에 대한 언급이 빠지지 않는다는 것이다(Mickel 98). 물론 그 언급은 미지와 불가능의 영역을 통해 기존의 사회적 코드를 검증하는 간접적인 형태로 이루어진다. 다시 말해서 "이차적 세계"를 통해 "일차적 세계"의 타당성에 의문을 제기하는 것이다(Sullivan and White 3). 그런데 판타지의 "이차적인 세계"는 역설적으로 가장 근본적이고 원초적인 세계이기도 하다. 반영으로서의 기호 체계 이전에 존재하는, 사물과 언어가 유기적으로 공존하는 세계에 근거하기 때문이다. 따라서 기존 리얼리즘의 대안으로서의 가능성이나 정치적 전복효과 등 판타지에 대한 비평적 언급에서 가장 먼저 고려해야 할 사항은 언어의 문제이다. 판타지의 언어와 의식세계는 어떤 문학 형태에서도 찾아보기 힘든 원형적 모습을 간직하고 있기 때문이다. 이러한 의미에서 판타지는 "이차적 세계"가 아니라 오히려 "일차적 세계"라고 할 수도 있을 것이다. 판타지를 통해 리얼리즘의 대안으로서뿐 아니라 나아가 "일차적 세계"의 문학으로서의 위상까지도 고려하는 것이 가능하다면 그것은 아마도 판타지 특유의 언어와 의식세계에 대한 이해를 통해서만 가능한 일일 것이다.

## 인용 문헌

Blake, Kathleen. *Play, Games, and Sport: The Literary World of Lewis Carroll*. Ithaca: Cornell UP, 1974.

Cassirer, Ernst. *Language and Myth*. New York: Dover Publications, 1953.

Ede, Lisa. *Nonsense Literature of Lear and Carroll*. ph, D Thesis, Ohio State University, 1975.

Freud, Sigmund. *Beyond Pleasure Principle*. Standard Editon, XVIII. 1920.

Freud, Sigmund. *Civilization and Its Discontents*. Standard Editon, XXI,

1930.

Holland, Norman. *The Dynamics of Literary Response*. New York: Oxford UP, 1968.

Hume, Kathryn. *Fantasy and Mimesis*. New York: Methuen, 1984.

Jackson, Rosemary. *Fantasy: The Literature of Subversion*. New York: Methuen, 1998.

Lesnick-Oberstein, Karin. "Fantasy, Childhood and Literature: in pursuit of wonderlands" in *Writing and Fantasy*. Ed. Sullivan and White. London: Longman, 1999.

Mickel, Lesley. "Jollson, the antimasque and the literary fantastic: the vision of delight" in *Writing and Fantasy*. Ed. Sullivan and White. London: Longman, 1999.

Piaget, Jean. *The Language and Thought of the Child*. New York: New American Library, 1974.

Schlobin, Roger C. *The Aesthetics of Fantasy Literature and Art*. Notre Dame: Notre Dame UP, 1982.

Scholes, Robert. *Fabulation and Metafiction*. Urbana: Illinois UP, 1979.

Sullivan, Ceri and White, Babara. "Introduction," *Writing and Fantasy*. Ed. Sullivan and White. London: Longman, 1999.

Todorov, Tzvetan. *The Fantastic: A Structural Approach to a Literary Genre*. Ithaca: Cornell UP, 1975.

Vygotsky, L. S. *Thought and Language*. Cambridge: MIT Press, 1962.

Waugh, Patricia. *Metafiction*. London: Methuen, 1984.

# 제6장

## 루이스 캐롤의 동화에 나타난 어린이의 의식과 언어

## I. 서론

대체로 동화의 기능을 크게 두 가지로 나눈다면 교육과 즐거움이라고 할 수 있을 것이다. 그런데 그 외에 동화가 성인의 입장에서 어린이에 대한 새로운 인식의 가능성을 제공해 주는 역할을 할 수도 있다는 점도 고려할 필요가 있다. 동화의 작가가 성인이며 작품을 선택하고 읽어 주고 해석을 제공하는 것이 성인인 만큼 동화 연구에서 성인의 역할을 고려하는 것은 당연하다. 그러나 성인은 동화의 창작자이고 선택자 · 낭송자 · 해설자이지만 대체로 몇몇 아동문학이나 아동심리 전문가를 제외하면 실상 어린이의 독자적이고 독특한 심리 상태에 대해 모르는 경우가 많다. 따라서 동화가 교육과 즐거움 외에 어린이에 대한 이해를 돕는 기능도 제공한다면 이는 매우 바람직한 경우라 할 수 있을 것이다. 그리고 이런 의미에서 루이스 캐롤(Lewis Carroll)의 《이상한 나라의 앨리스 *Alice in Wonderland*》는 어린이의 의식과 언어의 특성을 살펴보기에 매우 이상적인 경우라 할 수 있다.

캐롤의 《이상한 나라의 앨리스》와 속편인 《거울 나라의 앨리스

*Through the Looking-Glass and What Alice Found There*)는 분명 어린이 독자를 위한 동화이지만 성인이 보기에도 당혹스러울 정도의 말장난, 형식 논리, 난센스 등이 가득하다. 따라서 어린이가 수용하기에 너무 벅찬 내용이 많으며 실제 작품의 주인공인 앨리스(Alice) 역시 등장인물들의 괴상한 논리에 당혹감을 감추지 못한다. 그러나 이러한 측면은 오히려 성인의 입장에서 어린이의 의식과 언어상의 특성을 관찰할 수 있는 기회를 제공한다. 비현실적이고 당혹스러운 상황에서 드러나는 앨리스의 반응뿐 아니라 그 외의 인물들이 보여주는 언어와 논리에 대한 시각과 태도가 어린이들의 경우와 매우 유사하기 때문이다. 따라서 어떤 의미에서 캐롤의 작품은 어린이의 의식과 시각 자체를 작품으로 구현한 경우라고 할 수 있다. 이에 따라 본 논문의 목적은 캐롤의 언어와 논리, 놀이 등의 문제를 비고스키(Vygotsky)와 피아제(Piaget)의 이론을 통해 분석함으로써 그의 작품에 나타난 어린이의 의식과 언어의 특성을 살펴보는 데 있다.


## II. 어린이의 의식과 언어

어떤 의미에서 주인공 앨리스가 겪게 되는 모험상의 어려움은 언어문제에 근거하며 사실 언어문제는 작품을 이끌어 나가는 동기이자 플롯의 구성 요소이기도 하다. 우선 눈에 띄는 것은 어휘의 부족에서 느끼는 앨리스의 인지력의 한계이다. 토끼굴로 떨어지는 장면에서 앨리스는 곧바로 계속 떨어지면 지구 반대편에 도달하게 되고 그곳 사람들은 아마도 발이 아니라 머리로 걷는 사람들일 거라고 생각하면서 그들을 "반감들"(antipathies)이라고 부른다(Carroll 8).[1] 앨리스는 "anti"가 "반대"를 의미하는 말이고 문제의 그 단어에 P가 들어간다는 것을 어렴풋이 알고 있으나 사실상 "대척점"(antipode)이나 "대척점 지역 사람들"(antipodeans) 같은 단어는 일곱 살의 어린 소녀에게는 너무 어려운 것이 사실이다.[2] 게다가 문어와 구어의 차이를 혼동하여 라틴어 책의 호격을 사용하여 생쥐에게 말을 건넨다("O mouse," Carroll 18). 이와 같이 어휘와 실제 쓰임새에 대한 이해가 부족한 만큼 전문용어에 대한 이해가 불가능한 것은 당연하다. 속편인 《거울 나라의 앨리스》의 "양털과 물" 에피소드에서 보트의 노를 젓고 있는 앨리스에게 양(sheep)은 "날개! 날개!"(Feather! Feather!)라고 소리치며 그러다가는 "게를 잡게 될 거야"(You'll be catching a crab directly)라고 경고한다. 물론 앨리스는 그 의미를 알지 못하며 "나, 게 좋아해요" "왜 날개라고 그러죠? 나는 새가 아닌데"라고 반문한다(155). 가드너(Gardner)의 주석에 따르면, "날개"나 "게잡기"는 보트의 노를 젓는 방법에 대한 전문 용어로서 "날개"는 노를 가슴에 평행으로 당기는 것을, "게잡기"는 노가 물에 끌리는 것을 의미한다(Gardner 202). 그러나 의미를 알지 못하는 앨리스는 그 말을 문자 그래도 이해할 수밖에 없으며 따라서 자신이 처한 상황을 정확히 알지 못한다. 그런데 흥미로운 것은 어휘력의 한계에 근거한 문자적 의미와 비유적 의미의 혼란이 직접 작품의 인물이나 에피소드로 구현된다는 점이다. 예

---

1) Carroll, Lewis. *Alice in Wonderland*. Ed. Donald J. Gray. New York: W. W. Norton & Company, 1992. 앞으로 페이지 수만 명기함.

2) 영국의 "대척점"(antipode)은 호주나 뉴질랜드에 해당한다. 따라서 정확한 단어는 "반감들"(antipathies)이 아니라 "대척점"인 호주나 뉴질랜드 사람을 지칭하는 "antipodean"이다.

를 들어 체셔 고양이는 "체셔 고양이 같은 미소"(grin like a Cheshire Cat)라는 속담에서 유래한 인물이며, 앨리스가 빠지게 되는 웅덩이는 "눈물에 젖다"(drown in one's tears)라는 표현을 문자 그대로 해석하여 구체화시킨 것이다. 게다가 캐롤의 이 "이상한 나라"에서는 실체가 없는 개념이나 단어도 의인화된다. 엉터리 차 모임 장면에서 모자장수는 박자를 잘 못 맞추어(beat time) 여왕으로부터 "시간을 죽이고 있다"(murdering time)는 비난을 받은 뒤 시간과 좀처럼 다시 친해지지 못하고 있으며, 《거울 나라》에서 왕은 앨리스가 "길 위에 아무도 안 보인다"(I see nobody on the road)고 말하자 "아무도"(nobody)를 볼 수 있을 정도로 눈이 좋았으면 한다고 대답한다(170). 캐롤의 작품이 보여주는 어린이의 모습은 결코 어린이의 심리나 시각에 대한 일방적인 서술이나 묘사의 형태를 띠지 않는다. 캐롤은 어린이의 의식과 언어 자체를 작품의 소재이자 구성 요소, 주제로 삼았다. 따라서 작품 전체가 어린이가 미숙한 의식으로 바라본 일상세계의 모습이며, 미숙한 인식으로 인해서 모든 것이 이상하게 보일 수밖에 없는 세계, 즉 어린이의 의식 자체를 작품의 구조, 에피소드로 직접 구현한 것이다.

캐롤의 작품에서 어린이의 미숙한 언어는 흔히 비유적 표현에 대한 어려움으로 나타나며 특히 이는 언어와 사물의 속성, 범주상의 혼동을 초래한다. 예를 들어 앨리스는 고추가 사람을 화를 잘 내는 사람(hot-tempered)으로 만들고 식초는 신랄하게 만들며(sour), 쓴맛이 나는 카모마일은 쓸쓸한 성격의 원인이 된다고 생각한다(70). 즉 성격을 묘사하는 언어의 비유적 표현과 맛에 관련된 사물의 속성을 동일한 것으로 착각하는 것이다. 또한 토끼집에 갇힌 채 과자를 먹고 몸

이 커지자 이 괴상한 경험을 이후 나이가 들면(grow up) 이야기로 써
보겠다고 생각하지만 곧바로 좌절감을 느낀다. 이미 다 커졌기 때문
이다("but I'm grown up now," Carroll 29). 물론 캐롤 동화의 언어가
속성이나 비유에만 관련되지는 않는다. 언어는 사물을 구분하고 분
류하는 기능을 가지며 이는 범주 간의 혼란을 방지하는 역할을 하기
도 한다. 캐롤은 이와 관련해서도 어린이의 논리적 능력을 테스트한
다. 예를 들어 앨리스는 공작부인에게 여왕의 편지를 전하러 온 자가
물고기인지 시종인지 구별하기 어렵다는 것을 깨닫는다. 시종의 제
복을 입었지만 물고기의 머리를 가지고 있기 때문이다. 캐롤은 괄호
를 통해 범주의 개념이 부재하는 앨리스의 혼란을 다음과 같이 서술
하고 있다.

　앨리스는 그가 시종이라고 생각했어요. 제복을 입고 있었으니까요.
그렇지 않았다면 아마도 얼굴을 보고는 물고기라고 불렀을 거예요
(45).

애벌레와의 대화에서도 비슷한 예를 발견할 수 있다. 갑작스러운
신체 크기의 변화에 당혹스러워하는 앨리스는 애벌레가 자신의 당혹
감을 이해하지 못하자 애벌레가 이후 번데기로 변하고 다시 나비로
변하게 되면 그 역시 당혹스러울 것이라고 말한다. 앨리스의 입장에
서 상당히 근사한 논리를 보여주고 있지만 애벌레는 전혀 동의하지
않는다. 사실 앨리스의 경우에는 신체의 크기의 변화이고 애벌레의
변태는 상태의 변화이므로 직접적인 비교는 의미가 없다.
　언어의 미숙성에 따른 의사소통과 논리상의 혼란은 사실 앨리스보

다 그 외의 인물들에게서 더 많이 발견된다. 앨리스는 빅토리아 시대 중산층의 도덕과 사회규범을 대표하는 인물로서 비록 어린이로서 의식과 언어에 한계가 있지만 괴상한 논리를 고집하는 다른 인물들에게도 사회적 규율과 예의를 잊지 않으려 노력한다. 반면 다른 인물들은 예외 없이 자신만의 논리를 고집하고 앨리스에게 강요함으로써 갈등을 초래하는데, 래킨(Rackin)은 앨리스에 대한 이들의 적대성이 그들의 독자적 의식과 세계관의 배타적 성격에 근거하며, 《이상한 나라의 앨리스》에는 자체적이고 독자적인 예법, 언어적 규칙이 존재하고 있다고 주장한다(Rackin 48-51). 래킨은 그 독자적인 예법, 언어적 규칙이 무엇인지 구체적으로 설명하지 않고 있는데, 앞으로 자세히 살펴보겠지만 그것은 의식과 언어가 미숙한 어린이 특유의 자폐적(autistic) 성향에 의한 것이다. 앨리스 역시 어린이이지만 앨리스에게는 어린이의 의식과 성인의 의식이 공존하며, 특히 성인의 사회적 성향을 적극 수용하고 적용하려 노력한다는 면에서 다른 인물들과 확연히 구별된다. 래킨이 등장인물들이 앨리스의 과거 모습이라고 주장(77)하는 것도 같은 맥락에서 이해할 수 있다. 앨리스는 어린이의 의식과 성인을 향한 성숙한 인식 사이에 위치하나 다른 인물들은 독단적이고 자아 중심적인 단계에 머물러 있다. 따라서 앨리스는 인물들에게 사회적 규칙과 예의를 강조하지만 그들은 앨리스의 간섭을 무시하거나 자신만의 시각을 고집하여 갈등을 일으킨다. 그렇다면 앨리스를 포함한 여러 등장인물들이 보여주는 어린이의 의식과 언어는 어떤 것이며 어떤 특성이 있을까?

## III. 비고스키와 피아제의 언어 이론

비고스키는 어린이에게 최초의 언어가 기호 체계가 아니라 사물의 속성으로 이해된다고 주장하는데(27-28) 이는 원시인과 어린이 언어의 유사성을 "마술적 언어"(magic word)로 설명하는 피아제의 주장과도 일치한다. 최초의 언어는 행위의 일부이며 행위에 내포된 감정, 상황을 환기시키므로 원시적 사고에서 이름은 사물의 속성을 포함한 것으로 간주되었다는 것이다(Piaget 27). 카시러(Cassirer) 역시 원시인의 의식을 "신화적 사고"로 규정하면서 언어는 구체적으로 경험된 상황을 환기시키므로 언어에는 사물의 속성이 반영되며, 따라서 언어는 "구체적인 현실" "즉각적인 효과"를 창출하는 능력이 있다고 주장한다(57).

어린이나 원시인에게 언어는 사회적 규약으로서 기호들의 임의적인 체계가 아니라 사물의 속성이고 때로 사물 그 자체이기도 하다. 따라서 언어는 사물의 속성을 표현하며 속성은 언어를 설명하는 근거가 된다. 이름이 형태를 의미한다는 험프티 덤프티(Humpty Dumpty)의 말("my name means the shape I am," Carroll 160)이나 나무가 위험이 닥치면 "바우 와우"(bough-wough)라고 짖기 때문에 나뭇가지가 "가지"(bough)라고 불린다는 장미꽃의 설명은 바로 이러한 속성으로서의 언어, 어린이와 원시적 사고의 실례를 보여준다. 그러나 이러한 언어는 개념의 언어, 개념을 구현할 수 있는 언어가 아니라 단순히 속성과 연결된 복합적인 이미지의 덩어리에 불과하다. 게다가 복합적 이미지인 만큼 이질적인 속성도 많이 포함되어 있으며, 속성들 간의 우열관계나 논리적 관계에 대한 의식은 존재하지 않는다. 다시 말해서 다양한 속성이나 이미지들이 공존하며 특정 속성을 선택함에 있어서 논리적 원칙이 적용되지 않는 것이다. 특정 문제나 질문에 대해 어린이가 매우 신선하면서도 엉뚱한 이유, 설명을 하는 것은 이 때문이며, 어린이의 의식과 언어의 발달은 이러한 속성들 간의 연관성과 차이를 논리적 관계를 통해 파악해 나가는 과정과 일치하는데, 비고스키는 그의 "컴플렉스" 이론을 통해 이 과정을 설명하고 있다.

비고스키에 따르면 어린이의 의식과 언어는 세 가지 단계를 거친다. 첫번째 단계는 "혼합주의" 또는 "부적합한 결합"의 단계로서 이 단계에서 어린이는 세계를 다양한 사물들이 혼합된 이미지로 인식하며 말은 무의미한 사물들의 집합에 불과하다. 따라서 여러 단어가 같은 의미를 가질 수 있으며 사물의 개별성이나 단어의 개별적 의미는 존재하지 않는다. 두번째 단계가 "컴플렉스" 단계로서, 이 단계에서 비로소 어린이는 사물의 실제적 연관성에 주목하게 되고 객관적 사고가 가능해진다. 이 단계에서는 특히 사물의 구체적 사실성에 주목하게 되는데 사실성에 근거하는 만큼 논리적 연관성은 없으며, 따라서 개념의 형성도 불가능하다. 개념이 궁극적인 하나의 속성에 근거한다면 "컴플렉스적 사고"에서는 실제적 사실성에 따라 여러 가지의 분류와 선택이 가능하며 의식의 발전 단계에 따라 이는 다시 다섯 개의 단계로 나뉘어진다(58-62).[3]

"컴플렉스적 사고"의 다섯 단계들 중 눈에 띄는 것은 첫번째 단계

---

3) 좀 더 자세한 내용은 L. S. Vygotsky. *Thought and Language*. Trans. Eugene Hanfmann and Gertrude Vakar. The MIT Press. 1962, pp.55-80을 참고할 것.

인 "연상 유형"(associative type)과 세번째의 "연속 콤플렉스"(chain complex)이다. "연상 유형"에서 어린이는 핵심적인 특정 속성이 결정되면 그 속성을 속성들 간의 논리적 연관성과 무관하게 다른 사물과 자유롭게 연결시킨다. 따라서 두 사물 간의 속성상의 공통점은 일정하지 않으며 이 단계의 어린이에게 말은 개별적 사물의 "고유 이름"이 아니라 "다양한 관계로 연결된 일단의 성"(family name)이다 (Vygotsky 72). 캐롤의 작품에서 흥미로운 것 하나는 바로 고유명사가 없다는 점이다. 주인공인 앨리스만이 자신만의 이름을 가지고 있을 뿐 다른 인물들은 고유명사, 즉 이름을 가지지 못한다.[4] 예를 들어 모험을 촉발시킨 문제의 흰토끼의 이름은 말 그대로 "흰토끼"(W. Rabbit)이다. 이름이 없어지는 숲에서 만난 사슴은 숲을 벗어나 이름을 되찾자 자신의 이름이 "사슴"이며 앨리스를 보고는 "인간의 아이"라고 부른다(137). 앨리스를 제외한 나머지 인물들에게 모든 사물은 개별적 존재가 아니라 하나의 종(species)이며 험프티 덤프티의 말대로 눈이 코 옆에 있거나 입이 머리에 있지 않는 한(168) 앨리스는 다른 아이와 구별되지 않는 동일한 "인간의 아이"일 뿐이다.

"연속 콤플렉스" 단계는 속성에 따른 연결의 연속적 변화를 특징으로 한다. 여러 사물들 간의 연관성이 속성들 간의 무작위적인 연속에 의존하는 것이다. 따라서 사물들 간의 중심적 속성은 서로 다르며 속성들 간의 우열관계도 없다. 당연히 상위범주로의 통합이 불가능하

---

4) 물론 고유명사로서의 이름이 전혀 없는 것은 아니다. 흰토끼 집의 하인인 도마뱀은 분명 "빌"(Bill)이라는 이름이 있으며 트위들 형제나 험프티 덤프티도 고유명사이다. 그러나 "빌"은 일반적인 이름을 대표할 뿐이며 도마뱀은 이야기에서 거의 중요성이 없는 인물이다. 트위들 형제나 험프티 덤프티는 기존 동요의 인물이므로 캐롤이 새롭게 창조한 인물은 아니다.

며 단지 비논리적 속성들의 연결과 나열만이 존재한다. 캐롤의 작품에서 "연속 콤플렉스"는 주로 언어놀이로 구체화된다. 예를 들어 공작부인과 앨리스의 대화에서 플라밍고, 겨자, 광산으로 이어지는 괴상한 도덕론(71)은 "동물, 식물, 광물"이라는 일종의 스무고개 같은 언어놀이를 극화시킨 것이다. 또한 《거울 나라》에서 전령의 이름인 "헤이가"(Haigha)의 첫 철자인 H를 이용한 말장난(170)도 기존의 놀이를 에피소드로 극화한 것이다(Gardner 224). 이 놀이들은 공통적으로 사물의 이름이나 속성을 무작위로 또는 철자와의 표면적 연관성 하에서 나열하는 방식을 띠고 있는데, 이 놀이들이 캐롤의 창작이 아니라 기존의 어린이들의 놀이라는 사실은 놀이, 특히 언어와 관련된 놀이가 어린이의 의식과 언어의 발전단계와 밀접한 연관성이 있음을 암시한다.

비고스키의 논의는 피아제의 "자아 중심주의"(ego-centrism) 이론 중 "혼합주의" 사고와 매우 유사하다. 사회성이 형성되기 전의 어린이가 보여주는 자아 중심적 태도는 직관적 · 연역적 사고보다는 혼합적인 사고를 특징으로 하며, 가설의 증명이 없이 직접 결론을 도출하고 청자나 상대의 시각을 전혀 고려하지 않는다(Piaget 32, 66). 이 단계의 어린이에게 분석이나 논증은 불가능하며 주관적인 추론에 의지하여 속성들을 덧붙이고 통합하여 전체적인 이미지만을 추구하는 "혼합주의" 성향을 보인다(152). 따라서 객관적 논리성이 부재하며 현실과 무관한 개념화된 언어도 존재하지 않는다. 그런데 이러한 사실은 어린이에게 언어가 현실과 밀접하게 연관된 어떤 실체로 간주된다는 것을 암시한다. 따라서 언어는 즉각적인 현실상황, 주관적인 의도의 반영과 구체화, 그리고 그 효과를 의미한다. 피아제가 "자아 중심주의"를 설명하면서 매우 흥미로운 특징으로서 모든 것의 정당화 가능성을 언급한 것도 이 때문이다. 어린이에게는 모든 것이 서로 연관되어 있고 특정한 의도를 반영하는 것으로 간주된다. 우연적인 것은 존재하지 않는다. 따라서 어떤 문제이든 설명이 가능하다고 믿는다(Piaget 156). 문제는 이러한 설명이 극히 주관적이고 비논리적일 뿐 아니라 통합적 이미지를 지향하는 만큼 불합리한 속성들의 엉뚱한 연결에 의존하게 된다는 것이다. 따라서 어린이의 논리가 매우 신선하고 새로울 수도 있지만 대체로 객관성을 담보한 의사소통에는 적절치 않다. 캐롤의 작품에서 앨리스와 다른 인물들 간의 갈등도 이와 비슷한 양상을 보인다. 앨리스는 비록 어린이이지만 빅토리아 시대 중산층의 현실 원리를 대표한다. 따라서 자아 중심적인 일방적인 시각, "혼합주의적 사고"의 독특한 비논리성을 바탕으로 세계를 의도의 구현으로 보며 모든 것을 주관적인 의도에 따라 해석하는 다른 인물들과의 의사소통은 당연히 불가능할 수밖에 없다. 그들의 대화가 종종 말장난이나 난센스로 변하고 마는 것은 이러한 이유 때문이다. 그런데 미숙한 어린이의 의식에 비친 주관적 의도로서의 세계는 언어뿐 아니라 놀이에서도 발견된다.


## IV. 이상한 나라의 놀이

캐롤의 작품에는 놀이 요소가 상당히 많이 등장한다. 코커스 경주(caucus race)나 여왕이 주재한 크로켓놀이뿐 아니라 후반부의 등장 인물들인 왕과 여왕, 군인 등은 카드를 의인화한 것이다. 이 외에도 수많은 말장난이 놀이의 형태로 등장하며 실제로 험프티 덤프티는 대화를 하나의 놀이로 보고 있다. 그런데 문제는 이러한 놀이가 정상적인 규칙과 경쟁을 가진 놀이가 아니라는 데 있다. 코커스 경주는 아무 곳에서나 어느 때고 원하는 대로 시작하고 끝낼 수 있는 무규칙의 놀이이며 크로켓놀이도 공 역할을 하는 고슴도치가 도망가고 홍학이 타구를 거부하며 골대 역할을 하는 군인들도 여왕의 명령에 허둥대며 돌아다니기 바쁘다. 놀이 형태의 말장난이나 대화는 종종 인물들의 일방적인 논리로 인해 난센스로 변하고 만다.

놀이의 핵심 개념은 "믿는 척하기"(make-believe)에 있다(후이징가 37). 이러한 개념은 놀이가 실제로는 현실과 무관하지만 놀이의 규칙을 수용함으로써 놀이가 완결된 체계를 가진 또 다른 세계임을 인정하는 태도를 암시한다. 다시 말해서 놀이가 현실이 아니라는 것을 알고 있지만 동시에 그것이 자족적인 또 다른 현실이라고 믿는 이중적 의식에 바탕을 두고 있다는 것이다. 그리고 이러한 의식이 유지되기 위해서는 사회적 약속으로서 규칙에 대한 존중과 수용이 담보되어야 한다. 그리고 사회적 규칙으로서의 이러한 놀이는 피아제가 말하는 "규칙이 있는 놀이"에 해당된다.

피아제는 어린이의 놀이를 발달단계에 따라 세 가지로 구분한다. 첫번째는 "감각 연습놀이"로서 물건 집어 던지기 등과 같이 행위 자체에 대한 즐거움을 추구하는 단계이다. 두번째 단계는 "상징적 놀이"로서 현실수용의 요구에 얽매이지 않은 채 현실을 자아의 요구에 동화시킨다. 세번째는 "규칙이 있는 놀이"로서 이는 규칙이라는 사회적 제약 내에서 이루어지는 놀이를 의미한다(Blake 28). 물론 후이징가의 정의는 피아제의 세번째 단계에 해당된다. 그러나 캐롤의 작품에 등장하는 놀이들은 거의 다 두번째 단계인 "상징적 놀이"의 특징을 보여준다. 인물들이 상호적인 규칙을 무시한 채 주관적인 의도에 따라 놀이를 변형시키며 현실이 자신의 의도에 종속되어야 한다고 주장하기 때문이다. 이러한 사실은 "상징적 놀이"가 세계를 의도로 파악하고 자신의 의도에 현실을 종속시키며 그 의도에 따라 현실을 설명하는 것이 가능하다고 믿는 "자아 중심주의"의 의식과 밀접하게 연관되어 있음을 보여준다. 따라서 "상징적 놀이"에서는 주관적 의도와 객관적 현실이 분리되지 않은 채 혼동과 혼란을 일으키게 되며, 이러한 혼동과 혼란은 아동문학이나 동화에서 흔히 볼 수 있는 환상적 요소를 더욱 강화시키는 역할을 한다.

일반적으로 7, 8세까지의 어린이들은 의도와 환상을 구별하지 못한다(Vygotsky 13). 따라서 믿음과 객관적 현실 사이의 구분이 모호하며 이는 타인의 입장을 고려하지 못하고 놀이를 직관적 의도의 실현으로 생각하는 피아제의 자아 중심적 태도와 유사하다. 캐롤의 작품에 등장하는 인물들이 보여주는 독단적이고 이기적인 태도, 괴상한 논리와 일방적인 규칙만이 존재하는 놀이들은 바로 이러한 어린이의 제한되고 미성숙한 의식을 극화한 것이다.

대체로 어린이의 놀이는 적응(accommodation)이나 동화(assimilation) 또는 현실에 대한 숙달이라는 기능을 가진다. 예를 들어 프로이트는 〈쾌락원리를 넘어서〉에서 어머니가 안 보이자 실패를 던지고 당기며 노는 어린이의 행동을 분석하면서 이를 자아가 통제할 수 없는 상황에 대한 숙달이라고 보고 있다(Freud 14-15). 반면 피아제는 적응과 동화를 구별한다. 적응은 외부 현실에 자신을 적응시키는 것이며 이는 과학적 경험론과 귀납적 사고를 특징으로 한다(Blake 31). 그러나 캐롤의 인물들은 대부분 과학적 경험론이나 귀납적 사고와는 거리가 멀다. 오히려 현실이 자신의 의도에 종속되어야 한다고 주장한다. 물론 놀이의 기능에 상황에 대한 적응 요소가 상당히 크게 작용할 수 있다. 그러나 최소한 캐롤의 인물들과 관련해서 볼 때 놀이는 적응이 아니라 외부 상황을 자아에 통합시키는 것, 즉 동화라고 볼 수 있다. 특히 "상징적 놀이"의 단계에서 어린이는 규칙이나 제한의 부재 하에 자신의 활동에 사물을 예속시키는 일종의 상징적 변화를 시도한다. 다시 말해서 현실을 자신에 동화시키는 것으로써 이는 개인적 만족만을 염두에 둔 일방적 사고 형태의 전형이다(이은해 외 90). 따라서 캐롤의 인물들은 사회성이 형성되기 이전의 단계를 보여준다. 반면 앨리스는 피아제의 세번째 단계에 해당하는 "규칙이 있는 놀이," 즉 사회적인 놀이를 중시한다(Blake 108-109). 예를 들어 앨리스는 혼자 있을 때에도 "두 사람인 척하기"를 좋아하며 각각의 주어진 역할의 한계와 차이를 정확히 알고 지키려 노력한다. 《거울 나라》에서는 언니와 체스를 두지 못하자 고양이를 상대자로 정해 체스를 즐기고자 한다. 체스는 물론 철저히 규칙의 통제를 따르는 놀이이다. 결국 캐롤의 작품은 앨리스의 사회적 놀이와 주변 인물들의 유아론적·독단적 놀이 사이의 갈등을 극화시킨 것이라고 할 수 있다. 그런데 흥미로운 것은 놀이의 주도권이 대체로 앨리스가 아니라 주변 인물들에게 주어진다는 것이다.[5] 이는 어찌 보면 블레이크(Blake)의 주

---

5) 물론 앨리스가 놀이를 주도하는 경우도 있다. 전령인 헤이가(Haigha)의 이름을 두고 철자 H로 시작하는 말장난 놀이가 그것이다. 그러나 왕이 한마디 거드는 모습을 보이지만 그는 그것이 언어놀이임을 모르고 있다. 따라서 그것은 앨리스의 혼잣말일 뿐 정확히 말해서 놀이라고 보기는 어렵다.

장처럼 앨리스가 평소 "그들"이 주도하는 세계에 익숙한 모범소녀이기 때문일 수도 있다. 다시 말해서 앨리스는 평소 유모나 가정교사, 부모 등을 통해 권위에 복종하는 태도에 익숙해져 있다는 것이다 (Blake 111). 실제로 앨리스는 자신의 방식을 고집하기보다는 다른 인물들의 비정상적인 논리와 규칙을 수용하고 놀이에 적극적으로 참여한다. 그러나 앨리스가 그들의 규칙에 적응하거나 숙달되면 그들은 놀이를 중지시키거나 또 다른 규칙을 도입하여 앨리스를 궁지에 몰아넣는다. 예를 들어 "동물, 식물, 광물"놀이도 앨리스가 잘 알고 있는 언어놀이이지만 공작부인의 자의적인 왜곡과 비논리가 너무 심해 놀이가 제대로 이어지지 않는다.

캐롤의 작품은 이렇듯 앨리스의 사회적 놀이와 등장인물들의 주관적 의도의 놀이 사이의 갈등을 연속적으로 극화시킨 것이다. 그런데 왜 앨리스가 사회적 시각을 대표하고 그 외의 인물들이 유아론적인 모습을 보이는 것일까? 반대로 앨리스가 자폐적이고 다른 인물들이 사회적일 수는 없는 것일까? 왜 앨리스의 사회적 놀이가 "이상한 나라"의 놀이세계를 주도하지 못할까? 이 문제는 물론 위에서 블레이크도 간략히 설명한 바 있다. 그러나 앨리스가 속한 중산층 가정의 위계질서나 예의범절 외에 작품의 구성과 관련하여 고려해야 할 사항이 있다. 캐롤의 두 작품은 모두 앨리스의 꿈으로 이루어져 있다. 만약 "이상한 나라"의 인물과 세계가 현실의 물리적 법칙을 그대로 반영한다면 꿈의 환상적 요소를 활용할 수 없게 된다. 피아제는 프로이트가 말하는 꿈의 기능과 어린이의 통합적 사고 사이에 상당한 유사성이 발견된다고 주장한다. 프로이트에 따르면, 꿈은 서로 다른 이미지들이 하나로 응축되는 "압축"과 특정 사물의 속성이 다른 사물로 전이되는 "전치"의 두 가지 기능을 가지는데 어린이의 통합적 사고 역시 무관한 사물들을 전체로 "압축"하며 연상이나 외형적 유사성에 따라 특정한 속성을 다른 사물이나 언어, 이미지로 "전치"시킨다는 것이다(Piaget 168). 다시 말해서 꿈은 앨리스로 하여금 "이상한 나라"의 환상성을 경험하게 하는 가장 기본적인 조건이며, 꿈의 독특한 기능은 어린이의 미숙한 의식과 언어를 구현하기에 가장 적합한 환경을 제공한다. 만약 앨리스가 놀이를 주도하며 인물들에게 사회적 규율을 강요한다면 꿈의 환상성은 사라지고 캐롤의 작품은 철부지들을 교육시키기 위한 평범한 교훈주의 동화가 되고 말았을 것이다. 게다가 더 중요한 문제는 어린이를 단순히 교화의 대상으로만 취급하여 정작 어린이의 심리와 의식세계의 독특성을 알아볼 기회가 사라진다는 것이다.

## V. 결론

동화의 가치를 평가하는 기준은 여러 가지가 있을 수 있다. 동화가 어린이의 사회성 발달과 도덕성 함양이라는 교육적 측면과 밀접히 연관되므로 작품의 도덕적·교육적 성향의 유무나 깊이, 통찰력에 초점을 맞출 수도 있고 작품 자체의 내적 구조와 서술의 적절성, 흥미 유발과 이야기의 참신성 등을 주로 고려할 수도 있을 것이다. 그러나 작품의 내용이나 구성, 주제 외에 동화가 묘사하는 어린이의 모습, 어린이의 개념문제 또한 그에 못지않게 중요하다. 동화가 어린이에 대한 이야기인 만큼 어린이에 대한 작가의 시각과 묘사는 시대와 작가에 따라서 어린이의 모습과 개념이 어떻게 달랐으며 어떻게 구성되는가, 즉 어린이란 무엇인가? 어떤 존재이며 어린이의 의식과 시각은 성인의 경우와 어떻게 다른가? 등의 문제와 밀접하게 연결되어 있다. 예를 들어 어린이를 단순히 성인의 육체적 축소판으로 보았던 18세기 이전의 전근대적인 시각이나 로크(Locke)의 백지설에 따른 동화의 교육적 측면에 대한 강조, 어린이를 순수성과 성인이 잃어버린 황금 시절에 대한 향수의 시각으로 보았던 워즈워스(Wordsworth) 등 낭만주의 시대의 관점 등은 통시적 시각에서 어린이 개념의 변화상을 살펴볼 수 있게 해준다. 공시적 시점에서 동시대 동화작가들의 주제나 스타일도 어린이에 대한 이해에 상당한 영향을 미친다. 예를 들어 잘 짜여진 구조 속에서 주인공을 구체적인 목표를 향해 친절하게 이끌어 줄 수도 있고, 주인공에게 상당한 독자성을 부여하여 어린이 시각의 독특성을 부각시킬 수도 있을 것이다. 전자의 경우 작품의 구조와 에피소드, 이미지 등에 작가의 의도와 주제가 적절히 드러나는 경우가 많으며 이러한 경우 작품은 동화의 교육적 기능을 강조하는 방향으로 흐르기 쉽다. 고전동화나 전래동화가 대체로 여기에 속하며 어린이의 독자적 의식이나 심리묘사가 비교적 적은 편이다. 후자의 방식에서는 특정 상황에 대한 어린이의 독립적 판단이 이야기를 이끌어 가는 경우가 많으며, 어린이의 독특한 시각이 비교적 직접 드러나는 경우가 많다. 동화 연구에서 캐롤의 중요성도 여기에 있다. 캐롤의 작품이 단순히 보채는 아이를 달래기 위한 여흥거리나 교화를 목적으로 한 따분한 설교에 불과했다면 현재까지 인기가 유지되지도 않았을 것이며 무엇보다도 어린이를 단순히 성인의 축소판이나 독자적인 의식이 없는, 백지상태의 수동적이고 미약한 사물화된 존재로 보는 전근대적인 시각을 반복, 재생산했을 것이다. 그러나 캐롤은 철저히 어린이의 시각에서 세계를 보려고 했고 어린이의 의식과 언어 자체를 작품으로 형상화시켰다. 서론에서도 밝혔듯이 동화의 기능과 관련하여 성인의 역할을 고려할 필요가 있다. 이때 성인의 역할은 단순히 어린이에 대한 애정이나 책임감의 문제이기에 앞서 어린이에 대한 적절한 이해의 필요성에 대한 자각이다. 캐롤의 작품이 만약 과도한 언어, 논리상의 실험으로 성인 독자들마저 당혹스럽게 한다면 그것은 독자가 이미 어린이의 의식과 언어 속에서 현실을 바라보게 되기 때문이다. 그리고 이 당혹감은 성인들로 하여금 오랫동안 잊혀졌던 어린이의 실제세계를 새롭게 경험하는 과정에서 느끼는 통과의례적인 고통이다. 동화작가라면 누구나 어린이에 대한 남다른 애정을 가지고 있을 것이다. 그러나 진정한 애정은 어린이에 대한 정확한 이해에서 출발해야 한다는 것을 캐롤은 잘 알고 있었고 또 그렇게 주장하고 있다.

## 인용 문헌

이은해 외. 《놀이 이론》. 창지사, 1993.

후이징가. 《놀이하는 인간》. 기린원, 1991.

Blake, Kathleen. *Play, Games, and Sport: The Literary World of Lewis Carroll*. Ithaca: Cornell UP, 1974.

Carroll, Lewis. *Alice in Wonderland*. Ed. Donald J. Gray. New York: W. W. Norton & Company, 1992.

Cassirer, Ernst. *Language and Myth*. New York: Dover Publications, 1953.

Freud, Sigmund. *Beyond Pleasure Principle*. Standard Editon, XVIII. 1920.

Gardner, Martin. *The Annotated Alice*. New York: W. W. Norton & Company, 2000.

Piaget, Jean. *The Language and Thought of the Child*. New York: New American Library, 1974.

Rackin, Donald. *Alice's Adventures in Wonderland and Through the Looking-Glass: Nonsense, Sense and Meaning*. New York: Twayne Publishers, 1991.

Vygotsky, L. S. *Thought and Language*. Cambridge: MIT Press, 1962.

# 제7장
## 동화와 놀이

## I. 어린이와 놀이

동화는 어린이를 대상으로, 어린이의 세계를 묘사하는 문학 장르의 하나이다. 따라서 동화 연구는 어린이의 의식세계를 엿볼 수 있고 문학의 한 장르로서 동화 또는 아동문학이 가지는 독특한 구조적·주제적 특성을 알아볼 수 있는 기회를 제공한다. 그러나 지금까지 동화는 주류 문학에서 벗어나 있었던 것이 사실이다. 여기에는 여러 가지 이유가 있을 수 있으나 무엇보다도 어린이의 활동 영역이 좁고 에피소드의 개연성과 묘사된 리얼리티의 깊이가 부족하기 때문일 것이다. 사실 동화에서 개연성은 그리 중요하지 않을 수도 있다. 어린이의 삶이 상대적으로 현실을 지배하는 사회적·물리적 법칙보다는 단순한 욕구로 이루어져 있으며 삶의 의미에 대한 분석적·체계적 인지능력이 부족하기 때문이다.[1] 따라서 어린이의 세계에서 성인의 삶을 구성하는 삶의 물리적·정신적 부담은 상대적으로 축소되고 대신

---

[1] 어린이의 의식은 분석과 추론이 아니라 이미지들의 주관적·비논리적 통합을 특징으로 한다(Piaget 152).

놀이와 즐거움이 중심된 위치를 차지한다. 그런데 어린이의 세계가 놀이의 세계라면 동화에는 당연히 놀이의 요소, 놀이의 구조가 반영되어 있다고 볼 수 있다. 동화의 에피소드 속에 직접 놀이 장면이 묘사되는 경우도 있지만 동화의 구조 자체가 놀이의 형식을 띠고 있다고 볼 수 있다는 것이다. 그리고 이러한 시각을 통해 놀이 요소가 일종의 "언어적 놀이"로서 문학 일반과 어떤 관계를 맺고 있는지를 함께 살펴볼 수도 있을 것이다.

놀이는 흔히 삶의 현실적인 측면, 즉 노동과 대비되는 개념으로서 성인에게 놀이는 현실의 긴장감을 잊게 하는 역할을 가진다고 할 수 있다. 그러나 어린이에게는 노동이라는 현실이 부재한다.[2] 어린이에게 삶은 노동이 아니라 놀이이다. 물론 어린이에게 현실의 원리가 전혀 작용하지 않는 것은 아니다. 미성숙한 존재로서 어린이는 불완전한 자아와 부족한 인식능력을 새로운 경험을 통해 보완하고 수정해 나감으로써 사회적 역량을 발전시켜 나가야만 한다. 따라서 동화에는 어린이의 사회화를 자극하고 돕기 위한 내용이 상당히 많으며 이는 교훈적 성향의 동화들이 발전하게 된 근본 동기이기도 하다. 물론 엄격하고 딱딱한 교훈주의에서 벗어나 어린이의 즐거움을 주된 목적으로 하는 동화도 많으나 에피소드나 사건을 구성하는 갈등 요소들을 극복하는 과정에서 어린이의 자기 통제와 유아론적 의식의 거부, 타인에 대한 배려 등이 강조되는 경우가 많은 만큼 사회화 또는 교훈적 측면이 전적으로 배제된다고 할 수는 없다. 그리고 이러한 사

---

2) 디킨스(Dickens)나 트웨인(M. Twain)같이 어린이를 주인공으로 내세워 삶의 고난을 극대화시키는 경우도 있으나 감상주의나 풍자 등 정치적 목적을 위한 일종의 문학적 장치의 성격이 강하므로 동화로 보기에는 무리가 있어 보인다.

회화 과정에서 어린이는 긴장, 자극을 통제하고 욕망을 조절하는 법을 배우게 되는데 일방적인 자아의 욕망과 객관적 현실을 조절하고 통제하며 적응해 나가는 과정은 어린이의 놀이가 보여주는 가장 기본적인 기능이기도 하다. 예를 들어 프로이트(Freud)는 어머니가 안 보이자 실패를 던졌다 당기기를 반복하며 놀고 있는 어린이의 모습을 분석하면서 그 놀이가 어머니의 부재라는 현실을 극복하기 위한 책략이라고 주장한다(Freud 1920, 14-15). 한편 피아제(Piaget)는 어린이의 사고의 특징을 "자아 중심주의"에서 찾았으며 어린이는 놀이를 통해 현실을 자신의 의도에 따라 재배치 또는 "동화"(assimilation)시킨다고 주장한다(김은해 외 89-90). 프로이트는 놀이를 현실에 대한 "숙달"로 보고 있으며 피아제는 현실을 자아의 의도에 따라 "동화"시키는 것으로 보고 있다. 따라서 양자의 의견은 언뜻 보면 상반된 것처럼 보일 수 있으나 현실과 자아의 욕망 사이의 타협이라는 면에서 공통점이 있다. 특히 "숙달"이 현실 적응에 대한 만족과 연결되며, "동화"가 주관적 의도에 대한 현실의 종속을 의미한다면 놀이는 결국 현실을 조작, 통제하고 자아의 욕망을 통제하는 방법의 문제이며 또한 이 과정에서 드러나는 규칙의 문제이기도 하다. 그러나 사실 프로이트나 피아제의 논의는 놀이의 발생 구조에 대한 것으로써 이 단계의 어린이의 놀이[3]에서 사회화의 구체적인 과정을 살펴보는 데에는 무리가 있다. 본격적인 사회화는 소위 "규칙이 있는 놀이"에서 시작된다. 즉 객관적 규칙과 그 규칙에 대한 복종을 강조하는 사회

---

3) 프로이트나 피아제가 언급하고 있는 놀이는 일종의 "상징놀이"로서 이러한 놀이는 4세부터 점차 줄어들어 이후 사회적 성향의 객관적이고 상호적인 역할을 강조하는 "규칙이 있는 놀이"로 대체된다(이은해 외 114, 160).

적 성향의 놀이에서 본격화되는 것이다. 대부분의 동화에서 볼 수 있는 놀이 요소는 바로 이 "규칙이 있는 놀이"와 관련되며 규칙을 통한 사회화, 그리고 이 과정에서 드러나는 규칙에 대한 어린이의 인식과 태도가 현대 동화의 한 가지 특징을 이루고 있다.

## II. 동화와 규칙

타타르(Tatar)에 따르면 동화는 민담에서 시작된 것으로 이후 페로(Perrault)나 그림형제(Grimm brothers)가 당시 떠돌아다니던 민담들을 채취, 정리하고 어린이의 시각에 맞게 변형시킨 것이 동화의 시초였다. 따라서 페로나 그림형제의 동화는 개인의 창작품이 아니었으며, 본격적인 동화작가의 작품은 안데르센(Andersen)이나 와일드(Wilde)에서부터이다(xiv). 그런데 민담의 경우에 그 대상이 어린이로 한정된 경우는 별로 없었다. 오히려 어린이에게 부적합한 요소들, 즉 성이나 폭력성 등이 노골적으로 묘사되는 경우가 많았고 이에 따라 부적합한 내용을 순화하거나 삭제하는 등 어린이용으로의 개작이 뒤따랐는데, 이 과정에서 사회적 금기가 규칙의 준수와 파괴라는 형태로 구체화된다. 다시 말해서 성이나 폭력성 등 부정적 요소들이 사회적 금기이자 이에 대한 위반의 대가로 다루어지면서 어린이들에게 금지의 도덕을 가르치게 된 것이다. 이에 따라 《빨간 모자 아가씨 *Little Red Ridinghood*》에서 한적한 숲 속에서 어린 소녀를 노리는 늑대가 성적 유혹에 대한 젊은 여성의 경계심을 암시하기 위한 것이라든지, 아내를 살해하는 남자 이야기인 《푸른 수염 *Blue Beard*》이 호기심과 불복종에 대한 처벌이라는 도덕적 주제를 가지고 있다는 식의 해석 (Tatar 38, 139)이 가능해진다. 이후 안데르센이나 와일드의 동화에서도 규칙의 준수와 파괴를 통해 도덕적 교훈을 일깨우는 방식은 계속된다. 특히 어린이의 순수성을 강조하는 낭만주의적 시각과 함께 어린이를 보호의 대상으로 인식하게 되면서, 어린이의 취약성과 도덕적 교화의 필요성이 더 중시된다. 그런데 과거에 비해 어린이만의 특수성에 좀 더 관심을 가지게 된 것은 사실이지만 이는 철저히 성인의 일방적인 시각에 의해서 정의된 것이며 도덕적 주제를 일방적으로 강요한다는 한계도 있었다. 이렇듯 민담과 고전 동화에서 규칙의 문제가 금지의 도덕의 형태로 유지되었으며 성인의 일방적인 강요와 처벌로 구체화되었다면, 현대의 동화는 상대적으로 사실적인 배경을 중심으로 어린이의 주체적 시각을 강조하고 규칙과 관련된 갈등도 성인세계가 일방적으로 강요하는 방식과의 갈등에서 또래 집단 간의 이해 갈등으로 변화된다.

현대 동화는 초현실적 사건이나 배경이 줄어들고 어린이들의 현실이 사실적으로 묘사되는 경향이 많으며 또래 집단 사이에서 벌어지는 인물들의 주체적 의식의 묘사가 강화되는 경향이 있다. 이는 어린 시절 경험이 이후 성인에게 미치는 영향, 어린 시절이 일생의 가장 중대한 시기라는 생각 등 최근 어린이 문제에 유래 없는 관심이 집중되면서(Shavit 318) 생겨난 현상이라고 볼 수 있는데, 이렇듯 어린이를 독립된 주체로 보는 시각은 자연스럽게 동화에 나타난 규칙상의 갈등 양상에도 변화를 가져온다. 고전 동화에서 어린이는 주체적 의식이 없는, 단순히 이야기의 진행을 가능케 하는 하나의 인자로서 주어진 플롯이나 규칙에 수동적으로 반응했다면, 현대 동화의 주인공은 성인의 세계, 성인이 강요하는 규칙에 의구심을 드러내고 효용성을 의심하며 나아가 규칙을 무시하고 파괴하는 전복적 성향까지 보인다. 예를 들어 네스빗(Nesbit)의 작품들은 또래 어린이들이 본 어린이의 모습, 그들의 관심과 현실이 직접 드러나 있고 여자 어린이들이 남자 못지않게 용감하고 적극적이며 가정의 경제상황이 적나라하게 드러날 뿐 아니라 이에 대한 사회주의적 해결책까지 암시되는 등 동화나 아동문학과 관련하여 기존의 경우와는 확연하게 달라진 상황을 보여준다(Lurie 99-107).

고전 동화에서 어린이는 주체적인 의식이 없이 단지 교화의 대상으로서 규칙을 무조건 수용하거나 그렇지 않으면 처벌받게 되는 수동적이고 미약한 존재로 묘사되는 경우가 많았다. 그러나 현대 동화에서는 규칙에 대한 갈등을 통해 스스로 의미와 정체성을 형성해 나가는 적극적인 존재로 묘사되고 있다. 베텔하임(Bettelheim)이 동화의 기능과 목적을 어린이가 성장하면서 겪는 여러 가지 심리적 문제들을 해결하기 위하여 무의식적 욕망의 이해와 통제를 가르쳐 주는 것(271-72)이라고 보는 것도 동화에 대한 이러한 현대적 시각을 반영한다고 할 수 있다. 이렇듯 어린이의 주체성, 자아 형성문제가 중시되면서 주인공도 갈등 상황에 적극적으로 참여하고, 갈등을 해결하려 노력하는 과정에서 규칙의 근거와 당위성, 효율성에 대한 주체적 이해가 가능해진다. 또 한 가지 주목해야 할 것은 주인공이 적극적으로 변하면서 갈등을 야기시키기도 하고 그 갈등이 새로운 단계로 발전되면서 플롯에 직접적인 영향을 미친다는 것이다. 즉 규칙을 둘러싼 갈등의 양상이 플롯을 구성하는 중요한 요소가 되는 것이다. 그리고 이러한 의미에서 루이스 캐롤(Lewis Carroll)의 《이상한 나라의 앨리스 *Alice in Wonderland*》의 현대성에 다시금 주목하게 된다. 캐롤은 19세기 당시 영국 동화들이 공통적으로 보여주는 과도한 교훈주의를 배격하고 어린이의 입장에서 어린이의 시각과 의식을 바탕으로 《앨리스》를 썼다. 다시 말해서 어린이를 수동적인 교화의 대상에서 독자적인 의식을 가진 주체로 보았던 것이다. 또한 극단적인 언어유희와 괴상한 형식 논리를 일종의 수수께끼 또는 놀이처럼 제시함으로써 주인공 앨리스가 그 놀이에 참여하면서 겪게 되는 놀이의 규칙과 관련한 갈등들을 플롯으로 이용하고 있다. 즉 캐롤(또는 작품의 등장인물들)이 제시하는 언어, 논리놀이의 괴상한 규칙에 대한 앨리스의 반응, 태도 자체가 에피소드를 구성하는 기본 요소이며, 따라서 작품 전체를 이끄는 통합적인 플롯이 존재하지 않는다. 래킨(Rackin)은 앨리스의 호기심이 플롯을 이끄는 역할을 하지만 그 호기심이 이야기에 특정한 방향을 제시하지는 않는다고 말한다(14). 시웰(Sewell) 역시 《앨리스》가 독립된 에피소드들로 구성되어 독자가 순서를 기억하기 어려우며, 서술은 인물의 진행에 의해 구성된다고 밝히고 있다(194). 《앨리스》에서 에피소드는 등장인물들이 제시하는 언어, 논리적 놀이의 괴상한 규칙을 중심으로 구현되는데 이것이 가능한 것은 등장인물에 따라 놀이와 규칙이 바뀌며 그 규칙에 대한 앨리스의 반응이 곧 서술의 대상이 되기 때문이다. 그러나 놀이문제와 관련해서 캐롤의 작품이 중요한 것은 무엇보다도 《앨리스》가 놀이가 가진 규칙의 문제, 특히 규칙의 준수와 파괴를 둘러싼 이항적 구조 자체를 작품 구성의 기본 구조로 사용하고 있다는 점이다.

## III. 《이상한 나라의 앨리스》의 이항구조:
## 규칙의 준수와 파괴

놀이는 《앨리스》를 이해하는 데 상당히 중요하다. 작품 속에서 실제로 여러 가지 어린이들의 놀이가 등장하기도 하지만 놀이에 대한 캐롤의 개인적 관심과 놀이의 역할, 의미가 그대로 반영되어 있기 때문이다. 사실 캐롤은 어릴 때부터 놀이를 단순히 즐기기만 한 것이 아니라 스스로 놀이를 만들어 내기도 했다(Blake 11). 특히 험프티 덤프티(Humpty Dumpty) 에피소드에서 드러나듯이 언어 자체도 놀이의 일종으로 보았는데, 이러한 시각은 캐롤뿐 아니라 놀이 이론으로 유명한 후이징가(Huizinga), 언어학자 소쉬르(Saussure)에게서도 발견되는 흥미로운 사항이다(Blake 16). 특히 폴리머스(Polhemus)는 캐롤 작품에 나타난 놀이의 의미와 기능을 다음과 같이 설명하고 있다.

> 놀이의 정신이 캐롤의 희극을 지배하고 있다. 캐롤은 즐거움 자체를 위해 즐거움을 추구하고 스스로 즐길 수 있는 권리를 주장한다는 의미에서 일종의 **놀이하는 인간**(Homo Ludens)이다. 그의 《거울 나라》는 놀이, 난센스, 게임을 통해 경험을 숙달하려는 전략을 보여준다. 여기에는 현실을 변화시키고 통제하는 양식들이 있다. 그러나 이것들은 또한 삶의 임의성과 불합리성을 반영하고 비판하는 방식이기도 하다(368).

폴리머스의 주장에서 눈길을 끄는 것은 놀이의 정의에 나타난 이항적 구조이다. 놀이가 "경험을 **숙달**"하는 것이며 "현실을 변화시키고

**통제**"시킨다는 사실은 어머니의 부재라는 현실을 실패 놀이를 통해 상상적으로 해결하려는 프로이트의 어린이에게서도 확인되는 사항이며 어린이가 놀이를 통해 현실을 자아의 요구에 맞추어 "동화"시킨다는 피아제의 주장에도 반영되어 있다. 이와 같이 놀이가 대체로 현실을 재조직하여 그것을 규칙화시키는 것, 그리고 이를 통해 현실을 가상적으로 통제하고 숙달하는 기능을 가진다는 주장에 큰 무리는 없어 보인다. 그러나 놀이는 또한 현실의 기존 규칙에 의문을 제기하고 나아가 전복시키거나 파괴하는 측면도 있다. 플리머스가 캐롤 동화의 희극성을 분석하면서 놀이가 "삶의 임의성과 불합리성을 반영하고 비판"한다고 본 이유가 여기에 있다. 놀이는 규칙의 형성과 준수를 통해 이루어지지만 놀이의 규칙은 때로 희극적 효과와 풍자적 기능을 위해 파괴되고 전복되어야 한다. 동화에서 규칙의 준수 못지않게 파괴가 중요한 것은 이 때문이다. 사회화 과정 중의 어린이는 규칙을 거부하고 파괴하는 과정에서 오히려 규칙의 의미와 중요성을 깨닫는다. 이때 규칙은 대체로 성인이 일방적으로 강제한 것이며 어린이의 자율성과 욕망을 제한한다. 따라서 어린이는 타인의 규칙에 저항하며 그 목적과 의미, 기능, 효용성을 의심하고 시험해 본다. 동화에서 어린이와 성인의 갈등은 이와 같이 규칙의 준수와 파괴라는 문제를 중심으로 구현되는 경우가 많은데, 이는 《앨리스》에서도 예외가 아니다. 어떤 면에서 《앨리스》는 규칙을 둘러싼 갈등이 작품의 기본 구조뿐 아니라 에피소드들을 구성하는 핵심 요소라고 할 수도 있다.

《앨리스》의 서술 속에는 두 가지의 상반된 시각과 목소리가 존재한다. 주인공 앨리스의 말과 이에 대한 서술은 어린이의 의식과 시각을 반영하지만 중간중간 삽입된 괄호 속의 말은 성인의 시각을 반영하고 있는 것이다(Rackin 110). 이때 성인의 시각은 작품 속의 놀이를 발명하고 규칙을 제공하는 성인, 즉 캐롤의 시각을 의미한다. 실제로 캐롤은 평소 자신의 언어, 논리적 관심거리를 작품 속에 삽입하기도 했고 스스로 작중인물이 되어 작품 속에 등장하기도 한다. 《거울 나라의 앨리스 *Through the Looking-Glass*》에서 〈그건 내가 발명한 거야〉 에피소드에 등장하는 백기사(White Knight)가 대표적인 예이다. 여기에서 백기사는 우스꽝스러운 장비, 괴상한 요리법 등이 모두 자신의 발명품이라고 자랑한다. 백기사의 발명 과정에서 나타나는 괴상한 논리와 언어유희는 《앨리스》 전체에 걸쳐 나타나는 언어, 논리적 유희와 동일하며 따라서 주인공 앨리스에 대한 백기사의 우호적이고 감상적인 태도까지 고려해 볼 때 백기사가 캐롤을 암시한다는 추측은 충분히 가능해진다(Gardner 236-37). 이와 같이 작품의 서술 구조가 성인과 어린이를 대표하는 두 가지 시각과 목소리로 구성되며 이때의 성인은 곧 캐롤 자신이다. 그런데 성인/캐롤이 작품에 산재되어 있는 수많은 언어, 논리의 놀이의 발명자이자 규칙의 제정자인 반면 주인공 앨리스는 성인/캐롤이 만들어 낸 괴상한 놀이의 참여자이며 그 규칙을 이해하지 못해 어려움을 겪고 다른 참여자들과 규칙을 두고 갈등을 일으키는 인물로 묘사된다. 앨리스는 놀이의 규칙을 쉽게 수용하지 못하며 다른 참여자들, 즉 다른 등장인물들의 논리를 인정하지 못한다. 그들의 주장이 너무 비논리적이고 독선적이며 유아론적이기 때문이다. 그런데 여기에 한 가지 주의할 사항이 있다. 캐롤과 백기사로 구체화되는 성인의 시각이 오히려 반사회적이고 우스꽝스러울 정도로 비논리적이며 독단적이라는 것이다. 다시 말해서, 난센스에 가까운 언어유희와 괴상한 논리로 구성된 놀이를 발명해 내는 그 성인은 일반적인 성인이 아니라 캐롤이라는 특수한 성인을 대표하며, 캐롤은 정상적인 사회성을 추구하는 앨리스보다는 독단적이고 유아론적인, 제멋대로 놀이의 규칙을 변형시키고 강요하는 다른 등장인물들에 더 가깝다. 따라서 《앨리스》에서 성인과 어린이의 의식은 정반대로 뒤집혀져 있다. 성인이 엉터리 놀이를 즐기고 어린이가 놀이 규칙의 사회성을 강조하기 때문이다.

　주인공 앨리스는 빅토리아 시대의 전형적인 중산층의 시각을 대표하는 인물로서 대체로 현실의 규칙에 의지하여 "이상한 나라"의 혼란에 질서와 의미를 부여하고자 한다(Rackin 39). 그러나 앨리스를 둘러싼 인물들은 모두 독자적이고 배타적인 시각을 가지고 있으며 그들은 앨리스에게 독자적인 규칙과 방식을 일방적으로 강요한다. 그런데 앨리스와 다른 인물들 간의 이러한 차이는 피아제가 말하는 "규칙 있는 놀이"와 "상징놀이"의 차이와 매우 유사하다. 피아제에 따르면 어린이의 놀이는 "반복놀이" "상징놀이" "규칙이 있는 놀이"로 구분되는데, 마지막 단계인 "규칙이 있는 놀이"는 상호적 규칙의 준수와 위반시의 처벌이 뒤따르는 사회적 성향의 놀이이다. 사회성을 중시하는 앨리스의 놀이 개념은 당연히 이 "규칙이 있는 놀이"에 해당한다. 반면 다른 인물들의 놀이는 "상징놀이" 단계에 해당하는데, "상징놀이"는 현실을 자아에 무리하게 왜곡, 적용하는 "동화"의 결과이며, 이는 미숙한 어린이들의 비논리적·비분석적 사고인 "자아중심주의"의 특징이기도 하다(Piaget 152). 이렇게 볼 때 놀이와 관련하여 앨리스는 규칙을 준수하고자 하는 사회적 태도를 반영하며 다른 인물들은 규칙의 상호성을 부정하고 파괴하는 태도를 대표한다고 할 수 있다. 그런데 다른 인물들이 놀이 규칙의 상호성을 부정한다면 작품 전반에 걸쳐 다양하게 등장하는 그들의 놀이는 아무런 의미나 기능도 찾아볼 수 없는 무의미한 것에 불과한 것인가? 작품의 에피소드들이 앨리스와 다른 인물들 간의 놀이 규칙을 둘러싼 갈등으로 구성되어 있는데 이런 상황에서 다른 인물들의 놀이 개념이 무의미한 것이라면 《앨리스》가 보여주는 독특한 즐거움, 특히 언어와 논리의 유희에서 발생하는 즐거움은 어떻게 설명할 수 있으며, 소위 "상징놀이"가 가진 의미와 기능은 무시되어야 하는 것인가? 게다가 놀이가 규칙의 준수와 파괴라는 이항적 구조로 이루어졌다면 다른 인물들의 "상징놀이"에서 규칙의 준수는 불가능한 것인가? 이 문제를 위해서는 다른 인물들이 보여주는 의식과 시각의 역할을 좀 더 자세히 살펴볼 필요가 있다.


## IV. 희극성과 놀이구조의 이항성

동화를 읽는 즐거움은 여러 가지가 있을 수 있다. 비현실적이고 환상적인 이미지를 즐길 수도 있고 성인과 다른 어린이만의 작은 세계를 새로이 발견하는 즐거움도 있을 것이다. 그러나 《앨리스》의 경우 그 대중적 인기와 비평적 관심은 주로 그 희극성에 있다(Rackin 101). 그런데 정작 주인공인 앨리스의 언행은 작품의 희극성과 무관해 보인다. 앨리스는 혼란스러운 "이상한 나라"의 여러 가지 괴상한 놀이 규칙에 당혹스러워하고 다른 인물들과 갈등을 일으킬 뿐 희극적 언행을 드러내지는 않는다. 오히려 희극적인 역할은 다른 인물들에게서 찾아야 한다. 다른 인물들이 보여주는 독특한 관점과 논리가 《앨리스》의 희극성을 극대화시키는 것이다. 그들이 제안하는 괴상한 놀이와 불합리해 보이는 논리, 난센스에 가까운 말장난들이 바로 희극성의 원천인 것이다. 그들은 극단적인 형식 논리, 사회적 규약으로서의 언어에 대한 무시 등을 통해 현실을 구성하고 지배하는 일상적 법칙들을 파괴한다. 래킨은 등장인물들이 현실의 법칙을 파괴하는 요소를 세 가지로 구분하는데, 첫째, 수학·논리의 부정, 둘째, 사회적·언어적 규약의 부정, 셋째, 시공간의 질서의 부정이다(36-37). 실제로 이러한 예를 상당히 많이 찾아볼 수 있다. 예를 들어 험프티 덤프티는 "사람들이 나이를 먹는 것은 어쩔 수가 없어요"(One can't help growing older)라는 앨리스의 말에 "하나라면 안 되지만 둘이라면 가능해"(One can't, perhaps, but two can. Carroll 162)라고 대답하며 365-1=364라는 수식을 거꾸로 들여다보면서도 옳은 계산법이라고 생각한다. 또한 제멋대로 의미를 만들어 내면서 사회적 규약으로서의 언어 개념을 파괴한다. 험프티 덤프티는 "영광"이라는 말이 "골치 아픈 논쟁"이라는 의미라고 주장하면서 "말은 단지 내 자신이 의도하는 것을 의미할 뿐"(When I used a word, it means just what I choose it to mean. Carroll 163)이라고 말한다. 현실의 법칙을 파괴하는 등장인물들의 괴상한 논리는 언어나 수학에만 한정되지 않는다. 시간과 공간의 개념 자체도 부정되기 때문이다. 예를 들어 앞으로 걸어가면 출발점에 도착하고 제자리에 머물기 위해서는 달려야 하며 케이크를 먹기 위해서는 나누어 주고 나서 나중에 케이크를 잘라야 한다(120, 127, 177). 시간의 순서마저 뒤집혀 있는 것이다.

이와 같이 앨리스를 둘러싼 주변 인물들은 극단적인 형식 논리와 언어의 인위성을 통해 기존의 성인세계, 또는 현실을 구성하는 규칙들의 모순과 틈새를 드러내고 풍자하며 전복시키고 있다. 그런데 흥미로운 것은 다른 인물들의 이러한 규칙 파괴행위가 두려움이나 불쾌감을 유발하지는 않는다는 것이다. 앨리스는 그들의 논리에 당혹스러워하지만 거부감을 느끼지는 않는다. 게다가 앨리스도 그들의 괴상한 논리에 적절히 대항할 만한 논리적 근거를 찾지 못하며 적극적으로 반박하지도 않는다. 이는 그들의 논리가 "어떤 면에서는" 나름대로 일리가 있는 부분도 있기 때문이다. 그렇다면 그들이 부정하는 부분은 무엇이고 일리가 있는 부분은 무엇인가? 또 양자는 어떤 관계인가? 그 일리가 있는 부분은 또 다른 형태의 규칙 형성 과정을 암시하는 것이 아닐까?

이렇게 볼 때 래킨이 말하는 《앨리스》의 희극성은 일종의 전복적 쾌감이라고 할 수 있다. 그런데 앞에서 살펴보았듯이 다른 인물들의 놀이에 드러난 독선적이고 유아론적인 시각은 피아제가 말하는 "상징놀이"의 특성을 그대로 보여준다. "상징놀이"는 사회성이 발달하기 이전의 자아 중심적인 단계에서 발생하는 것이므로 놀이의 사회성을 중시하며 규칙을 준수하려는 앨리스에 비해 그들이 미숙한 의식을 가지고 있음을 의미한다. 래킨이 그들이 앨리스의 과거 어린 시절의 모습을 의미한다고 해석한 것도 이 때문이다. 예를 들어 험프티 덤프티는 어린이의 자아 중심적 성향을 대표하는 전형적인 인물이라는 것이다(77). 그렇다면 《앨리스》의 희극성은 전복적 쾌감인가 아니면 퇴행적 쾌감인가? 사실 《앨리스》의 경우 이 두 가지를 명확히 구분하기는 쉽지 않다. 이 두 가지에서 모두 규칙의 준수와 파괴라는 놀이의 이항적 구조가 여전히 유지될 수 있기 때문이다.

전복적 쾌감은 바흐친(Bakhtin)의 라블레(Rabelais) 연구에서도 알 수 있듯이 일반 민중이 권력층의 권위적 인물이나 이미지, 규칙, 방식 등을 풍자하고 조롱하며 느끼는 일종의 해학적 즐거움이다. 민중은 카니발을 통해서 기존 세계의 권위적이고 독단적인 체제를 마음껏 비웃고 놀리면서 상하 수직관계의 가치 체계가 뒤집히는 소위 "유쾌한 상대성" 또는 카니발적 전복을 즐긴다. 《앨리스》의 경우 이러한 전복적 쾌감을 즐기는 주체는 성인들인 경우가 많다. 어린이의 경우 기존 체제의 모순점들을 명확히 인식하기 어렵기 때문에 상대적으로 좌절감이나 당혹감을 느끼는 경우가 많다. 따라서 《앨리스》의 전복적 쾌감은 주로 성인 독자에게 적용된다고 할 수 있는데 문제는 그들의 풍자와 조롱의 대상이 권력층만의 가치 체계가 아니라 자신들의 일상을 구성하는 체계이기도 하다는 것이다. 《앨리스》에서 주인공 앨리스가 부여하고 보호하고자 하는 질서와 체계도 성인들의 가치 체계이다. 따라서 앨리스나 성인 독자 모두에게 다른 인물들의 불합리하고 독단적인 논리는 위협적이고 위험한 것이 될 수 있으며 따라서 그들이 초래하는 전복적 쾌감은 앨리스나 성인 독자의 입장에서는 자신의 세계를 스스로 부정하는 자기 파괴적인 것이라고 볼 수도 있다. 그러나 이것이 불쾌감이나 불안감으로 이어지지 않으며 오히려 즐거움이 될 수 있는 것은 기존 체계의 붕괴를 방지하는 심리적 "안전 밸브"가 있기 때문이다.

전복적 쾌감과 관련해서 "안전 밸브"의 의미는 상당히 중요하다. 바흐친의 카니발 이론에서도 무질서와 체계의 파괴를 지향하는 카니발이 전복적 쾌감을 제공할 수 있는 것은 아이러니하게도 카니발이 정치적 불안정을 방지할 수 있는 "안전 밸브"가 될 수 있다는 권력층의 이해관계가 크게 작용하고 있기 때문이다. 카니발이 정해진 장소에서 특정한 기간 동안 허용되는 것이라는 사실이 이를 증명한다. 따라서 카니발의 전복성이 실제 정치적 영향력을 가지지는 못한다는 시각도 가능하다.[4] 그러나 중요한 것은 전복적 쾌감의 파괴적 즐거움이 기존 체제의 보호와 유지라는 상반된 논리와의 상관관계 속에서 이루어진다는 것이다. 즉 카니발이라는 놀이에서도 규칙의 파괴와 준수는 동시에 이루어진다.

《앨리스》에서도 전복적 쾌감을 가능케 하는 "안전 밸브"가 존재한다. 대표적으로 작품 속의 인물들이 대부분 기존의 동화나 동요, 동시 등에 등장하는 인물들이라는 사실을 들 수 있다. 예를 들어 3월 토끼(March Hare)나 모자장수(Hatter)는 당시 잘 알려진 비유적 표현에 등장하는 인물들이며(Gardner 66) 그리핀, 사자, 유니콘은 동화 속 동물들이고 가짜 거북(Mock Turtle)은 음식 이름에서 유래한 것이다. 또한 트위들 형제들(Tweedle Brothers)이나 험프티 덤프티는 동시의 주인공들이다. 이들은 각각의 에피소드에서 원작의 시각과 체계를 풍자하고 희화화하지만 동시에 일종의 패러디로서 원작이 부여한 한계를 벗어나지는 않는다. 트위들 형제들의 에피소드도 원작인 동시의 내용을 그대로 반영하고 있으며 험프티 덤프티는 괴상한 언어 이론으로 앨리스를 혼란에 빠뜨리지만 결국 담 위에서 떨어지고 군대가 도우러 온다는 동시의 내용 그대로 담 위에서 떨어지게 되고

---

4) 바흐친은 카니발의 전복성을 통해 민중의 해방을 주장한 듯하다. 그러나 당시 바흐친의 동료였던 루나차스키(Lunachasky)는 카니발이 피지배층의 불만을 해소시키려는 지배층의 "안전 밸브" 역할을 했다고 주장한 바 있으며(Clark and Holquist 313), 가디너(Gardiner) 역시 카니발이 피지배층의 불만 해소를 위해 권력이 용인하는 형태였다고 보고 있다(Gardiner 182).

이어 그를 구해 줄 군대가 도착한다(168-69). 등장인물들이 기존의 동화나 동요, 동시에서 유래하며 이들이 구현하는 에피소드들이 원작에 대한 패러디의 형태를 띤다는 사실은 독자들에게 그들이 읽고 있는 것이 결국 또 다른 형태의 동화이자 기존 동화에 대한 코멘트 또는 기존 동화의 확장이라는 인상을 주기에 충분하다. 따라서 동화라는 장르의 특성을 항상 인식하게 되는 것이다. 동화가 가진 장르상의 특징들 중 가장 대표적인 것은 아마도 환상성일 것이다. 물론 환상적 요소는 사실주의 소설 등 다른 장르에서도 등장하지만 동화의 경우 그 환상성이 현실성 자체를 압도하고 대체하는 것이 가능하다. 따라서 인물들의 비현실성이 강조되는 만큼 동화의 장르적 특성도 강화되며 독자는 자신이 읽고 있는 것이 동화인 만큼 비현실성 또는 반현실적 요소들을 부담 없이 수용할 수 있게 된다. 결국 등장인물들의 전복적인 측면이 강조될수록 독자는 현실과 비현실, 불안감과 안정감의 대조를 더욱 선명하게 인식하게 되는 것이다.

《앨리스》에는 여러 가지 놀이들이 등장하는데[5] 그중 가장 특이한 경우는 코커스 경주(Caucus Race)이다. 아무런 규칙도 없는 놀이이기 때문이다. 물에 젖은 몸을 말리기 위해 도도새(Dodo)가 제안한 이 놀이는 시작도 끝도 없으며 아무 때나 마음대로 뛰어다니는 놀이이고 승자도 패자도 없다. 앨리스는 규칙도 없고 승자도 없는 이 놀이를 괴상하다고 생각하지만 다른 인물들은 모두 즐겁게 놀이에 참여하고 만족감을 느낀다. 사실상 하나의 의미 없는 몸짓에 불과한 이 놀이는 정확한 의미에서 놀이라고 보기 어렵다. 따라서 헨클(Henkle)은 코커

---

5) 예를 들어 《거울 나라의 앨리스》는 체스 게임이 작품의 기본 구조를 이루고 있다.

스 경주를 일종의 원초적인 "자유로운 놀이"(free play)라고 해석한다. 모두가 원하는 대로 할 수 있으며 모두가 만족감을 느끼기 때문이다(Blake 116). 그런데 이 놀이를 피아제의 놀이 구분에 적용하면, 규칙이 부재하는 어린이의 최초의 놀이인 "반복놀이"와 유사하다. 피아제는 놀이를 "동화"로 보았지만 왜곡된 "동화" 작용의 결과인 "상징놀이"보다도 앞서 발생하는 "반복놀이"는 사실상 놀이의 가장 원초적 형태라 할 수 있다. 따라서 "규칙이 있는 놀이"에 익숙한 앨리스와 독자들에게 이 "자유로운 놀이"는 일종의 퇴행이라고 볼 수 있다. 그런데 퇴행이라는 문제는 《앨리스》의 놀이뿐 아니라 작품 전체를 바라보는 기본적 시각의 하나일 수도 있다. 예를 들어 폴리머스는 〈퇴행의 코미디 The Comedy of Regression〉에서 《앨리스》의 퇴행성이 유아나 어린이와 현실 간의 관계를 이해하는 가능성을 제시할 수 있으며, 성인의 기존 세계를 새로운 관점에서 볼 수 있게 해준다는 사실을 암시하고 있다.

그것은 유아기나 아동기로부터의 억압된 기억이나 정신적 구성체를 표현하고 정교하게 만들며 현실을 놀이처럼 다룰 수 있게 해주는 방법이다. 퇴행은 따라서 세계를 새롭게 보는 수단이다(Gray 135–366에서 재인용).

폴리머스의 주장에서 눈길을 끄는 것은 유아나 어린이의 의식이 현실과 관련을 맺는 방식이 놀이의 형태를 띤다는 것이며, 특히 퇴행적 놀이가 기존 세계를 새롭게 보게 한다는 사실이다. 이는 카니발이라는 놀이를 통해 민중이 기존 세계의 단일한 가치 체계를 부정하고 상하가 뒤집혀진 상대성의 이미지에서 미래를 향해 열린 다양한 가능성을 통해 세계를 새롭게 인식할 수 있다는 바흐친의 카니발 이론과 매우 유사하다. 게다가 양자 모두 기존의 가치 체계를 부정한다는 공통점이 있다. 앞에서 《앨리스》에서 느끼는 즐거움이 전복적 쾌감인지 퇴행적 쾌감인지 구별하기 어렵다고 판단한 것도 이 때문이다. 그러나 차이가 전혀 없는 것은 아니다. 전복적 쾌감이 의식적인 파괴에 근거한다면 퇴행의 경우는 규칙의 무시 또는 규칙에 대한 망각과 관련되기 때문이다. 따라서 전복성에는 파괴 자체가 포함되지만 퇴행에는 파괴의 대상 자체가 존재하지 않는다. 처음부터 규칙이 존재하기 않기 때문이며 따라서 등장인물들은 자족적이고 유아론적인 태도를 계속 유지하며 타인에 대한 고려가 없이 자아 중심적인 "자유로운 놀이"를 마음껏 즐길 수 있게 된다. 《앨리스》의 각 에피소드들이 연관성을 가지지 못하는 것도 이와 관련이 있다. 자신만의 시각, 방식만을 고집하므로 서로 다른 에피소드들, 다른 인물들과의 교류가 불가능하기 때문이다. 그리고 이러한 문제는 소통이 가능한 사회적 문맥에서의 의미형성에도 방해가 된다. 따라서 에피소드에서 특정한 의미를 도출해 내는 것은 불가능해지며, 앨리스는 에피소드들을 통해 그 어떤 지식이나 유용한 경험도 얻지 못한다. 결국 "까마귀가 글쓰는 책상과 같은 이유가 무엇인가?"라는 모자장수의 수수께끼에 답이 없듯이(Carroll 55)[6] 등장인물들의 괴상한 논리는

---

6) "Why is a Raven like a Writing Desk?" 이 수수께끼는 모자장수가 앨리스에게 물어본 것이며 앨리스는 답을 모른다고 대답한다. 앨리스가 정답을 묻자 모자장수는 자신도 답을 모른다고 말하며 앨리스는 이런 식의 난센스가 시간 낭비라고 생각한다(Carroll 55-56).

의미(sense)보다는 난센스(non-sense)를 지향한다.

## V. 난센스의 이항성

《앨리스》의 난센스 문제와 관련해서 버지스(Burgess)는 영국인의
실용적 성향을 언급한다. 실용적인 사람들은 "경험을 통해 난센스에
도 의미가 있다는 것을 희망하면서, 난센스를 수용한다"(17)는 것이
다. 대체로 난센스는 의미의 부재로 이해되기 쉬우나 "난센스 요소
가 없다는 것이 의미 있는 논증을 보장하는 것이 아니듯이 난센스 요
소를 사용한다고 해서 의미가 없다고 할 수도 없다"(Boelens 229). 그
렇다면 난센스의 의미 가능성의 근거는 무엇인가? 《앨리스》에서 난
센스는 주로 독단적인 시각과 자아 중심적인 의식만을 가진 인물들
의 괴상한 놀이에서 발견되는데 여기에서 난센스와 놀이, 규칙과 질
서의 문제에 대한 연관성을 찾아볼 수 있다. 이디(Ede)는 다음과 같
이 주장한다.

스스로 정의된 난센스의 세계는 놀이의 세계를 구성한다. 이 세계에
서 난센스는 질서와 논리에 대한 자신만의 독특한 규칙에 따라 작동한
다(Ede 59).

《앨리스》의 인물들의 폐쇄적이고 독단적인 논리는 그들의 세계가
"스스로 정의된" 세계라는 것을 의미하며 이는 다시 그들의 놀이가
난센스에 의존하는 이유를 설명해 준다. 그들의 놀이가 난센스인 것

은 그들의 놀이에 규칙과 논리가 없고, 따라서 문자 그대로 무의미 (난센스)한 것이기 때문이 아니라 의미를 가능케 하는 외부적 문맥이 없기 때문이며, 오히려 규칙과 논리가 너무 명확하기 때문이다. 사실 난센스는 질서에 의해 구성된다. 시웰(Sewell)은 영국의 대표적인 난센스 작가로 에드워드 리어(Edward Lear)와 루이스 캐롤을 예로 들면서, 두 작가 모두 질서를 선호하는 성향이 강했으며, 예술작품과 예술가의 마음 사이에 밀접한 관계가 있다면 결국 난센스는 질서와 관련된 것(Sewell 44-45)이라고 주장한다. 결국 언어놀이로서 난센스는 질서와 무질서의 문제인 것이다. 시웰은 다시 말한다.

마음속에서 일어나는 질서와 무질서의 변증법이 난센스 놀이를 규정하는 특징이라고 할 수 있을 것이다(46).

시웰이 난센스를 질서와 무질서라는 이항적 대립의 형태로 본 것은 분명 일리가 있다. 그러나 그것이 "변증법"의 관계인지는 확실치 않다. 변증법적 지양 또는 통합이 드러나지 않기 때문이다. 오히려 질서와 무질서의 이항성은 대립과 긴장만을 강조하고 유지할 뿐이다. 이런 의미에서 상반성의 대립과 긴장에 초점을 맞춘 이디(Ede)는 더 발전된 모습을 보여주는 듯하다. 이디는 난센스를 다음과 같이 정의한다.

나는 난센스를 일련의 내외부적 긴장들의 조성을 통해 작동하는 자아 반영적인 언어적 구성물로 정의하고자 한다. 이 기본적인 이분법에는 환상과 현실, 질서와 무질서, 나아가 환상과 논리, 상상력과 이성, 어린이와 성인, 개인과 사회, 단어와 그 언어적 관계들, 외연과 내연, 형식과 내용도 포함된다(Ede 57).

놀이로서의 난센스 그리고 의미와 무의미, 질서와 무질서, 규칙의 준수와 파괴는 《앨리스》에 등장하는 유명한 난센스 시, 〈재버워키 Jabberwocky〉에서도 드러난다. 이 시는 앨리스가 《거울 나라》에서 읽게 되는 거꾸로 쓰인 시로 의미를 정확히 알 수 없는 일종의 합성어(portmanteau word)로 이루어져 있다. 이 시를 읽은 후 앨리스는 다음과 같이 말한다.

"어쨌든 내 머릿속에 어떤 생각들이 떠오르는 것 같아. 그런데 그게 무엇인지 정확히 모르겠어. 어쨌든 누가 누군가를 죽였다는 거야. 그건 확실해"(Carroll 118).

이후 험프티 덤프티는 앨리스에게 그 시를 해석하는 방법을 알려주면서 "형용사는 유순해서 쉽게 다룰 수 있지만 동사는 자존심이 강해서 다루기 어렵다"고 말한다. 다시 말해서 난센스 단어, 즉 합성어를 만들 때 동사보다는 형용사가 더 편리하다는 것이다. 실제로 〈재버워키〉에서 동사는 네 개인 데 반해 형용사는 열 개이다. 시웰은 그 중 하나인 "frumious"라는 형용사를 분석하면서 이 단어가 "furious"와 "fuming"을 동시에 연상시키지만 "frumious" 자체는 독립된 의미를 가진 단어가 아니라 무의미한 철자들의 집합일 뿐이고 두 의미가 하나로 통합된 것도 아니라고 주장한다(119-120). 다시 말해서 의미의 통합이 가능한 것처럼 보이지만 실제로는 통합되지 않는다는 것이다. "frumious"가 난센스 단어가 되는 것은 이 때문이다. 난센스 단어는 정상적인 단어처럼 보여야만 한다. 즉 의미 형성의 원리나 규칙이 있는 것처럼 보여야 하는 것이다. 그러나 역설적으로 그러한 측면은 동시에 의미의 가능성을 파괴하는 역할을 한다.

앨리스는 〈재버워키〉의 내용을 어렴풋이 이해하지만 정확한 의미는 알지 못한다. 만약 의미를 이해한다면 그것은 더 이상 난센스가 아니다. 흥미로운 것은 어렴풋하게나마 의미를 추측할 수 있다는 것인데 이는 "furious"와 "fuming"이라는 정상적인 두 단어를 파괴한 결과인 "frumious"에서 알 수 있듯이, 난센스가 언어 규칙의 파괴에만 의존하지는 않는다는 것을 암시한다. 난센스가 의미와 무의미, 질서와 무질서 사이의 대립에 따른 "긴장"과 균형이라면 무의미, 무질서를 지향하는 요소 외에 질서와 의미를 지향하는 요소도 존재해야 한다. 그리고 이러한 역할을 하는 것이 바로 "자존심 강한" 동사이다. 시웰의 주장에 따르면, 동사는 논리적 관계를 표현한다. 따라서 명사나 형용사보다 중요하며 상대적으로 덜 중요한 형용사가 난센스라는 언어놀이의 대상이 되는 것이다(Sewell 118-119). 만약 동사마저 난센스 합성어로 변해 버리면 언어의 통사적 구조마저 사라져 버리고 결국 전혀 이해할 수 없는 무의미한 철자들의 나열만이 남게 될 것이다. 결국 단어의 "유순함"과 "자존심"은 의미의 파괴와 유지를 암시하며, 난센스가 보여주는 이항적 대립은 의미와 무의미, 질서와 무질서로 나타나는 놀이의 규칙문제를 다시 한번 확인시켜 준다.

# VI. 결론

　동화와 그 원천의 하나인 민담은 대체로 주변 장르로 인식되고 있다. 따라서 그 가치도 함께 폄하되는 경우가 많으나 사실상 민담은 어떤 의미에서 문학의 근원으로서 프로프(Propp)의 민담 연구에서 볼 수 있듯이, 모든 이야기의 구조적 원천을 간직하고 있다. 과거가 없는 현재가 없듯이, 어린이는 성인의 고향이고 삶의 출발점이자 어떤 면에서 귀결점이라고 할 수도 있다. 동화는 모든 인간의 과거이며 캐롤의 말대로 삶의 모든 괴로움이 단지 무의미한 말에 불과했던(282) 인생의 황금시대의 기록이라고 할 수도 있다. 문학으로서 동화의 가치는 이렇듯 현재의 모습을 되돌아보고 한동안 잊고 있었던 본연의 모습을 되살려 주는 데 있다. 그리고 그 본연의 모습이 삶을 규정하고 거친 현실에 질서를 부여하며 의미를 성취하는 것에 있다면 동화 또는 문학은 곧 놀이의 일부분이라고 할 수 있다. 후이징가(Huizinga)의 말처럼 인간은 놀이를 통해 자연에 질서를 부여하기 때문이다(15). 그런데 지금까지 살펴본 바와 같이 놀이는 규칙의 문제이다. 그리고 그 규칙문제가 가장 직접적으로 드러나는 곳이 바로 동화이다. 물론 놀이와 규칙이 동화에만 존재하는 것은 아니다. 전통적인 리얼리즘 소설에서 드러나는 인간적·사회적 갈등도 놀이와 규칙의 문제로 환원시킬 수 없는 것은 아니다. 그러나 리얼리즘 소설은 대체로 규칙을 알고 있는 성인들의 세계를 묘사하는 경우가 많으며 개연성의 부담으로 인해 규칙의 형성과 파괴가 노골적으로 묘사되기 어렵다. 따라서 이 문제는 동화를 통해 접근하는 것이 더 적절하다.

동화에서 규칙의 중요성은 동화가 가진 교육적 기능, 즉 사회화의 반영 결과라 할 수 있을 것이다. 그러나 규칙문제가 동화의 구조적 측면에서도 필수적 요소가 되는 것은 어린이를 다루는 장르의 특수성 때문이기도 하다. 어린이 의식의 미숙성 또는 미정성이 반영될 수밖에 없기 때문이다. 어린이는 사회화의 과정에 있는 존재이다. 따라서 어린이의 세계는 사회화를 위한 규칙의 습득과 현실 "동화" 사이의 갈등이 가장 명확히 드러나는 곳이며 놀이의 여러 단계들 중 규칙이 있는 사회적 놀이 이전의 단계, 즉 "상징놀이" 단계가 중요한 것도 이때문이다. 어린이의 주관적 의지와 사회의 객관적 규칙이 충돌하는 단계이기 때문이다. 캐롤 동화의 가장 큰 중요성이 여기에 있으며 《앨리스》의 등장인물들의 괴상한 논리도 이러한 문맥에서 이해해야 한다. 게다가 《앨리스》는 놀이로서 문학의 즐거움을 규칙의 형성과 파괴의 과정으로 파악, 이해하는 기회를 제공하기도 한다. 리얼리즘이 사회 규칙 반영의 "결과"에 대한 논의라면 동화는 규칙의 형성과 파괴의 "과정"을 보여주기 때문이다.

## 인용 문헌

이은해 외. 《놀이 이론》. 서울. 창지사. 1993.

Bettelheim, Bruno. "The Struggle for Meaning," *The Classic Fairy Tales*. Ed. Maria Tatar. New York: Norton, 1999.

Blake, Kathleen. *Play, Games and Sport: The Literary Works of Lewis Carroll*. Ithaca: Cornell UP, 1974.

Boelens, Tysger. "The Bad Manners of Nonsense," in *Explorations In the*

*Field of Nonsense.* Ed. Wim Tigges. Amsterda: Rodopi, 1987.

Burgess, Anthony. "Nonsense," *Explorations In the Field of Nonsense.* Ed. Wim Tigges. Amsterda: Rodopi, 1987.

Carroll, Lewis. *Alice in Wonderland.* Ed. Donald J. Gray. New York: Norton & Company, 1992.

Clark, Katerina, and Michael Holquist. *Mikhail Bakhtin.* Cambridge: Harvard UP, 1986.

Collingwood, S. Dodgson. *The Lewis Carroll Picture Book.* London: Adamant Media Corporation, 2001.

Ede, Lisa. "An Introduction to the Nonsense Literature of Edward Lear and Lewis Carroll" in *Explorations In the Field of Nonsense.* Ed. Wim Tigges. Amsterdam: Rodopi, 1987.

Freud, Sigmund. "Beyond the Pleasure Principle." Standard Edition. Trans. James Strachey. vol. xviii. London: Hogarth Press, 1975.

Gardiner, Michael. *The Dialogics of Ctitique.* New York: Routledge, 1992.

Gardner, Martin. *The Annotated Alice.* New York: Norton, 2000.

Henkle, Roger. "Comedies of Liberation," *Play, Games and Sport: The Literary Works of Lewis Carroll.* Ithaca: Cornell UP, 1974.

Huizinga, J. *Homo Ludens: A Study of the Play-Element in Culture.* Boston: The Beacon Press, 1955.

Lurie, Alison. *Don't Tell the Grown-ups: Subversive Children's Literature.* Boston: Little, Brown and Company. 1990.

Piaget, Jean. *The Language and Thought of the Child.* New York: New American Library, 1974.

Polhemus, Robert. "The Comedy of Regression," *Alice in Wonderland.* Ed. Donald J. Gray. New York: Norton, 1992.

Rackin, Donald, *Alice's Adventures in Wonderland and Through the Looking-Glass: Nonsense, Sense and Meaning.* New York: Twayne

Publishers, 1991.

Sewell, Elizabeth. *The Field of Nonsense*. London: Chatto and Windus, 1952.

Shavit, Zohar. "The Concept of Childhood and Children' Folktales: Test Case—'Little Red Riding Hood,'" *The Classic Fairy Tales*. Ed. Maria Tatar. New York: Norton, 1999.

Tatar, Maria. "Introduction," *The Classic Fairy Tales*. Ed. Maria Tatar. New York: Norton, 1999.

# 제8장

## 동화 번역의 실제적 문제: 루이스 캐롤의 동화를 중심으로

## I. 서론

　문학 번역과 관련하여 어떤 면에서 가장 중요한 분야임에도 불구하고 경시되고 있는 경우가 바로 아동 문학 또는 동화 번역인 듯하다. 서구 리얼리즘의 전통에서 벗어나 있는 장르라는 편견으로 인해 그 문학적 가치를 제대로 평가받지 못하고 있을 뿐 아니라 어린이들을 위한 단순한 이야기라는 이유로 누구나 쉽고 부담 없이 번역할 수 있는 대상이라는 생각이 지배적이기 때문일 것이다. 그러나 단순히 필요한 정보만을 전달하는 기술적 번역과 달리 동화 번역은 어린이의 인지발달과 인문학적 소양, 도덕성 함양이라는 교육적 측면이 중시되며 어린이가 세계와 소통하는 과정에서 최초로 접하는 문자화된 언어적 매개물이라는 의미에서 상당히 중요한 문제이다. 게다가 외국의 이질적 문화를 주체적으로 선별, 수용할 능력이 없는 어린이를 대상으로 하는 만큼 번역자는 번역 과정에서 문화적 영향관계도 충분히 고려해야 한다. 그런데 이질적 문화에 대한 고려는 흔히 자국화를 지향하는 번역으로 이어지기 쉬우며 이 과정에서 원천 텍스트

(Source Text)에 대한 왜곡이 발생할 수 있다. 이때 왜곡에는 ST의 표현, 스타일, 의미뿐 아니라 ST에 나타난 작가의 주제나 의도도 포함될 수 있다. 동화의 경우 교육이라는 목적이 비교적 크게 작용하며 비판적 수용력이 없는 독자를 대상으로 하기 때문에 번역자는 문화적 · 언어학적 차이를 최대한 좁혀 가면서 작품의 주제나 작가의 의도를 극대화시켜야 하는 역할도 수행해야 한다. 이렇듯 동화 번역은 성인을 대상으로 한 번역보다 더 많은 것을 고려해야 하는 매우 섬세한 분야이다. 단지 쉽고 단순한 이야기, 쉬운 외국어라는 이유로 가볍게 접근해서는 안 되는 분야이지만 아직까지 동화 번역에 대한 기준이나 지침은 부족한 듯하다. 본 논문은 국내에 번역된 루이스 캐롤(Lewis Carroll)의 《이상한 나라의 앨리스 *Alice in Wonderland*》 번역본 4종을 비교, 분석하면서 동화 번역과 관련된 몇 가지 문제를 도출해 보고 고찰해 보는 기회를 마련하는 데 목적을 두고 있다.

주지하다시피 캐롤의 《앨리스》는 국내외에서의 대중적 인기 외에도 특유의 말장난과 독특한 논리로 인해 어린이뿐 아니라 성인들, 특히 언어 · 문학 · 철학 분야의 전문가들도 즐겨 읽는 매우 독특한 동화이다. 무엇보다도 번역과 관련하여 "재버워키"(Jabberwocky) 등에 나타난 합성어와 말장난, 기존 동요나 동시의 패러디와 문맥의 자연스러운 흐름을 방해하는 괴상한 논리 등은 번역자에게 하나의 힘겨운 과제이자 매혹적인 성취의 대상이기도 하다. 따라서 《앨리스》 번역은 여타 다른 동화들보다 훨씬 다양한 번역상의 문제점들을 제기하며 이에 대한 고찰은 다른 동화들의 번역문제를 이해하는 데에도 도움이 될 수 있다. 본 논문에서 분석한 번역서는 모두 4종으로서 시공사에서 출판된 것(손영미 역), 효리원의 논술대비 세계명작 시리즈

(박상재 엮음), 북폴리오의 주석 달린 완역본(최인자 역), 그리고 비룡소 클래식(김경미 역)이다. 표본 집단이 많지 않아 객관성이 부족할 수 있으나 각각 주석 달린 완역본(북폴리오), 가장 잘 팔리는 경우(시공사), 눈높이에 따른 윤색과 논술대비라는 특정 목적(효리원), 그리고 대안적 모델(비룡소)을 보여준다는 의미에서 나름대로 특성이 뚜렷한 경우들이다. 앞으로 이 4종의 번역본들을 비교, 분석하면서 《앨리스》 번역의 문제점, 나아가 동화 번역 일반에 대한 문제들을 살펴보고자 한다.

## II. 오역과 부적절한 표현

어느 작가나 집필 과정에서 작품을 읽는 대상을 상정하기 마련이다. 특히 동화의 경우 어린이의 미숙한 지적 능력을 고려하여 어조, 어휘 등의 선택에 주의를 기울여야 하는데 이는 번역자에게도 해당하는 사항이다. 기본적으로 ST의 어조나 어휘가 중심이 되어야 할 것이나 목표 텍스트(Target Text)의 대상에 해당하는 어린이들의 연령층이 다양한 경우 그에 따라 번역의 양상이 달라질 수 있을 것이다. 사실 루이스 캐롤 역시 《앨리스》의 어휘, 말장난, 논리 등이 동화책을 처음 접하는 어린아이들에게는 적합치 않다고 판단하여 내용과 어휘를 단순화하고 좀 더 친근한 어조로 개작한 《유아용 앨리스 *Nursery Alice*》를 따로 출판하기도 했다.[1] 따라서 국내의 《앨리스》 번

---

1) Lewis Carroll, *Nursery Alice*. New York: Dover Publishing.

역본들에서 초등생(저학년, 고학년), 청소년, 성인 등 독자층에 따라 번역 전략이 달라지는 것은(김순영 37, 48) 당연하며 한 편으로 바람직하다고 할 수도 있다. 그러나 이 과정에서 번역자들은 번역 전략이 달라지는 만큼 문맥의 생략이나 오역, 어색한 표현 등에 대해 더 세심한 주의를 기울여야 한다.

4종의 번역본들 가운데 비룡소에서 출간된 김경미와 북폴리오의 최인자의 경우 상대적으로 오역은 많지 않았으나 부적절한 표현으로 인해 ST의 의미가 정확히 전달되지 않는 경우가 있었다. 김경미의 가장 눈에 띄는 오역은 패러디 시, "아버지, 당신은 늙었어요"(You are old, Father William)의 Father를 "신부님"으로 번역한 것이다(김경미 71). ST의 삽화들에도 드러나 있듯이 윌리엄은 일반 농부일 뿐 신부의 모습이 아니며, 분명 아내가 있다고 밝히고 있다(Carroll 39). 시공사의 손영미도 Father를 "신부님"으로 번역(63)하고 있으며 최인자와 효리원의 박상재는 "아버지"로 번역하고 있다.[2] 최인자의 경우 최초의 주석본 번역인 만큼 대체적으로 ST에 가장 충실하며 오역도 적었으나 ST에 충실한 만큼 우리말의 적절성과 관련하여 약간의 아쉬움이 남는다. 예를 들어 병의 상표명에 쓰여진 "Drink Me"를 "마셔라"로 번역하면서 이어서 이 말이 "꽤 친절한 말"(최인자 48)이라고 표현하고 있으나 "날 마셔요"(김경미 18), "나를 마시세요"(박상재 18), "나를 마셔요"(손영미 17)에 비해 반말투가 거슬릴 뿐 아니라 이 말이 왜 "꽤 친절한 말"인지 이해하기 어렵다. 주인공 앨리스가 놀라

---

2) 효리원의 경우는 번역이 아니라 "박상재 엮음"으로 되어 있다. 효리원의 경우 기존 번역본들의 수용과 변형을 참고하는 목적으로 활용할 수 있을 것으로 판단하여 번역본 조사에 첨가하였다.

서 내뱉게 되는 비문법적인 말, "curiouser"를 "별꼴이야"(51)라는 비속어로 처리하고 있는데 "막 이상해가지네"(김경미 24)에 비해 비문법적 어휘가 보여주는 어색함이 잘 드러나지 않는다. 또한 "dry"를 번역하면서 "(몸을) 말린다"와 "건조"로 서로 다르게 표현함으로써 같은 말의 이중적 쓰임새가 드러나지 않으며 "important-unimportant"를 "중요-사소"(180)로 번역하고 있는데 접두사의 역할을 살려 "중요-안중요"로 옮기는 것이 더 적절해 보인다. 게다가 "사소"라는 어휘는 동화 번역에 사용하기에는 적절치 않은 한자어이다. "과외 수업"(extras)을 "별도도 있었어?"(150)로 번역하고 있으며 마틴 가드너(Martin Gardner)의 주석이 있음에도 불구하고 "세탁"도 배웠느냐는 가짜 거북의 말에 앨리스가 화를 낸 이유가 드러나 있지 않다.[3]

사실 《앨리스》의 번역에서 가장 어려운 부분은 특유의 말장난에 있다. 영어와 한국어라는 전혀 다른 어족의 두 언어에서 말장난을 정확히 옮기는 것은 거의 불가능한 일인지도 모른다. 따라서 현실적으로 주석의 형태로 처리하는 경우가 가장 많으나(김순영 49) 그렇다고 해서 자국어화에 대한 시도를 등한히 할 수는 없다. 4종의 번역본에서 모두 주석이나 보충 서술을 통해 말장난을 설명하는 것 외에 독자적인 자국화 노력이 드러나 있는 경우도 있으나 대체로 일관성이 결여되거나 어감을 적절히 살리지 못한 경우가 종종 눈에 띈다. 김경미의

---

3) Donald J. Gray의 주석에 따르면 앨리스는 비교적 부유한 가정에서 자랐기 때문에 하녀들이나 하는 세탁을 배울 필요가 없었다. 따라서 앨리스는 자신이 천한 집안 출신이 아님을 강변하고 있는 것이다. 4종의 번역본들 모두 이러한 사항을 이해할 수 있는 암시나 주석이 달려 있지 않다. Lewis Carroll. *Alice in Wonderland*. Ed. Donald J. Gray. New York: W. W. Norton 1992, p.76. 앞으로 ST는 이 책을 기준으로 함.

경우 적절한 접속사의 사용으로 문장의 흐름을 부드럽게 유지하고 있으나 "짜잔하고 나타나면"(14)처럼 과도한 왜곡이나 라틴어의 호격을 표현한 "oh mouse!"(Carroll 18)를 단순히 "쥐야"(33)로 옮긴 경우, "as sure as ferrets are ferrets!"를 "족제비가 하얀색인 것 만큼이나 확실한 일이지!"(51)라고 옮긴 것 등은 이해하기 어렵다.

물고기들의 수업과목에 대한 말장난과 관련해서 손영미와 최인자 모두 서술적 표현과 명사적 표현을 구별 없이 사용하고 있으며 김경미를 제외한 3종의 번역본들 모두 "Uglification"과 "Beautify"를 "추화" "미화"로 번역하고 있다. 그런데 예를 들어 "Writhing"이 "몸부림치기"이고 "Distraction"이 "혼 빼놓기"라면 "Uglification" "Derision"도 "추하게 만들기" "비웃기" 등으로 통일할 수 있었을 것이다. 또한 최인자의 경우 "Twinkling"을 "펄럭"(119)이라고 번역했다가 재판 장면에서는 "반짝"(173)으로 번역함으로써 일관성이 결여된 모습을 보이고 있으며, 가드너의 주석과 ST에 대한 충실성이 돋보이기는 하나 상대적으로 말장난에 대한 독자적인 노력은 부족해 보인다. 예를 들어, "Stand down"(stand up이 아니라)이나 "begin at the beginning" "fit"의 "화를 내다"와 "어울리다"의 두 가지 의미를 이용한 말장난, "Then the words don't fit you" 등의 번역에서 의미를 단순화시키거나 한 가지 의미만 옮김으로써 말장난의 어감을 살리지 못하고 있다.

손영미와 박상재의 경우에도 유사한 문제들이 발견된다. 손영미의 경우, 비교적 ST의 내용을 충실히 전달하고자 노력하고 있으며 주석을 통해 말장난의 효과도 적절하게 설명하고 있다. 그러나 "윌리엄 신부님"(손영미 63), "네가 나만큼 시간을 알아도 '그것'을 낭비한다고 말하진 않았을 거다"(98)에서 보이듯 오역이 눈에 거슬린다. 앞에서 살펴보았듯이 "Father William"에서 "Father"는 "아버지"로 보아야 한다. 또한 ST의 "If you knew Time as well as I do"에서 "If"는 양보가 아니라 조건으로 보아야 할 것이다. 그러나 가장 큰 문제는 우리말 표현의 어색함과 말장난에 대한 주석의 효율성에 있다. 예를 들어 "out-of-the-way"(Carroll 10)를 "비정상"(17)으로 번역했는데 독자가 어린이임을 고려하여 "이상한"으로 옮기는 것이 좋을 듯하며, "excutioner"를 번역한 "망나니"(122), "officers of the court"를 번역한 "정리"(163), "문장관"(158) 등은 주석이 붙어 있지만 어린이들이 이해하기에는 어려운 어휘인 듯하다. 또한 "독극물"(17)보다는 "독약"이 나을 듯하며 "절도!"(161)는 ST의 형태("Stolen!")를 유지하고자 하는 의도이겠으나 너무 딱딱하며 어린이에게 적절한 말인지도 의심스럽다. "tea"와 "twinkle"을 "차"가 "찰랑댄다"고 표현한 부분(163)에서 보이듯 말장난을 우리말로 표현한 시도는 좋으나 "pig"과 "fig"를 각각 "돼지" "대지"로 옮긴 경우는 약간 아쉬움이 남는다. 유사한 발음이 가지는 말장난 효과를 적절히 살렸다고 볼 수도 있으나 "fig"가 분명 "무화과"라는 명확한 의미가 있는 말인만큼 이에 해당하는 번역어 역시 의미가 명확한 것을 선택하는 것이 좋았을 듯싶다. "대지"가 "大地"이든 "垈地"이든 또는 "돼지"를 잘못 발음한 것이든 "fig"가 영미권 어린이들이 이해할 수 있는 말이라면 번역어 역시 우리 어린이들이 쉽게 이해할 수 있는 명확한 의미를 가진 말이어야 할 것이다. 이 외에 정원의 병사들에 대한 호칭에서 "세븐" "파이브"(109)보다는 "7번" "5번"이 더 나을 듯하며, 음식과 성격에 대한 말장난 부분(126)은 주석을 통해 설명을 덧붙이는 것이 좋을 듯하다. 이 부분은 다음과 같이 번역되어 있다.

'식초를 먹으면 까다로워지고, 카밀레〔영국 빅토리아 시대에 널리 쓰인 약. 약간 쓴맛이 난다: 옮긴이〕를 먹으면 신랄해지고, 그리고… 그리고… 보리 사탕이나 그 비슷한 사탕을 먹은 애들은 상냥해져…' (손영미 126).

"사탕"과 "상냥" 사이의 두운 효과는 매우 좋으나 마찬가지로 "신랄"한 성격을 "식초"와 연결시켰으면 더 좋았을 듯하며, "신랄하다"는 어휘가 어린이에게 적합한 것인지도 의심스럽다. 또한 쓴맛과 "신랄"한 성격 사이의 연상이 쉽게 이루어지지 않는 아쉬움도 있다.

효리원에서 출간된 책은 "박상재 엮음"으로 되어 있으며 실제로도 엄격한 의미에서 번역이라기보다는 기존 번역본들을 참조, 편집한 형태인 듯하다.[4] 따라서 번역 비교에 부적절 할 수도 있으나 논술대비라는 목적을 뚜렷이 드러내고 있으며 특정 ST의 독특한 특성이 어떻게 자국화와 편집 과정에서 변형되는지를 살펴볼 수 있는 기회를 제공해 준다.

번역이 아니라 "엮음"인 만큼 효리원의 경우 가장 많은 문제점을 드러내고 있다. ST의 구조나 문체, 어휘로부터 상대적으로 자유로운 만큼 우리말의 호흡이나 리듬이 자연스러운 것이 장점이지만 오역이 많고 편집상의 문제도 발견된다. 예를 들어 "운반대"(박상재 26)로 번역된 "carrier"는 "우체부" 정도가 적당할 듯하다. 또한 앨리스는 정복자 윌리엄의 이야기에 대해서는 알고 있지만 부정확한 역사 지식으로 인해 "어떤 일이 얼마나 오래 전에 있었던 일인지는 정확히

---

4) 나머지 3인이 모두 영어 전공자임에 비해 박상재는 국문학 전공자이다.

알지 못했다"(Alice had no very clear notion how long ago anything had happened, Carroll 18). 그러나 효리원에서는 "앨리스는 그렇게 오래 전에 무슨 일이 일어날 수 있었다는 사실이 이해가 되지 않았다"(35)로 되어 있다. 돼지가 된 아기의 경우, "돼지 치고는 잘생긴 편"(rather a handsome pig, Carroll 50)이지만 "잘생긴 돼지"(109)로 표현되어 있으며 3월 토끼의 시계가 고장난 원인은 빵칼을 집어넣어 시계 속에 빵 부스러기가 들어갔기 때문이지만 "하지만 빵 조각 몇 개도 집어넣었어야지… 빵칼하고 같이 집어넣지 말았어야 했어"(119) 등 앞뒤가 안 맞는 내용으로 바뀌어 있다.

다음 장에서 살펴보겠지만 캐롤의 동화에서 괄호는 매우 중요한 의미를 가진다. 그러나 박상재의 경우 문맥의 자연스러움을 위해 괄호 속의 내용을 풀어서 서술하거나 아예 삭제하고 있다. 물론 삭제된 내용이나 표현도 많은 편이다. 앨리스의 신체 변화를 시각적으로 묘사한 별표들(＊＊＊)이 삭제되어 있고 패러디 동요나 동시를 연의 구별이나 운율에 대한 고려 없이 서술하듯 나열하여 시각적 효과가 전달되지 않는다. 비교적 초등학교 저학년을 대상으로 한 책인 만큼 ST가 가진 어려운 말장난보다는 전체적인 줄거리나 우리말의 수월성, 책의 부피 등을 많이 고려한 듯하다. 그러나 캐롤 동화의 독특한 특성이 무시됨으로써 "이상한 나라"가 아니라 "평범한 나라"가 되어 버렸다. 게다가 초등하교 저학년생에게는 적당하지 않은 어색한 표현도 상당히 많다.

사실 캐롤의 동화에는 의도적으로 삽입된 어려운 말이나 구절들이 상당히 많다. 그리고 이는 대체로 영미권 어린이 독자들도 이해하지 못하는 경우가 대부분이다. 그러나 이것은 캐롤의 동화가 지향하는 독특한 미학적 특성을 위한 것으로써 앞으로 살펴보겠지만 특정 에피소드나 소주제에 관련된 일종의 텍스트 전략이다. 다시 말해서 어린이의 어휘력에 대한 고려가 부족한 탓이 아니다. 그러나 효리원의 책에서 발견되는 "착지" "존재" "사소" 등의 단어는 어린이에게 적합한 어휘로 보기도 어려울 뿐 아니라 텍스트상의 특정한 효과를 위한 것도 아니다. ST의 구문을 무시해 가면서까지 의역을 통해 자연스러운 흐름을 유지하고 있지만 가끔씩 보이는 부적절한 어휘들이 독서의 흐름을 방해하는 듯하다. 또한 쥐에 대한 호격 표현 ("oh mouse!")을 단순히 "쥐야"(34)라고 표현함으로써 이것이 "쥐에게 말하는 올바른 방식"(34)이라는 앨리스의 말의 아이러니가 전혀 드러나지 않으며, "코커스 경주"(caucus race)를 "간부회의 경주"(40)로 표현함으로써 주석 활용의 문제점을 보여주고 있다.[5] "잠꾸러기 쥐"(dormouse)를 "돌마우스"(114)로 표현한 것도 이해하기 어려우며 "가짜 거북"(mock turtle)을 "모조 거북"(167)으로 표현한 것도 어린이에게 적절한 표현이라고 보기 어려울 듯하다. 마지막으로 4종의 번역본에 모두 해당하는 경우로 재판 장면의 말장난 중 "fit"의 이중적 의미는 주석이나 자국어화를 통해 적절히 처리하고 있으나 반면 "begin the beginning… go on till you come to an end; then stop" 등의 말장난에 대해서는 무관심한 모습을 보이고 있다. 이는 아마도

---

5) 국내의 《앨리스》 번역본에서 인용되는 주석의 출처는 대부분 마틴 가드너의 《주석 달린 앨리스 Annotated Alice》에 근거한 것이다. 가드너의 주석에 따르면 "코커스"라는 말은 원래 북미 인디언들의 대표자 회의를 의미하는 말이었으며 당시 영국에서는 성인들도 이 말을 잘 모르고 있었다고 한다. 박상재는 가드너의 주석 내용을 참조하여 "간부회의 경주"라고 표현한 것으로 보이나 내용 이해에 별 도움이 되지는 않는다.

말장난의 여부를 가드너의 주석 유무에 따라 판단하기 때문인 것으로 보인다.

## III. 의도와 주제, 호흡과 리듬, "입말" 번역

효리원의 《앨리스》는 "논리논술대비 세계명작" 시리즈의 하나이다. 이는 다른 3종의 번역본과 구별되는 가장 큰 특징으로서 실제로 책의 뒷부분에 내용과 관련된 선택형, 서술형의 질문들이 삽입되어 있다. 그러나 문제들이 단순히 책의 내용을 제대로 기억하고 있는지 여부만을 확인하는 방식에 불과하여 어린이 독자의 지적 수준을 고려한다 하더라도 그 질문들이 "논리"나 "논술"과 어떤 관계가 있는지 알기 어렵다. 사실 캐롤의 동화에는 어린이들의 창의력, 논리적 사고, 언어적 표현의 발달에 자극이 될 만한 요소들이 많다. 작품 속에 등장하는 특이한 논리와 말장난들이 그것이다. 그리고 어떤 면에서 논리와 말장난은 캐롤의 의도, 작품의 주제를 함축하고 있다고 할 수도 있다. 사실 캐롤의 동화는 어린이에게 "꿈과 희망을 심어 주는" 아름답고 교훈적인 이야기가 아니다. 분명 앨리스 리들(Alice Liddell)이라는 실제 어린이를 위해 쓴 동화임에 틀림없으나 캐롤의 "이상적인 독자"는 기존의 성인세계의 현실적 규칙들과 이를 구현하는 언어와 논리를 이해하지 못하는 미숙한 어린이이며, 이 어린이가 느끼는 당혹감과 놀라움, 그리고 자신을 둘러싼 "이상한" 현실에 적응하고 어려움을 극복해 나가는 모습이 바로 캐롤이 묘사하고자 했던 작품의 의도이자 주제이다. 캐롤이 어린 시절부터 언어와 논리를 바탕으로 특이한 놀이를 만들어 내기도 하고 어린이들의 예상과 기대를 뒤엎는 특이한 장난감으로 종종 그들의 당혹감과 놀라움을 이끌어 냈다는 사실(Gardner 142)은 어린이에 대한 그의 사랑 표현이 매우 독특한 것이었음을 암시한다. 일반적으로 작품의 서문에 나와 있는 낭만적이고 감상적인 서시로 인해 캐롤의 작품을 아름답고 순수한 환상 이야기로 보는 경향이 있다. 그러나 실제 작품과 관련해서 캐롤이 상정했던 어린이의 모습은 사랑스러운 미소와 만족감이 아니라 당혹감과 놀라움에 눈을 동그랗게 뜨고 두리번거리는 놀라움과 순진함이 공존하는 표정이었다.

일반적으로 동화에 괄호가 사용되는 경우는 매우 드물다. 괄호는 대체로 내용을 부언 설명하는 역할을 하므로 최대한 독자의 이해와 편의성을 고려해야 하는 동화의 경우 괄호에 의한 부언 설명이 거의 사용되지 않는다. 따라서 괄호의 존재는 캐롤의 스타일상의 특징이며 특히 그의 의도와 주제를 구현하는 서술장치라는 의미에서 매우 중요하다. 본 논문에서 살펴본 번역본들의 경우 모두 괄호를 부언 설명으로만 이해하고 있는 듯하다. 그러나 캐롤의 괄호는 부언 설명 외에 또 다른 역할을 수행하고 있다. 주인공 앨리스에 대한 캐롤의 아이러니한 시각, 풍자적 어조를 구현하기 때문이다.

일찍이 래킨(Donald Rackin)은 캐롤의 글쓰기에 두 가지 서로 다른 시각이 공존하며 이것이 괄호를 통해 구현된다고 주장한 바 있다. 그의 주장에 따르면, 괄호 속의 말은 성인의 목소리이며 앨리스의 말이나 그에 대한 서술은 어린이의 시각을 대표한다. 따라서 괄호 내용이 상대적으로 적지만 작품 전체에 성인의 안정적인 시각과 어조를 유지함으로써 어린이 시각에 나타난 두려움과 불안을 중화시키고 균형을 이룬다는 것이다(110). 그런데 문제는 괄호가 서술의 균형뿐 아니라 주인공 앨리스에 대한 풍자적이고 아이러니한 시각을 반영한다는 것이다. 예를 들어 지붕에서 떨어져도 꾹 참겠다는 앨리스의 말에, "정말 그럴 것 같았다"라고 비꼬듯 평하며 앨리스가 사실은 "위도" "경도"의 개념을 전혀 모르고 있으면서도 뽐내기 위해 어려운 말을 사용한다는 사실을 굳이 밝히고, "antipathies"라는 잘못된 말[6]을 지적하면서 "아무도 듣는 사람이 없어서 다행이었다"라고 알려 주는 역할을 하는 것이 바로 괄호이다. 앨리스가 울지 말라고 스스로를 타이르면서 가끔 자신에게 좋은 충고를 하곤 했지만 "사실 그 충고를 따른 적은 거의 없었다"(Carroll 12)라는 비꼬는 목소리도 괄호를 통해 드러나고 있다. 사실 주인공 앨리스에 대한 캐롤의 풍자적인 시각은 전반적인 문장의 구조에서도 드러난다. 앨리스의 현명한 선택이나 아이디어가 묘사된 후 곧바로 그 아이디어의 모순이나 무용성을 지적하는 서술이 뒤따르기 때문이다. 대화상의 예절과 관련해서 애벌레의 직선적이고 노골적인 질문에 적절한 이유를 대지 못해 쩔쩔매는 모습(36)이나 3월 토끼나 모자장수의 특이한 논리에 무력하게 침묵을 지키는 모습이 대표적이다. 특히 "배심원"(jurors)이라는 말을 알고 있다는 사실을 자랑스러워하지만 화자는 곧바로 "jurymen"이라는 말도 마찬가지일 뿐이라는 서술을 통해 앨리스의 자만심을 풍자한다.

동화는 일반적으로 교육이라는 목적을 가지고 있는 경우가 많다.

---

6) 문맥상 "반감들"(antipathies)이 아니라 "대척점 지역 사람들"(antipodeans)이라고 말해야 한다.

그러나 캐롤 동화는 교육적 목적과 무관한 듯하다. 이는 역설적으로 《앨리스》의 대중적 인기의 원인이기도 했으나(Rackin xv) 그렇다고 해서 텍스트가 지향하는 독서의 효과나 작가의 의도마저 없다고 할 수는 없다. 어떤 의미에서 교훈주의 동화의 진부함과 딱딱함을 해결할 수 있는 것은 스타일을 통해 구현되는 전체적인 어조나 이미지라고 할 수도 있다. 따라서 동화 번역에서도 주제나 의도, 독자에 대한 효과 등을 고려해야 할 것이다. 그러나 대부분의 동화 번역이 줄거리와 내용의 충실한 전달만을 중시하는 것으로 보인다. 효리원의 《앨리스》에서 볼 수 있는 논술문제들 역시 줄거리와 내용을 얼마나 정확히 기억하고 있는지를 테스트할 뿐 작품이 제기하는 독특한 논리적 · 언어적 문제에 대한 관심은 전혀 없으며, 이는 스타일 · 어조 · 시각 · 이미지 등에 대한 무관심을 통해서도 다시 한번 확인되는 사항이다. 《걸리버 여행기 *Gulliver's Travels*》나 《돈키호테 *Don Quixote*》, 《허클베리 핀의 모험 *Adventures of Huck Finn*》 등은 아동용 도서나 동화로 자주 편집, 번역되는 경우이다. 그러나 실상 이 작품들은 당대의 사회, 정치 상황을 풍자하고 비꼬는 목적으로 쓰여졌다. 그러나 어린이 독자가 이러한 사항을 이해하기는 어려우며 따라서 어린이용으로 편집, 번역되는 과정에서 몇 가지 단순한 에피소드에 환상적인 이미지를 강화시켜 개략적인 줄거리만 소개하게 된다. 그러나 이 경우 작품의 주제나 의도가 전혀 살아나지 못하며 스타일상의 독특한 효과도 찾아볼 수 없다. 어린이용 또는 동화라는 이유로 아무런 주제도 의미도 없이, 또 문체나 서술상의 특성도 없이 단순히 줄거리나 축약된 내용만 전달한다면 교육적 효과나 책읽기의 즐거움은 불가능해진다. 따라서 내용을 축약하고 부적절한 내용을 삭제하더라도 최소한 주제나 의도, 스타일과 관련된 부분들은 명확히 드러나게 해주어야 하며, 쉽게 풀어서 묘사하기 어렵다면 번역자의 해설을 통해서라도 설명해 주어야 한다.

동화뿐 아니라 기술적인 내용이나 문학작품 번역에서도 리듬과 호흡은 매우 중요하다. 읽는 과정에서의 수월성뿐 아니라 의미를 파악하는 데에도 영향을 주기 때문이다. 영어와 한국어처럼 언어의 구조가 크게 다른 경우에는 특히 신경 써야 할 부분이다. 물론 번역에서 리듬이나 호흡의 중요성은 TT를 중심으로 고려되어야 한다. ST에도 특정 언어 특유의 리듬과 호흡이 있고 작가의 스타일도 있으나 번역의 경우 이것 역시 TT를 통해서 구체화되기 때문이다. 따라서 의미상의 문제가 발생하지 않는 한 TT의 리듬과 호흡에 더 많은 관심을 기울여야 할 것이다. 그런데 과도한 자국어화가 ST의 고유한 특성을 파괴할 수 있는 것과 마찬가지로 TT의 리듬과 호흡에 대한 고려는 ST의 왜곡을 초래할 수도 있다. 따라서 ST와 TT 중 어느 것에 충실할 것인가에 따라서 어휘와 문장 구조에 차이가 생길 수밖에 없다. 4종의 번역본들 중 손영미와 최인자의 번역은 비교적 ST의 어휘와 구조에 충실하다. 최인자의 경우 주석이 딸린 완역본으로서 상대적으로 어린이보다는 청소년이나 성인을 대상으로 하는 만큼 어린이 독자의 의식 수준을 고려해야 하는 부담이 적었다고 할 수 있으며 무엇보다도 마틴 가드너의 주석이 병기되어 있기 때문에 ST의 의미나 문맥을 새로이 풀어내야 하는 부담이 적었다고 볼 수 있을 것이다. 손영미의 경우도 ST에 충실한 편이며 주석을 통해 말장난이나 이해하기 어려운 문맥을 설명하고자 하는 노력이 돋보인다. 그러나 때로 불필요해 보이는 주석, 부적절한 주석이 눈에 거슬린다. 예를 들어 애벌레가 피우는 물담배(hooka)를 굳이 "수연통"(손영미 60)으로 옮긴 후 다시 주석을 달 필요가 있었는지 의문이며 반대로 모자장수가 노래의 후렴구를 계속 반복하자 여왕이 소리치며 하는 말("시간을 살해하고 있군")에는 설명이 필요하지만 주석이 달려 있지 않다.

박상재와 김경미의 경우 TT의 리듬과 호흡에 더 주의를 기울이고 있다. 박상재의 경우, 괄호의 내용을 서술 속에 풀어 넣음으로써 읽는 과정에서의 호흡이 일정하게 유지되게 하고 있으며 두세 문장을 연결 또는 혼합하여 문장을 새로 구성하고 있다. 김경미의 경우에도 ST의 문장들을 새로 구성하여 TT의 리듬과 호흡을 고려하는 모습을 보인다. 대체로 TT의 리듬이나 호흡을 방해하는 요소는 ST에 대한 일대일 대응 번역인 경우가 많다. 그런데 ST와 TT를 일대일로 대응시켜 번역할 경우 ST의 구조를 유지할 수 있다는 장점이 있으나 TT의 리듬과 호흡은 방해받을 수밖에 없다. 동화의 경우 어린이를 대상으로 하므로 의미상의 문제가 발생하지 않는다면 어느 정도 TT에 대한 고려가 중시되어야 할 것이다. 이런 의미에서 박상재는 우리말의 흐름을 잘 유지하고 있다고 할 수 있다. 그러나 오역, 어색한 어휘, 생략이 많은 것이 아쉽다.

4종의 번역본에서 공통적으로 드러나는 아쉬움의 하나는 "입말" 번역 문제이다. 최근에는 창작 동화를 많이 찾아볼 수 있으나 원래 서양의 동화는 와일드(Oscar Wilde)나 안데르센(H. C. Andersen)이 등장하기 전까지는 민담에서 유래한 것들이었다. 잘 알려진 서양의 동화들의 대부분은 페로(Perrault)나 그림형제(Grimm brothers)가 기존의 민담들을 채취, 변형시킨 것들이다(Tatar xv). 따라서 그들이 민담들을 엮어 출판하기 전까지 동화, 또는 민담은 농부들이 하루 일을 끝내고 난롯가에 앉아 들려주고 듣던 "이야기"였다. 다시 말해서 동화는 어떤 문학 장르보다도 구술적 전통이 강하게 살아 있는 장르인 것이다. 그리고 이러한 장르적 특성은 부모가 아이들에게 직접 동화책을 읽어 주는 형태로 현재까지 계속 이어지고 있다.

동화를 읽는다는 것은 단순한 독서가 아니라 하나의 구체적인 행위이고 연기이며 퍼포먼스이다. 즉 일종의 "구연"인 것이다. 따라서 여기에는 독특한 어조가 있고 리듬과 호흡이 있다. 스스로 글을 읽게 되면서 어린이는 부모의 "구연"에서 벗어나 묵독의 단계로 나아가지만 성인을 대상으로 한 일반적인 리얼리즘 소설과 비교해서 동화 특유의 구술성이 사라지는 것은 아니다. 따라서 어린이의 나이나 의식 수준, 어휘력 등에 따라 차이가 있을 수 있으나 기본적으로 동화는 소리내어 읽는 것이라는 장르적 특성이 우선적으로 고려되어야 한다. 신지선은 "가화성"(speakability)이라는 개념을 통해 동화 번역에서의 "리듬감, 운율, 감각적 표현"(73)의 중요성을 강조하고 있다. 구술성이라는 특성 외에도 소리내어 읽을 때, 특히 리듬감이나 운율을 살려 읽을 때 언어에 대한 학습 효과가 크기 때문이다. 따라서 번역자는 ST의 리듬뿐 아니라 TT의 리듬감을 극대화시키는 방법을 찾아야 하는데 신지선은 이에 대해 음절 반복, 의성어나 의태어의 활용을 제안한다. 《앨리스》에는 어느 동화보다도 동요나 동시가 많이 등장하며 특히 동음이의어를 이용한 말장난이 많다. 동화 번역의 경우 상대적으로 ST보다는 TT의 자국어화에 초점을 맞추어야 하므로 ST의 의미나 문맥에 크게 영향을 주지 않는 한 TT의 언어적 특성을 살리면서 동시에 구술적 효과를 노릴 수 있어야 할 것이다.[7]

그러나 동화의 구술성을 살린 번역, 즉 "입말" 번역을 위해서는 무엇보다도 한국어의 종결형 어미에 대한 지양이 선행되어야 한다. 종결형 어미 "~다"는 일반 서술문에서 가장 많이 쓰이고 있으나 실제 구어에서는 거의 사용되지 않으며 성인용 번역 소설의 서술에서 흔히 볼 수 있다. 그러나 성인을 대상으로 한 번역 소설이라 할지라도 ST의 각 문장들을 일대일로 대응시켜 종결형 어미로 표현할 경우 TT의 리듬과 호흡에 상당한 방해가 된다. 게다가 동화의 경우에는 어린이를 대상으로 하는 만큼 TT에 대한 고려가 더 중시될 수밖에 없다. 새보리(Savory)가 SL(Source Language)에 대한 지식이 전혀 없으며 텍스트 내용에만 관심이 있는 독자층의 경우 번안이 가장 적합하다고 주장(신지선 130)했을 때 이는 동화 번역에 가장 적합한 번역 방식을 언급한 것으로 보인다. 동화 번역은 ST 또는 SL에 대한 사전 지식이 없는 독자를 대상으로 하므로 비교가 불필요하며 따라서 ST의 흔적이 드러나야 할 이유도 없다. 게다가 앞에서 언급한 구술성이라는 장르적 특성, 학습효과 등을 고려할 때 구술이나 구연을 염두에 둔 번역, 또는 실생활에서 쓰이는 어법과 어투를 그대로 살린 "입말" 번역은 동화 번역의 핵심사항이다. 그리고 이를 위해서는 문어체에서 주로 쓰이는 종결형 어미를 최대한 지양하거나 다양한 대안적 표현들을 찾아보아야 한다. 최근에 출판되는 창작 동화나 아동 문학에서는 종종 "입말"로 쓰여진 경우를 찾아볼 수 있으나 번역 동화의 경우에는 상대적으로 드문 것이 사실이다. 외국어, 특히 영어의

---

7) 시웰(Elizabeth Sewell)은 《앨리스》의 에피소드들 간에 연관성이 거의 없다고 주장한다. 실제로 체스 게임의 규칙에 얽매어 있고 여왕이 되는 목적이 분명한 《거울 나라의 앨리스》에 비해 《이상한 나라의 앨리스》의 에피소드들 간에는 논리적 연관성이 거의 없다. 따라서 줄거리나 사건 전개에 영향을 주지 않으면서도 특정 에피소드에서 자국어를 중시하는 번역이 가능하다고 볼 수 있다.

경우 "입말"의 구별이 명확치 않은 면이 있으나[8] 성인용 소설처럼 종결형 어미로 처리한 것은 적절치 않아 보인다. 본 논문에서 살펴본 4종의 번역본들은 모두 종결형 어미를 통한 서술을 택하고 있다. 최인자의 경우 비교적 성인 독자를 염두에 둔 번역인 만큼 "입말" 번역이 불필요했다고 볼 수도 있겠으나[9] 분명 어린이, 특히 초등학교 저학년을 대상으로 한 3종의 번역본들 모두 문어체 서술에 주로 쓰이는 종결형 어미만으로 서술을 표현한 것은 매우 아쉬운 일이다. 만약 완전한 "입말" 번역이 어렵다면 최소한 종결형 어미의 딱딱한 반말투의 어조만이라도 순화시킬 수 있을 것이다. 예를 들어 《앨리스》의 일본어 번역본의 경우 대체로 "~입니다"를 사용하는 듯하다.[10]

## IV. 말장난과 주석

《앨리스》 번역의 독특한 매력이자 장애물은 바로 말장난에 있다. 실제로 김순영의 지적에서도 알 수 있듯이(김순영 33) 국내외에서도 《앨리스》 번역에 대한 논의는 주로 말장난을 중심으로 이루어지고 있는 듯하다. 사실 《앨리스》는 말장난과 논리 자체를 에피소드화시

---

8) 캐롤이 더 어린아이들을 대상으로 《앨리스》를 개작한 책, 《유아용 앨리스 Nursery Alice》의 경우, 더 쉬운 어휘와 단순한 구문으로 이루어져 있다. 그러나 가장 눈에 띄는 것은 거리를 두고 객관적으로 서술하는 어조가 줄고 대신 어린이에게 친절히 말을 거는 듯한 어조가 눈에 띄게 늘었다는 점이다. 영어의 "입말" 존재 여부는 좀 더 조사해 보아야 하겠으나 그 가능성 자체를 부정할 수는 없을 듯하다.
9) 성인 독자의 경우 대체로 동화 장르의 특수성을 이해하는 만큼 "입말" 번역이라고 해서 거부감을 느끼지는 않는다.
10) http://www.hp-alice.com/ 참조.

킨 것이라고 볼 수 있는 만큼 작품 전체의 구성에서 가장 중요한 요소이기도 하다. 그러나 영어와 한국어의 언어적 구조가 크게 다르기 때문에 ST의 말장난을 TT에서도 그대로 살려내는 것은 거의 불가능해 보인다. 따라서 번역자는 두 언어들 간의 차이를 극복하고 의미와 어감을 살리기 위한 다양한 번역 전략이 필요하다.

김순영은 국내의 번역본 6종을 비교, 분석하면서 《앨리스》의 말장난 번역 전략이 정보 전달, 가독성 등의 목적에 따라 대체로 "ST의 언어유희가 TT의 언어유희로 재구성되는 경우" "ST의 언어유희가 삭제되고 의미만 해석된 경우" "ST의 언어유희가 번역가의 주석을 통해 설명되는 경우"의 세 가지로 나뉘어진다고 주장한다(48). 즉 목적에 따라 번역자는 세 가지 중 하나를 선택, 이용한다는 것이다. 물론 세 가지 전략들은 서로 중첩되거나 혼용될 수 있으며 표본 집단의 범위에 따라 또 다른 전략이 있을 수도 있다. 그러나 김순영의 조사에 따르면 목적의 차이에도 불구하고 번역자들은 대체로 주석을 이용하는 세번째 전략을 가장 많이 사용하고 있다(49). 실제로 본 논문에서 살펴본 번역본들에서도 말장난은 주로 주석을 통해 설명되는 경우가 많았다. 그렇다면 말장난에 대한 주석 처리는 어떠한 양상으로 이루어지고 있으며 얼마나 효율적으로 사용되고 있는가? 주석 외에 다른 방법, 즉 ST의 말장난을 TT에서도 살려낼 수 있는 대안은 없는가 등의 문제가 제기될 수 있을 것이다.

본 논문에서 살펴본 4종의 번역본들에 나타난 주석의 양상은 대체로 다음과 같이 분류된다.

　　가. 말장난을 주석으로 처리한 경우

나. 내용 이해를 위한 경우

다. 불필요해 보이는 경우

라. 주석이 부족하거나 없는 경우


앞에서 밝혔듯이 말장난은 주로 주석을 통해 설명되고 있다. 그런데 주석의 대부분은 《주석 달린 앨리스》의 마틴 가드너의 주석을 옮겨 온 것이 대부분으로 번역자가 자의적으로 덧붙인 경우는 많지 않았다. 이는 부분적으로 캐롤 동화에 대한 세밀한 연구의 부족과 그에 따른 참고 자료의 부족에 기인한 것으로 볼 수 있으나[11] 문제는 가드너의 주석이 주로 특정 어휘, 표현, 논리나 인물에 대한 원천 정보, 배경, 보충설명을 위한 것으로써 말장난을 설명하는 목적이 아니라는 것이다. 따라서 주석의 내용이 부족하거나 필요할 때 없는 경우 또는 말장난 이해에 도움이 되지 않는 경우도 종종 있다. 예를 들어 "과외 과목"(extras)에 대한 가짜 거북과의 대화에서 "세탁"은 분명 "과외 과목"의 하나로 등장하고 앨리스는 그렇게 이해하지만 가짜 거북은 곧바로 말을 바꾸어 "과외 과목"이 아니라 계산서의 항목으로 취급하고 있다. 이로 인해 앨리스와 가짜 거북의 대화는 동문서답식으로 진행된다. 이는 "과외 과목"과 "추가 비용"이라는 "extras"의 이중 의미를 이용한 말장난이지만 가드너의 주석은 말장난 효과에 대한 직접적 언급이 없다. 손영미의 경우처럼 "extras"의 이중 의미를 구체적으로 설명한 경우(137)가 더 효과적이다. 박상재는 이 부

---

11) 국내 루이스 캐롤 연구의 취약성은 그의 본명인 찰스 럿위지 돗슨(Chales Lutwidge Dodgson)에 대한 부적확성에서도 드러난다. 그의 이름 Dodgson을 국내에서는 모두 "도지슨"으로 표기하고 있으나 이는 "돗슨"으로 표기하는 것이 옳다.

분을 생략했으며 김경미는 주석을 달지 않았다. 최인자는 가드너의 주석만을 번역하고 따로 역주를 달지는 않았다. 이러한 차이는 말장난 번역과 관련해서 가드너의 주석에 과도하게 의존함으로써 생기는 듯하다. 따라서 필요한 경우에 주석이 없어 말장난임을 인식하기 어려운 경우도 있으며 오히려 주석이 불필요해 보이는 경우도 있다. 가드너의 주석이 말장난 효과가 아니라 유래나 배경과 관련된 추가 정보에 머무는 경우가 많기 때문이다. 결국 가드너의 주석은 참고사항일 뿐 말장난 번역의 일차적 책임은 번역자에게 있으며 새로운 번역 전략의 개발이나 역주를 통한 독자적인 설명 등의 노력이 필요하다. 물론 가드너의 주석이 말장난 이해에 도움이 되는 것은 사실이나 그 효율성을 높이려면 번역자의 적극적인 노력이 있어야 한다. 예를 들어 가드너는 가짜 거북의 수업 과목들이 "읽기, 쓰기… 라틴어, 그리스어"에 대한 말장난임을 알려 주고 있으며(Gardner 98) 최인자와 박상재는 주석을 통해 이를 설명하고 있다. 그러나 손영미의 경우 주석을 달지 않았으며 김경미는 자국어화된 말장난을 사용하고 있다. 흥미로운 것은 최인자와 박상재의 경우, 읽기, 쓰기, 더하기, 빼기 등의 과목들에 대해서는 주석을 달아 놓아 말장난임을 적절히 설명하고 있으나 "웃기"(Laughing)와 "슬퍼하기"(Grief)가 각각 라틴어(Latin)와 그리스어(Greek)에 대한 말장난임에도 불구하고 주석이나 설명을 덧붙이지 않았다는 것이다. 따라서 예민한 성인 독자가 아닌 한 그것이 말장난임을 알아채기가 어렵다. 결국 이러한 문제는 주석의 일관성이 결여되어 있다는 것을 의미하며 앞에서 지적한 예와 함께 주석을 통한 말장난 번역 전략의 효율성에 대한 의구심을 일으키게 한다.

만약 말장난 번역이 주석을 통해서만 가능하다면 말장난만으로 이루어진 작품은 번역이 곧 주석이어야만 할까? 《앨리스》보다 번역이 어려운, 어떤 의미에서 번역이 불가능한 작품으로 제임스 조이스 (James Joyce)의 《피네간의 경야 *Finnegans Wake*》가 있다. 이 작품은 조이스가 17년 간 수많은 외국어들을 혼합한 합성 신조어를 이용해 쓴 작품으로 《거울 나라의 앨리스》의 유명한 난센스 시, "재버워키" 와 매우 유사하다. 그렇다면 《피네간의 경야》의 번역은 어떻게 가능할까?

《피네간의 경야》의 번역 방식은 크게 두 가지가 있을 수 있다. 첫째는 김길중이 실험적으로 우리말로 재어 본 방식이 있을 것이다. 김길중은 소리를 중심으로 우리말의 이중적 의미 가능성을 이끌어 내고 있는데(42-43) 이러한 방식은 말소리를 중심으로 한다는 의미에서 동화의 구술적 특성과도 연결된다고 할 수 있을 것이다. 소리내어 읽을 때 그 효과가 배가되기 때문이다. 반면 김종건의 번역은 일종의 "석의적"(釋意的) 번역으로 소리보다는 의미에 초점을 맞추고 있다. 합성어 특유의 다의성과 다성성을 표현하기에 산문적인 성격의 한글은 오히려 부적합하기 때문이다(25).[12] 따라서 합성어 번역에서 한자 표현이 두드러지게 나타난다. 의미를 조합하는 방식인 한자가 합성어 표현에 적합하다고 본 것이다. 그러나 이 경우 ST의 음성적 특성이 완전히 사라져 버려 해석은 가능해도 소리내어 읽어서는 전혀 의미가 파악되지 않는다. 따라서 구술성 또는 "가화성"을 특징으로 하는 동화의 경우에는 적합지 않은 것이 사실이다.

---

12) 김종건. 《피네간의 경야》, 서울: 범우사, 2002. pp.25.

최대한 주석을 배제하고 말장난을 소리 위주로 표현하는 가능성을 보여주는 경우로 김경미의 번역을 예로 들 수 있다.[13] 가짜 거북의 수업과목을 표현한 경우를 살펴보자.

"Reeling and Writhing, of course, to begin with." the Mock Turtle replied; "and then the different branches of Arithmetic——Ambition, Distraction, Uglification, and Derision."

"I never heard of 'uglification'; Alice ventured to say, "What is it?" (Carroll 76)

"그야 먼저, 국어로 남말하기와 떼쓰기를 배우고 여러 가지 수프학도 배웠지. 더먹기, 뺏어먹기, 고프기, 나눠먹기."

앨리스가 용기를 내어 물었다.

"전 '고프기'라는 말은 한 번도 들어본 적이 없어요. 그게 뭐죠?" (김경미 151)

예문에서 보듯이 "읽기"(Reeling)를 "남'말하기'"로 옮겼으며 "쓰기"(Writhing)는 "떼'쓰기'"로 옮김으로써 의미와 소리를 적절히 연결시키고 있으며 "수학"(Arithmetic)과 그 하부 분야들인 더하기, 빼기, 곱하기, 나누기를 각각 "'수'프'학'" "'더'먹기" "'뺏'어먹기" "고프기"(곱하기), "'나눠' 먹기"(나누기)로 옮기고 있다. "고프기"는

<hr>

13) 김경미의 번역에도 내용 이해를 위한 주석이 있으나 말장난과 관련해서는 자국어화에 초점이 맞추어져 있다.

"Uglification"으로 나머지 번역자들이 "추화"로 번역했던 말이다. "추화"와 그 반대인 "미화"(beautify)가 ST의 의미에 더 가까우며 캐롤이 의도한 신조어의 이질성을 그대로 간직하고 있는 것이 사실이다. 그러나 주석도 없이 "라틴어"(Laughing)와 "그리스어"(Grief)를 그대로 "웃기" "슬픔" 또는 "웃는 것" "슬퍼하는 것" 등으로 표현한 경우에 비해서 "이해"와 "오해"로 옮겨 말장난의 어감을 살린 점이라든지, "수업"(Lesson)과 "줄어들기"(Lessen)의 말장난을 "그러니까 수업에 시간을 쓰는 거지. 쓰면 쓸 수록 줄어들잖아"(153)로 옮긴 경우는 말장난을 최대한 자국어화시키려는 번역자의 의도와 노력이 돋보이는 경우라 할 수 있다.


## V. 결론

캐롤의 작품을 번역하는 것은 상당히 어려운 일이다. 단순히 말장난이 많아서가 아니라 그 말장난의 의도와 효과를 고려해야 하기 때문이다. 앞에서도 언급했듯이, 캐롤의 말장난은 희극적 효과만을 위한 것은 아니다. 사실 영미권의 어린이들도 특유의 그 말장난을 제대로 이해하지 못한다. 이는 시대적·문화적 차이 외에 그 말장난과 논리가 어린이의 의식 수준을 벗어나기 때문이다. 즉 캐롤의 "이상적인 독자"는 말장난의 희극성을 작가와 함께 즐기는 지적인 독자가 아니라 의미나 문맥을 이해하지 못해 어리둥절해하는 독자인 것이다. 따라서 말장난의 의도와 효과를 살리기 위해서는 그 번역 또한 이해를 방해하는 형태로 이루어져야 한다. 그러나 이는 일반적인 동화 번역의 현실을 부정하는 것과 다를 바 없다. 따라서 캐롤 작품의 번역상의 난점은 바로 이해할 수 없으면서 동시에 재미를 느끼게 해주어야 한다는 것이다. 그리고 이 난점이 가장 구체적으로 드러나는 것이 말장난 문제이다.

본 논문은 국내 4종의 번역본들을 비교하면서 말장난을 중심으로 《앨리스》 번역에 나타난 몇 가지 문제들을 살펴보고 있다. 각각의 번역본들은 서로 장단점을 공유하는 데 특정 번역본의 장점이 다른 번역본의 단점이 되기도 하고 그 반대가 되기도 한다. 따라서 번역의 우열성을 가리는 것은 불합리할지도 모른다. 그러나 완벽한 번역이라는 것이 불가능한 것이라 하더라도 더 나은 번역을 위해 장단점을 비교해 보는 것은 필요한 일이다. 특히 동화 번역의 경우 상대적으로 부담 없는 단순한 텍스트 작업이라는 선입견이 작용할 수 있으나 역설적으로 단순하기 때문에 가장 핵심적이고 본질적인 문제가 제기될 수 있는 분야이다. 표본 대상이 적고 여러 가지 문제를 개략적으로만 살펴보았을 뿐이며 분석과 비교에서 각 번역자들의 의도를 객관적으로 파악하는 데 한계가 있음에도 불구하고 더 나은 번역 전략을 개발하기 위한 단초가 되기를 희망하며, 본 논문에서 다루지 못했으나 말장난과 주석에 대해 한두 가지 제안을 덧붙이고자 한다. 첫째, 주석의 위치와 관련하여, 대체로 최근에는 읽을 때의 흐름을 방해하지 않기 위해 주석을 본문 안에 삽입하는 경우가 있는데, 손영미와 최인자의 경우가 이에 해당한다. 반면 박상재와 김경미는 각주의 형태를 이용하고 있다. 동화는 어린이 독자의 입장에서 시각적 효과를 고려할 필요가 있는 분야인 만큼 이 과정에서 특정 방식의 효율성 외에 주석에 사용된 글자 크기, 모양, 위치 등 시각적 요소를 고려해 보아야 할 것이다. 이 문제와 관련해서 말장난이나 특이한 논리가 드러나는 부분을 진하게 또는 방점 등을 이용해서 표현하는 방식을 생각해 볼 수 있을 듯하다. 마지막으로, 동음이의어를 이용한 말장난이 많으므로 주석에서 구체적인 발음을 표기하는 것이 좋을 듯하다.[14] 예를 들어 "꼬리"(tail)와 "이야기"(tale)에 대한 주석에서 철자의 차이 외에도 그 단어 모두 "테일"이라고 발음된다는 사실을 구체적으로 알려 주는 것이 좋을 것이다. 이 동화를 읽는 어린이가 철자만 보고 발음의 유사성을 떠올릴 수 있는지의 여부를 떠나 이 말장난의 출발점이 소리에 있으며 동화는 결국 소리내어 읽고 듣는 관계를 바탕으로 하기 때문이다.

## 인용 문헌

김길중. 1987. "모국어로 재어본 《피네간즈 웨이크》." *The James Joyce Journal*. 제임스 조이스학회.

김종건. 2002. 《피네간의 경야》. 범우사.

김순영. 2007. "《이상한 나라의 앨리스》를 통해 본 언어유희(pun)의 번역," 《번역학 연구》 8권 2호.

신지선a. 2005. "아동문학 번역에서의 가화성(speakability)." 《번역학 연구》 6권 1호.

신지선b. 2005. "아동문학 번역시 스코퍼스 이론의 적용." 《번역학 연구》 6권 2호.

---

14) 발음이 같다는 사실을 주석에서 설명해 놓은 경우도 있으나 대체로 철자의 차이만 알려 줄 뿐 구체적인 발음을 알려 주는 경우는 거의 없었다.

Carroll, Lewis. *Alice in Wonderland*. Ed. Donald J. Gray. New York: W. W. Norton, 1992.

Carroll, Lewis. *Nursery Alice*. New York: Dover Publishing, 1966.

Gardner, Martin. *The Annotated Alice*. New York: W. W. Norton, 2000.

Rackin, Donald. *Alice's Adventures in Wonderland and Through the looking-glass: Nonsense, sense and meaning*. New York: Twayne Publihers, 1991.

Sewell, Elizabeth. "Is Flannery O'connor a Nonsense Writer?" *Explorations in the Field of Nonsense*. Ed. Wim Tigges, Amsterdam: Rodopi, 1987.

Tatar, Maria. "Introduction," *The Classic Fairy Tales*. New York: W. W. Norton, 1999.

http://www.hp-alice.com/

분석대상 번역본

김경미. 《이상한 나라의 앨리스》. 비룡소 클래식, 2007.

박상재. 《이상한 나라의 앨리스》. (주) 효리원, 2004.

손영미. 《이상한 나라의 앨리스》. (주) 시공사, 2004.

최인자. 《이상한 나라의 앨리스 거울 나라의 앨리스》. 북폴리오, 2005.

# 제9장

## 거울 속의 언어:
## 루이스 캐롤의 《거울 나라의 앨리스》

## I. 거울 이미지

《거울 나라의 앨리스 *Through the Looking-Glass and What Alice Found There*》는 《이상한 나라의 앨리스 *Alice in Wonderland*》와 함께 루이스 캐롤(Lewis Carroll)의 대표작이다. 그러나 이 작품은 전작인 《이상한 나라》에 비해서 상대적으로 덜 알려져 있으며 비평적 관심도 부족해 보인다. 여기에는 여러 가지 이유가 있을 수 있다. 전작의 엄청난 인기와 성공에 따른 반작용 때문이라고 볼 수도 있고, 플롯 자체가 체스 게임에 근거하는 만큼 무작위로 이루어지는 자유로운 에피소드들과 그에 따른 예기치 못한 놀라움으로 가득한 《이상한 나라》에 비해 상대적으로 결정론적인 성향이 많고, 따라서 개인에 대한 사회의 부정적 영향력이 많이 드러나 있기 때문이라고 할 수도 있다(Henkle 362). 다시 말해서 플롯이 체스 게임의 규칙에 의존하는 만큼 인물의 행동이 제약되고 에피소드들 간의 자유로운 결합 또는 자율성이 제한되므로 그 결과 자유를 억압하는 듯한 느낌을 준다는 것이다. 실제로 에피소드들이 무질서하게 나열되어 있는 《이상한 나라》에 비해 《거울 나라》에는 에피소드들의 방향과 목적이 분명히 드러나 있다. 폰(pawn)으로 시작한 앨리스가 여왕이 되는 것이 그 목적이며 플롯 전체가 체스판 위에서의 위치 변화에 따라 앨리스가 폰, 그리고 여왕으로 변신하는 과정을 구현하고 있다(Blake 136). 그러나 구성상의 인위성이나 부자연스러움 외에 동화로서 작품이 가진 내용상의 문제 또한 간과해서는 안 된다. 《거울 나라》에는 양고기가 살아 움직이면서 앨리스에게 인사를 하는 기괴한 장면이나 "해마와 목수"라는 시의 잔인한 내용,[1] 백기사(White Knight)가 들려주는 난센스에 가까운 엉터리 요리법이나 호칭과 이름, 의미에 대한 괴상한 말장난, 양(sheep) 할머니의 보트 젓기에 대한 전문용어 등 어린이에게 부적절하거나 이해하기 어려울 정도의 과도한 형식 논리, 말장난, 난센스가 가득하다. 사실 논리와 말장난은 전작인 《이상한 나라》에서도 많이 발견되는 캐롤 동화의 대표적인 특징이나 《거울 나라》에서는 이러한 요소들이 어린이의 지적 능력을 크게 벗어나 있어 놀라움과 즐거움이 아니라 당혹과 좌절감만을 가져온다. 따라서 동화 특유의 아름다운 환상은커녕 에피소드의 내용이나 대화 상황, 문맥을 이해하는 것조차 힘겨워진다. 동화연구자들의 관심이 주로 《이상한 나라》에 집중되어 있는 것도 이러한 이유 때문이다. 앨리스의 모험담이 속편으로 이어지면서 캐롤 동화의 독특한 특성이 너무 노골적이고 과도하게 드러남으로써 독자에 대한 배려와 장르상의 경계를

---

1) 트위들(Tweedle) 형제가 들려주는 이 시는 해마와 목수가 순진한 굴들을 꾀어 잡아먹는 내용으로 그 잔인한 이미지로 인해 종종 비난의 대상이 되었으며 결국 캐롤은 새빌 클라크(Savile Clarke)의 오페레타 〈앨리스〉에서 굴들의 복수를 삽입하여 이 장면을 순화시키려 했다(Gardner 187).

벗어나고 있는 것이다.

그러나 《거울 나라》의 이러한 한계는 동시에 캐롤의 텍스트가 가진 문학적 특성을 좀 더 폭넓고 깊은 시각에서 살펴보게 해준다. 실제로 《거울 나라》에는 캐롤 문학의 특징인 형식 논리, 말장난, 난센스 등이 더욱 직접적이고 치밀하게 드러나고 있는데, 예를 들어 포트망토 합성어(Portmanteau words)만으로 이루어진 유명한 난센스 시 "재버워키"(Jabberwocky)나 험프티 덤프티(Humpty Dumpty)의 언어 이론 등은 언어와 논리에 대한 캐롤의 관심을 직접적으로 반영하고 있다. 양할머니 에피소드에서 드러나듯이, 자세히 볼수록 초점이 흐려지고 주변만 인식되는 시각상의 인식문제나 아름다울수록 손에 잡히지 않고 소유하는 순간 시들어 버리는 골풀(rush), 작가인 캐롤의 분신으로서 엉터리 요리법을 통해 자신의 창작 이론을 암시하고 있는 백기사의 에피소드 등은 논리와 인식, 언어와 창조 등에 대한 캐롤 자신의 시각을 간접적으로 드러내고 있다.[2] 《거울 나라》가 가진 문학적 가치는 이와 같이 캐롤이 제기하고 있는 논리와 언어의 문제를 좀 더 직접적으로 다룸으로써 캐롤의 문학세계에 대한 폭넓은 이해를 가능하게 하며, 나아가 언어의 극단적 논리, 난센스의 미학적 기능, 언어와 의미 그리고 주체 등의 문제들을 중심으로 현대문학 이론의 특정한 측면을 살펴볼 수 있게 해준다는 데 있다.

《이상한 나라》나 《거울 나라》 모두 주인공 앨리스의 꿈으로 이루

---

2) 《거울 나라》에는 캐롤의 이미지를 가진 인물들이 다수 등장하는데 양 할머니와 백기사가 대표적이다. 양 할머니와의 보트놀이 장면은 캐롤과 앨리스의 템스 강 보트여행을 연상시키며, 앨리스에 대한 백기사의 호의와 감상적인 태도는 성숙해져 가는 앨리스와의 이별을 예견하고 아쉬워하는 캐롤 자신의 모습을 암시한다(Gardner 236-237 참조).

어져 있다. 그런데 《거울 나라》의 경우 꿈 외에 거울, 체스 게임 등 좀 더 구체적인 모티프들이 작품의 전체적 구성에서 큰 비중을 차지한다. 이는 보트 위에서 즉흥적으로 지어낸 에피소드들을 나열한 형태인 《이상한 나라》에 비해서 캐롤이 구조적 짜임새에 더 관심을 기울였다는 의미이며 그만큼 작품의 주제적 측면이 강조되고 있다는 사실을 암시한다. 그리고 여기에서 거울과 체스 게임이 암시하는 주제는 실제와 허상, 정체성과 주체의 문제이다. 거울은 현실을 반영하지만 거울에 반영된 세계는 좌우가 뒤바뀐 세계, 거꾸로 된 세계이다. 동일한 모습이지만 동시에 완전히 상반된 모습인 것이다. 따라서 동일성과 상반성이 공존하는 상황이라고 볼 때 어느 것이 실제이고 어느 것이 허상인가라는 문제가 생겨난다. 누구나 자신의 외형적 실체를 객관적으로 인식하기 위해서는 거울이 필요하다. 거울은 인간에게 외형적 이미지를 통해서 그의 주체성을 이미지라는 시각적 형태로 제공해 준다. 그러나 이 이미지는 뒤바뀐 이미지이고 거꾸로 비쳐진 이미지일 뿐이다. 그렇다면 거울이 제공하는 이미지가 실제라고 할 수 있을까? 마찬가지로 거울이 제공한 이미지를 통해 구성된 실제나 주체의 개념은 과연 진실된 것일까라는 의문이 제기될 수 있다.

체스 게임은 캐롤의 작품들에서 빈번하게 등장하는 놀이의 한 가지 유형이다. 그런데 《거울 나라》에서 체스 게임은 단순히 특정 에피소드를 구성하는 소재에서 벗어나 작품 전체의 구성과 방향을 설정하며 나아가 주체의 개념이라는 작품의 주제적 측면까지 드러내 준다. 앨리스의 모험이 이루어지는 거울 속의 세계는 거대한 체스판으로 이루어져 있으며 각각의 에피소드들은 앨리스가 폰에서 여왕으로 변신하기까지의 과정을 극화하고 있다. 다시 말해서 앨리스는 체스판의 말과 같은 역할을 하는 것이다. 그런데 이는 앨리스가 모험을 주도하는 주체가 아니라는 것을 의미한다. 앨리스가 체스를 두는 것이 아니라 누군가가 두고 있는 체스 게임에서 말의 역할만을 하는 것이다. 그렇다면 앨리스라는 말을 움직이고 있는 체스 게임의 주체는 누구인가? 이 문제는 꿈의 주인이 누구인가라는 질문의 형태로 《거울 나라》에서 가장 흥미로운 난제의 하나로 등장한다. 트위들 형제 에피소드에서 앨리스가 만나게 되는 레드 킹(Red King)의 꿈이 바로 그것이다. 트위들 형제는 숲에서 잠이 든 레드 킹을 가리키며 그가 앨리스에 대한 꿈을 꾸고 있다고 말한다. 다음은 트위들 형제와 앨리스의 대화이다.

"만약 저 사람이 꿈에서 깨어나면 너는 어떻게 될 것 같니?"

"당연히 여기 지금처럼 있겠지." 앨리스가 말했어요.

"아니야!" 트위들디가 한심하다는 듯이 말했어요. "너는 없어져 버릴 거야. 너는 저 사람의 꿈속에서 살고 있어."

"만약 레드 킹이 깨어나게 되면 너는 펑! 하고 없어져. 촛불처럼 말이야." 트위들덤이 말했어요.

"저 사람의 꿈속에 사는 거니까 이제 네가 진짜가 아니라는 걸 알겠지?"

"아니야, 나는 진짜야!" 앨리스는 이렇게 말하며 울기 시작했어요 (Carroll 145).

《거울 나라》는 분명 앨리스의 꿈으로 이루어져 있다. 그러나 그 꿈이 또한 다른 누군가의 꿈이라면 이 꿈속의 꿈은 누구의 꿈이며 꿈의 최종적인 주인은 누구인가? 보르헤스(Borges)의 환상소설들을 연상시키는 이 난해한 문제에 앨리스는 정체성의 혼란을 느끼며 울음을 터뜨린다. 정체성의 문제는 사실 《이상한 나라》에서도 많이 다루어지는 캐롤 동화의 대표적 주제의 하나이나 《거울 나라》에서 이 문제는 한 걸음 더 나아가 정체성이라는 개념 자체에 의문을 던지고 있다. 앨리스가 생각하고 있는 자신의 정체성이란 과연 실체가 있는 것인가? 정체성이 타인의 꿈에 불과하다면 주체라는 개념 또한 불가능해지는 것은 아닐까?

가드너(Gardner)는 거울에 얽힌 캐롤의 흥미로운 일화를 소개하고 있는데, 그에 따르면 거울 모티프는 캐롤이 앨리스의 먼 사촌인 라이키즈(Raikes)와의 거울에 대한 대화에서 촉발된 것이다. 캐롤은 라이키즈에게 오른손에 들려 있는 오렌지가 거울 속에서는 어느 쪽 손에 들려 있을지를 물었고 라이키즈가 왼쪽 손이라고 답하자 그런 현상에 대해 설명을 요구했다. 라이키즈는 "내가 거울 '속'에 있었다면 오렌지는 아마 오른손에 있을 거예요"라고 대답했고 캐롤은 "내가 들어본 최고의 대답"이라고 말했다(Gardner 141). 소녀의 대답은 사실 크게 흥미로울 것이 없다. 일반적인 어린이 수준의 대답일 뿐이다. 그런데 캐롤이 이를 "최고의 대답"이라고 말한 이유는 무엇인가? 그들의 대화는 사실 평범한 내용에 불과하다. 그러나 캐롤은 소녀의 그 평범한 대답이 "최고의 대답"이 될 수 있는 이유를 다른 곳에서 찾았던 듯하다. 이 일화의 핵심은 거울에서 좌우가 바뀐다는 사실에 있는 것이 아니다. 문제는 거울 밖에서 본 좌우 대칭의 문제가 아니라 거울 "속"에서 본 현실의 모습이다. 캐롤이 던진 질문의 핵심은 아마 이것이었을 것이다. 소녀의 대답이 평범해 보이는 이유는 그것이 거울 밖에서 이루어진 것이기 때문이다. 소녀는 거울 "속"으로 들어가지 않았다. 만약 거울 "속"으로 들어갔다면 오렌지는 소녀의 대답처럼 계속 오른손에 있었겠지만 거울 밖 현실에서는 왼손에 들려 있었던 것처럼 보일 것이다. 다시 말해서 거울 "속" 시점에서 보았을 때 오렌지는 원래 왼손에 있었던 것이 되는 것이다. 이러한 문제는 사실 어린 소녀가 설명하기에는 거의 불가능한 현상이다. 그러나 캐롤이 이를 "최고의 대답"이라고 평한 것은 그러한 대답이 어린이의 전형적인 의식을 대표한다고 생각했기 때문이며, 따라서 어린이를 거울 "속"으로 데려갔을 때 매우 흥미로운 결과가 가능하리라고 생각했기 때문이다. 다시 말해서 그 대답은 질문에 대한 설명으로서의 가치가 아니라 어린이의 의식과 거울 이미지가 만들어 낼 수 있는 흥미로운 이야깃거리로서 "최고의" 소재였다는 데 있는 것이다.[3]

결국 《거울 나라》는 현실에서 바라본 "거울에 비친 자신의 모습"이 아니라 거울 "속"에서 바라본 자신의 모습, 거울을 보고 있는 자신의 모습을 거울 "속"에서 다시 바라보는 문제인 것이다. 따라서 누가 실체이며 나아가 실체라는 것이 있다면 그것이 어떻게 가능하고, 허구와는 어떻게 구별될 수 있는가라는 문제가 뒤따른다. 따라서 이와 관련하여 트위들(Tweedle) 형제가 보여주는 거울 이미지와 그들

---

3) 캐롤은 평소 어린이들에게 여러 가지 흥미로운 논리적 문제를 물어보곤 했는데 이는 어린이의 흥미를 자극하고 놀라움을 이끌어 내기 위한 것이었으며 실제 그 문제의 해답 자체에는 큰 관심이 없었던 듯하다. 히스(Heath)에 따르면 그가 낸 문제들은 대부분 어린이들이 이해할 수 있는 수준이 아니었으며, 실제 학문적인 측면에서도 캐롤은 수학자·논리학자로서 전혀 두각을 나타내지 못했다(Heath 3). 따라서 캐롤의 논리문제의 일차적 가치는 어린이의 반응과 그 반응의 에피소드로서의 가치에 있다고 보아야 할 것이다.

의 자아 인식은 매우 흥미로운 경우이다. 《거울 나라》의 인물들은 대체로 현실과 대비되는 상반된 시각이나 논리를 대표한다. 예를 들어 레드 퀸(Red Queen)은 한 곳에 머물기 위해서는 달려야 하고 목이 마를 때는 비스킷을 먹어야 한다고 주장한다(Carroll 127). 시간도 거꾸로 흘러서 화이트 퀸(White Queen)은 삶을 거꾸로 살고 있고("living backward"), 모자장수는 아직 발생하지 않은 범죄로 인해 이미 감옥에 갇혀 있다(150-151). 그러나 이들은 모두 현실과의 상반성을 대표할 뿐 자체적으로 거울의 이미지를 가지고 있지는 않다. 반면에 트위들 형제는 거울 이미지를 재생산한다. 좌우 대칭의 쌍둥이이기 때문이다. 이들의 의견이 항상 대립되고 동일한 문제에 대해 상반된 반응을 보이며 갈등을 일으키는 것은 거울의 상반성을 연상시킨다. 결국 트위들 형제는 거울 나라 속의 또 다른 거울인 것이다. 그런데 트위들 형제가 거울의 상반성을 구현한다면 그들에게 주체나 정체성은 어떤 의미를 가지는 것일까? 둘 중 누가 실체이고 누가 허구인가? 누가 누구를 바라보고 있는 것일까? 흥미로운 것은 앨리스에게 레드 킹의 꿈을 언급하며 앨리스의 정체성을 혼란시키는 것도 트위들 형제라는 것이다. 그런데 그들은 앨리스의 정체성을 문제시하지만 정작 자신들의 정체성에 대해서는 관심을 보이지 않는다.

"그런데 내가 저 사람의 꿈속에서 사는 거라면, 너희들은 뭐지? 나도 궁금해지는데?"

"맞아." 트위들덤이 말했어요.

"맞아, 맞아!" 트위들디가 소리쳤어요(Carroll 145).

이 장면이 흥미로운 것은 거울의 상반성, 갈등을 상징하는 트위들 형제가 처음이자 마지막으로 서로 일치된 의견을 보여준다는 데 있다. 즉 거울의 상반성이 사라지는 것이다. 그러나 이는 계속해서 앨리스가 처한 상황이 현실과 상반된다는 사실을 더욱 강화시키는 결과를 가져올 뿐이다. 두 형제의 대답은 그들 역시 앨리스와 같은 처지라는 것, 즉 꿈속의 인물로서 그들도 레드 킹이 잠을 깨면 사라지게 된다는 것을 의미한다. 그들은 그러나 주체의 사라짐, 또는 정체성의 혼란을 두려워하지 않는다. 왜냐하면 거울 이미지로서 스스로 자신들 중 누구도 실체가 아니라는 것을 잘 알고 있기 때문이다. 다시 말해서 누구의 꿈이든, 누가 보는 거울이든, 고정된 주체나 실체는 없다는 것을 이미 알고 있는 것이다. 앨리스가 경험하는 정체성의 혼란도 같은 맥락에서 이해할 수 있다. 트위들 형제의 동의("Ditto!")는 그 누구도 주체가 되지 못하며 정체성을 유지할 수도 없다는 증거이다. 따라서 거울 밖이나 거울 속, 둘 중 하나는 실체에 틀림없다는 앨리스의 생각은 모순에 빠지게 된다.

이와 같이 《거울 나라》에서 거울은 실체에 대한 의문에서 한 발 더 나아가 실체의 허구성에 대한 가능성까지 암시하고 있다. "나"라는 개념은 거울이라는 도구가 보여주는 시각적 환상일 뿐이라는 것이다. 따라서 문학에서의 사실성이라는 것도 텍스트라는 거울이 만들어 내는 환상일 수 있다. 예를 들어 잭슨(Jackson)은 판타지의 기능을 논하면서, "사실적인 것"이라는 개념이 텍스트가 만들어 내는 하나의 범주에 불과한 것으로써, 판타지는 "사실적인 것"이 인공적이고 상대적인 것이라는 사실을 드러내는 역할을 한다고 주장한다(Jackson 84). 잭슨은 이어서 베르사니(Bersani)가 기존의 사실적이고 문화적인 개념으로서의 주체 개념을 넘어서고자 하는 욕망의 문제를 제기하고 있음을 상기시키면서, 이때 베르사니가 거울 이미지를 주체의 변형 또는 타자아 생성의 기제로 보고 있다는 점에 주목한다.

거울은 거리를 만들어 낸다. 거울은 다른 공간에 위치한 자아의 이미지(친숙하거나 낯선 형태의)를 보여줌으로써 우리의 자아 개념이 극단적인 변화를 맞게 되는 그러한 공간을 창출한다…. 거울은 자아가 다른 형태, 다른 인물, 다른 어떤 것으로 변형된 모습을 제공한다 (Bersani, Jackson 84에서 재인용).

주체라는 것이 사실성과 문화이데올로기의 결과이며, 이러한 주체 개념을 거부하거나 넘어서고자 하는 욕망이 주체의 변형, 타자아, 친숙한 것의 이질성 등의 형태로 구체화된다고 볼 때, 거울이야말로 그러한 과정을 보여주기에 가장 적합한 기제인지도 모른다. 그런데 베르사니와 잭슨의 논의에서 주목해야 할 것은 바로 주체문제를 촉발시키는 것이 욕망이라고 본다는 데 있다.

프로이트(Freud)에게 의식의 발달은 주체의 형성 과정과 일치하며 이는 또한 욕망의 억압을 의미한다. 주체와 타자가 구별되지 않는 주관성과 자기애(self-love)의 단계에서부터 애정의 대상으로서의 애착의 전이, 이어 현실 원리에 대한 복종으로 이어지는 과정이 모두 욕망의 억압과 변형을 통해 이루어지기 때문이다. 그런데 이 과정에서 각 단계 사이의 충돌과 갈등이 시각적 형태로 드러난다는 점은 매우 흥미롭다. 예를 들어 주체의 분열을 드러내는 대표적인 증상으로 절단된 신체, 변신, 타자아 등의 이미지를 들 수 있는데, 이러한 이미지들은 주체와 인식에서 시각적 이미지의 중요성과 기능을 다시 한 번 확인시켜 준다. 그리고 이는 프로이트를 재해석하는 과정에서 보여주는 라캉(Lacan)의 논의에서도 반복되고 있는 사항이다. 그가 주장하듯이 주체의 자아 인식이 타자의 시각을 통해 구성된다면 시각은 주체와 타자의 문제를 살펴보는 적절한 출발점을 제공한다. 따라서 라캉이 주체의 형성 과정과 타자의 관계를 살펴보면서 소위 "거울 단계"(mirror stage)라는 비유에 의존하는 것은 당연한 것이다. 그런데 라캉의 "거울 단계"가 보여주는 독특성은 주체의 형성 과정에서 타자와 욕망의 관계를 언어문제로 설명한다는 데 있다.[4] 거울 앞에 선 어린이에게 주체라는 시각적 이미지는 거울이라는 타인의 시각과 타인의 언어를 통해 형성된다. 사실 어린이에게 거울에 비친 자신의 모습은 이질적이고 낯선 이미지에 불과하다. 그러나 부모라는 타자가 그 이미지가 어린이 자신임을 알려 줌으로써 어린이는 이후 자신과 그 이미지를 동일시하게 된다. 이때 부모의 말은 일종의 "상징적 질서"를 의미하며 어린이는 그 언어와 거울 속 이미지를 결합하면서 자연스럽게 주체적 의식을 형성하고 소위 "상징 단계"로 진입하게 된다.

결국 거울은 언어, 욕망, 주체가 서로 만나는 환상의 장이며 따라서 의식과 무의식, 질서와 무질서, 주체와 타자, 의미와 무의미가 서로 주도권을 주장하고 경쟁하는 카니발의 광장이다. 캐롤의《거울 나

---

4) 라캉의 "거울 단계"는 주체 형성과 욕망의 관계에 대한 프로이트의 논의를 사실상 반복하고 있다고 할 수 있다. 차이가 있다면 그 논의가 주로 언어를 중심으로 이루어지고 있다는 점이며, 프로이트가 욕망이나 무의식을 분석과 체계화를 통해 억압과 극복의 대상으로 본 반면, 라캉은 그것을 필연적인 인간의 존재 조건으로 인정하고 따라서 주체의 불완전성을 수용한다는 데 있다.

라》의 중요성도 여기에 있다. 거울 속에서 앨리스가 경험하는 사건들은 단순히 환상적인 장면이나 허무맹랑한 말장난, 심심풀이식의 형식 논리가 아니다. 《거울 나라》의 에피소드들은 언어와 욕망, 주체에 대한 새로운 시각과 접근을 요구하는 난해한 문제를 제기하고 있으며, 앨리스가 거울 속으로 들어간 것은 바로 이 문제를 해결하기 위한 것이었다.


## II. 거울 앞에서

19세기 아동문학에서 흔히 발견되는 언어상의 도치, 말장난 등은 어린이의 의식 성장 과정을 보여주는 "거울 단계," 즉 정체성의 위치와 연관되어 있다(Sewell 144).[5] 정체성은 사실 동화나 아동문학의 대표적인 주제이며 이는 동화나 아동문학 연구에서 심리학적 접근이 대세를 이루고 있는 이유이기도 하다. 예를 들어 베텔하임(Bettelheim)은 어린이의 리비도가 사회질서에 부합하지 않으므로, 동화의 도덕적 측면을 통해 교화할 필요가 있음을 지적하고 있고, 프란츠(Marie-Louise Von Franz)는 융(Jung)의 원형의식을 기반으로 동화의 기능을 잃어버린 자아의 완결된 이미지를 추구하는 것이라고 보고 있다(Hunt 107). 결국 동화에 대한 고전적인 비평가들에서부터 라캉

---

5) 시웰은 이 내용이 *Aspect of Alice*에서 장 고든(Jan Gordon)이 이사벨르 장(Isabelle Jan)의 글을 인용한 것이라고 밝히고 있으나(Sewell 144) *Aspects of Alice*에서 정작 고든의 글, "The Alice books and the Metaphors of Victorian Childhood"에는 위의 인용문이 존재하지 않는다. 아마도 시웰의 착각이거나 편집상의 실수인 듯 보인다. 본 논문에서는 시웰의 주장이 담긴 쪽수를 출처로 대신했다.

에 이르기까지 어린이, 언어, 의식과 관련된 논의는 정체성 문제를 중심으로 이루어지고 있는 것이다. 그런데 정체성이란 앞에서 살펴보았듯이 결국 실제(the real)와 비실제(the unreal)의 문제이며, 거울에 대한 비유를 사용한다면, 거울의 밖과 안, 거울을 보는 자와 거울에 비친 자 중에서 누가 진짜(real)인가라는 문제로 볼 수 있다. 그러나 이 문제는 다시 본질적인 질문으로 이어진다. 실제 또는 진짜라는 개념 자체의 신빙성 문제이다. 과연 실제라는 것은 정말로 존재하는 것인가? 허구의 가능성은 없을까? 그것은 경험 가능한 것인가? 르세르클(Lecercle)은 부정적인 입장을 보이고 있다.

주체가 살고 있는 현실은 그 주체가 구성한 것이다. 그러나 잃어버린 원초적 경험 또는 트라우마만이 '실제'이며 주체가 구성한 현실은 그 '실제'에 대한 신화 또는 잃어버린 원래의 진실에 대한 대체물에 불과하다. 실제는 영원히 주체의 영역 너머에 존재하며 따라서 일종의 무(無), 죽음 또는 불가능성 등 부정적으로만 정의될 수 있을 뿐이다. 실제란 인위적인 구성물로서 상징적이고 상상적인 과정의 결과이다. 그러나 이 구성물(랑그라는 언어적 구성물처럼)은 단지 그렇게 존재할 뿐 수렴이나 설명이 불가능한 실제의 사실성에 근거한 것으로써, 우리는 그에 대해 어떤 통제력도 지식도 가지고 있지 못하다(Lecercle 154).

만약 실제라는 것이 인위적으로 구성된 것이며 죽음이나 불가능성 등 현실적 경험의 한계를 벗어나는 것이라면 그것은 최소한 의식과 언어, 주체와 타자의 개념이 존재하기 전의 "원초적 경험"의 세계, 속칭 "환상 단계"에서만 가능할 뿐이다. 따라서 실제나 주체는 경험과 의식, 언어의 세계에서는 존재할 수 없는 허구적인 개념일 뿐이다. 라캉이 거울에 대한 비유를 통해 주체의 형성 과정을 다루면서 동시에 주체 개념의 허구성을 드러내고 있는 것도 유사한 맥락에서 이해할 수 있다. 주체는 언어라는 "상징 단계"의 산물이지만 언어 자체가 의미의 차이와 분열에 의존하므로 주체가 분열되지 않고 온전한 모습으로 "원초적 경험"의 세계를 경험하는 것은 불가능하며, 그 불가능성에 대한 욕망은 영원히 실현되지 않은 채 언어 속에서 계속 미끄러지고 지연된다.

　라캉에 따르면 정체성이나 주체의 개념은 타인, 특히 타인의 언어를 통해 구성된다. 다시 말해서 인간은 타인의 세계에 던져지면서 자아 의식을 형성하기 시작하는 것이다. 그러나 낯선 타인의 세계, 타인의 언어는 정체성에 대한 기존의 믿음이 환상이었음을 지적한다. 레드 킹의 꿈이 바로 그런 경우이다. 트위들 형제의 주장에 따르면, 앨리스는 레드 킹의 꿈속에 존재하는 인물이고, 따라서 《거울 나라》는 레드 킹이 자신의 꿈속에서 바라보는 앨리스의 모습을 묘사한 것이 된다. 즉 거울 속에서 주체라고 믿었던 앨리스의 믿음과는 달리 사실은 레드 킹이라는 주체가 바라보는 타자에 불과했던 것이다. 따라서 《거울 나라》는 레드 킹이 앨리스에 대한 자신의 꿈을 이야기하는 것이며 이 이야기, 즉 《거울 나라》와 앨리스의 모험을 구성하는 것은 레드 킹의 목소리, 그의 언어이다. 그런데 트위들 형제의 말과 달리 결국 꿈에서 깨어나는 것은 앨리스이다. 그렇다면 앨리스는 자신에 대한 꿈을 꾸고 있는 레드 킹에 대한 꿈을 꾼 것인가? 그리고 《거울 나라》는 꿈을 꾼 후 앨리스가 고양이 키티(Kitty)에게 전해 주는 내용인가? 도대체 누구의 꿈인가? 실제로 캐롤은 《거울 나라》의 마지막을 이 질문("which do you think it was?")으로 끝맺고 있다.

주체가 언어에 의해 구성된다면 언어의 위기는 주체 개념의 붕괴와 정체성의 혼란을 가져온다. 그리고 이 혼란은 누구의 꿈인가라는 문제와 마찬가지로 누구의 언어인가? 즉 언어의 주인이 누구인가라는 문제로 이어진다. 험프티 덤프티(Humpty Dumpty)의 경우가 대표적이다.

"내가 하는 말에는" 험프트 덤프티가 깔보는 투로 말했어요. "언제나 내가 원하는 의미만 있는 거야."

"그렇다면 문제는" 앨리스가 말했어요. "말이 그렇게 많은 걸 의미하게 할 수 있느냐는 거지요."

"문제는 그게 아니고" 험프티 덤프티가 말했어요. "누가 주인이 되느냐는 거지. 바로 그거야"(Carroll 163).

험프티 덤프티는 자신이 언어의 주인이라고 믿고 있다. 따라서 의미는 자신이 부과하는 대로 바뀔 수 있으며 자신의 이름이 생김새를 의미하듯이("My name means the shape I am"), "앨리스"라는 이름이 의미를 가지기 위해서는 "눈이 코와 같은 쪽에 붙어 있든지 입이 머리 위에 있든지"(Carroll 168) 무엇이든 다른 사람들과 다른 점이 있어야만 한다.

험프티 덤프티는 언어의 의미가 주체의 의도, 의지에 따라 바뀌고 현실의 물리적 법칙이 언어와 의도에 복종해야 한다고 주장한다. 그런데 래킨(Rackin)에 따르면 이는 험프티 덤프티의 유아론적 언어관을 보여주는 증거로서, 어린이 특유의 언어학적 나르시시즘을 암시한다(Rackin 85). 래킨의 이러한 주장은 어린이나 원시인의 의식과 언어에 나타나는 애니미즘적 사고 또는 "사고의 전능성"을 연상시키는데, 이는 세계의 모든 것이 서로 특정한 의도에 따라 연결되어 있고 이 세계는 주체의 의도에 따라 변형되고 복종해야 한다는 믿음, 즉 일종의 "정신적 과정에 대한 나르시시즘적인 과대평가"(Freud, *Uncanny* 240)와 관련되어 있다. 물론 이러한 나르시시즘은 주체와 타자가 완벽히 구별되지 않은 상황, 라캉식으로 표현하자면, 언어라는 상징 체계에 진입하지 못한 상황을 의미하는 것이다. 잭슨은 환상성과 관련하여 이러한 "원초적 나르시시즘"을 일종의 퇴행 또는 "거울 단계" 이전으로 되돌아가고자 하는 무의식적 욕망으로 설명하고 있다.

이원론을 중심으로 한 판타지의 상당수가 이러한 갈등, 즉 원래의 원초적 나르시시즘과 이 자연스러운 욕망을 좌절시키는 이상적 자아 사이의 분열을 극화하고 있다. 이러한 판타지들은 차이가 부재하는 상태 또는 거울 단계와 그에 따른 이원론 이전의 상황으로 회귀하고자 한다(89).

프로이트 · 라캉 · 잭슨의 논의의 공통된 논거는 언어 속에 억압된 욕망이 자리잡고 있다는 것이다. 그리고 이 욕망은 주체의 불완전성을 증명하는 근거로 남아 영원히 성취될 수 없는 원초적 욕망을 되살려 내고 이성과 통제, 논리와 언어의 틈새를 엿보며 "억압된 것의 귀환"을 꿈꾼다. 예를 들어 프로이트의 말실수에 대한 연구가 대표적이다. 말실수는 현실 원리의 틈새를 뚫고 나온 리비도와 욕망의 구현이며, 문맥을 벗어나는 이러한 말실수의 숨겨진 의도는 언어의 문법적 규칙이나 의사소통의 체계를 파괴하는 형태로 구체화된다. 캐롤의 작품들에 등장하는 과도한 말장난, 난센스, 극단적인 논리는 어린이의 미숙한 의식이라는 변명하에 이루어지는 언어와 욕망의 무질서한 축제를 보여주고 있는데, 《거울 나라》에서 이는 특히 포트망토(portmanteau)라 불리는 합성어를 통해 잘 나타난다. 두 개의 서로 다른 의미를 인위적으로 결합한 포트망토 합성어는 두 가지 의미 가능성의 그 어느 것에도 속하지 않으며 또한 제3의 의미로 통합되지도 않는다. 의미의 가능성들을 암시하지만 어느 의미에도 고정되지 않는 것이다. 프로이트가 합성어를 성적인 의미를 가진 단어들의 파편들을 뭉쳐 놓은 것(Lecercle 66)이라고 주장했다고 해서 이를 합성어에서 성적 상징을 찾아낼 수 있다는 의미로 해석해서는 안 된다. 이는 욕망이 언어로 구현되는 과정에서 필연적으로 억압되고 변형되기 마련이며, 따라서 언어 속에는 억압된 욕망이 숨겨져 있고 이 욕망은 꿈이나 농담, 말실수 등에서 볼 수 있듯이 언제나 자신을 드러내고 기존의 규칙을 부정할 기회를 엿보고 있다는 의미이다. 예를 들어 압축과 전치라는 꿈의 작용은 욕망이 간접적으로 자신을 드러내는 대표적인 방식이다. 그런데 잘 알려져 있듯이, 압축과 전치는 은유와 환유라는 수사적 장치와 매우 유사하며 이러한 유사성은 언어의 예술적 창조성을 설명하는 데 큰 도움이 되기도 한다. 그렇다면 사회적 규약과 문법성, 의미와 의사소통을 거부하는 언어가 과연 어떤 창조성을 보여줄 수 있을까? 언어에 내재한 원초적 욕망은 과연 어느 정도까지 언어적 형태로 구현될 수 있을까? 캐롤의 장편 난센스 시 〈스나크 사냥 The Hunting of the Snark〉에서 이 문제를 살펴볼 수 있다.

## III. 거울 속으로

〈스나크 사냥〉은 여덟 개의 구절로 구성된 일종의 난센스 시로 상상 속의 동물인 스나크 또는 부점(Boojum)을 잡으러 떠나는 선원들의 이야기이다. 이 시가 난센스인 이유는 특정한 주제나 플롯도 없고 이미지나 행들 간의 무작위적 연결로 인해 특정한 의미나 메시지가 형성되지 않는다는 점일 것이다. 그러나 가장 흥미로운 것은 이 시 자체가 원래 무의미한 말에서 시작되었다는 점이다. 시웰(Sewell)에 따르면, 이 시는 캐롤이 산책을 하다가 무의식적으로 떠올린 어귀, "스나크는 아시다시피 부점이었으니까"(For the Snark was a Boojum, you see)라는 무의미한 말에서 시작된 것이다. 그리고 그 말이 무슨 의미인지는 캐롤 자신도 알지 못하고 있었다. 다음은 그 시에 대한 캐롤의 언급과 그에 대한 시웰의 설명이다.

"당시 나는 그 말이 무슨 뜻인지 몰랐고 지금도 알지 못한다. 어쨌든 나는 그 말을 적어두었고 시간이 지난 후 나머지 문구들이 떠올랐는데, 그 말이 첫행의 시작이었다."

그 산책이 있었던 날로부터 4일 후 4행으로 이루어진 연(聯)이 완성되었다. 완성된 연은 다음과 같았다.

그가 소리 내어 말하려 했던 그 말 도중에

그의 웃음과 환희 그 도중에

그는 살짝 그리고 갑자기 사라졌다―

스나크는 아시다시피 부점이었으니까.

〈스나크 사냥〉 전체가 이와 같이 이 행에서부터 시작해 거꾸로 구성
되었던 것이다(Sewell 8).


여덟 개의 절로 구성된 이 장편 시는 이와 같이 무의미하게 튀어
나온 말에서 시작된 것이며 흥미롭게도 마지막 행이 먼저 쓰여진 후
전편의 내용이 이후에 구성되는 도치된 형태의 창작 과정을 거치고
있다. 문제는 시의 창작을 촉발시킨 어구이자 시의 마지막을 장식하
는 말("스나크는 아시다시피 부점이었으니까")이 아무런 의미도 가지
지 못하는 무의미한 소리라는 점이다. 다시 말해서 〈스나크 사냥〉은
무의미의 산물이며 따라서 시 전체도 특정한 메시지나 주제, 의미를
구현하지 못한 채 난센스로 남게 되는 것이다.

무의미는 물론 의미의 반대이며 난센스의 핵심요소이다. 그런데 의
미가 어떤 특정한 의미 형성의 체계나 구조의 산물이라면 무의미 그
리고 무의미로 이루어지는 난센스는 단순히 의미의 부정 또는 의미
가능성의 부재라기보다는 기존의 사회적 규약으로서의 의미 형성 기
제의 거부이며 파괴라고 할 수 있다. 따라서 무의미나 난센스에도 언
어상의 논리가 전혀 존재하지 않는다고 보기는 어렵다. 단지 비사회
적이고 극히 주관적인 논리이기 때문에 의사소통 기능을 가지지 못
할 뿐이며, 그것이 논리를 가질 수 있다면 표현과 창조의 도구로 작
용할 수 있는 가능성은 남아 있다고 할 수 있다. 따라서 캐롤이 "자
체적으로 논리를 갖추고 일관성을 유지할 수만 있다면 어느 작가나

자기 자신만의 규칙을 채택할 수 있다"(Gardner 214)고 주장한 것도 규칙과 논리라는 언어의 특성과 그러한 특성이 극단적으로 강조되거나 무시되었을 때 단순한 의사소통이 아니라 독자적이고 주관적인 체계를 통해 창조적 기능을 가질 수 있다고 보았기 때문이다. 사실 많은 시인들이 언어의 창조적 기능을 극대화하기 위해 독자적인 언어, 주관적인 의미 기제를 추구한 바 있으며 이들은 이 과정에서 기존의 언어를 부정하고 파괴하며 평가절하했다. 언어의 논리적 특성이 의미를 가능케 하지만 동시에 무질서하고 가변적인 욕망과 무의식을 직접 반영하기에 방해가 될 수 있다고 생각한 초현실주의자들이 대표적인 경우이다. 예를 들어 앙드레 브레통(André Breton)은 기존 언어에 대한 평가절하의 선구자로서 로트레아몽 · 랭보 · 말라르메와 함께 루이스 캐롤을 포함시키기도 했는데, 그의 주장에 따르면, 캐롤의 언어는 "또 다른 논리, 더 이상 일반적인 언어의 논리가 아니라 무의식의 논리, 즉 욕망의 논리"를 보여주고 있다(Sewell 96). 그렇다면 결국 무의식과 욕망은 기존의 언어 체계를 부정하면서 무의미와 난센스의 미학을 만들어 내는 핵심적 추동력이며, 캐롤의 〈스나크 사냥〉은 바로 무의식의 창조적 기능을 보여주는 실례라고 할 수 있을 것이다. 그러나 문제는 아직도 남아 있다. 언어는 어느 정도까지 욕망을 충족시켜 줄 수 있을까? 욕망을 완벽히 반영하는 언어가 가능한 것인가? 또는 상징 체계를 유지하면서 상상적 영역에 이르는 것이 가능한 것인가라는 문제는 아직도 명확하지 않다.

논리성만 유지된다면 어느 작가나 자신만의 규칙을 채택할 수 있다는 주장에서 알 수 있듯이, 언어의 논리적 · 형식적 측면에 대한 캐롤의 관심은 수학자 · 논리학자로서 개인적인 그의 꼼꼼한 성격과도 관련이 있는 듯하며, 특히 꼼꼼한 성격은 완전주의와 순수성을 지향하는 모습으로 이어진다. 평소 캐롤이 작품의 출판 과정에서 보여주었던 편집상의 철저함, 삽화에 대한 끊임없는 간섭과 통제는 그의 완전주의 성격의 증거이며(Cohen 129), 완전함이 가진 순수의 이미지는 앨리스를 위시한 여주인공에 대한 태도에서도 드러나는데, 특히 〈실비와 브루노 Sylive and Bruno〉에서 캐롤은 실비(Sylvie)를 "순수성의 구현"으로 묘사하고자 했다(Sewell 132). 사실 언어에 대한 편집적일 정도의 집착, 기존 언어의 한계에 대한 인식과 사적 언어의 가능성, 그리고 이를 통한 언어적 완전성 또는 순수성의 추구는 캐롤뿐 아니라 순수 언어, 순수시를 지향했던 여타의 예술가들에게서도 발견되는 사항이다. 그러나 이러한 순수 언어, 순수시에 대한 추구는 결코 쉽게 이루어지지 않는다. 예를 들어 언어의 유희, 규칙과 통제, 논리와 지성, 철자 바꾸기와 말장난, 자아 반영적 글쓰기 등 캐롤과도 매우 유사한 면을 보여주었던 말라르메(Malarme)의 경우를 들 수 있는데(Sewell 160), 과도한 시적 상상력과 순수성에 대한 그의 집착은 "순수한 작품의 무서운 비전"이라는 그의 말에서도 드러나듯이, 죽음과 무(無), 사라짐의 이미지에 시달리는 결과를 가져왔다.[6]

완전성이나 순수성이라는 것이 성취 가능한 것인가라는 문제 이전에 말라르메를 괴롭혔던 그 "무서운 비전"은 그것의 성취가 결코 간단하지 않음을 암시한다. 특히 그것이 언어라는 매개체를 통해서 이

---

6) 캐롤에게도 죽음이나 사라짐의 이미지가 많이 등장한다. 앨리스는 항상 자신이 "촛불처럼" 사라지지 않을까 두려워하며, 〈스나크 사냥〉에서 유일하게 스나크를 보게 되는 베이커(Baker)는 스나크를 보는 순간 사라져 버린다. 시웰은 캐롤과 말라르메를 비교하면서, 캐롤이 앨리스라는 어린 소녀를 대신 내세움으로써 말라르메가 겪었던 불안감에서 벗어날 수 있었다고 주장한다(Sewell 15).

루어져야 한다면 더욱 어려운 일이다. 예를 들어 라캉의 "거울 단계"는 주체의 불완전성뿐 아니라 상징 체계로서의 언어가 "거울 단계" 이전의 원초적이고 순수한 욕망의 영역과 양립될 수 없음을 보여주고 있다. 게다가 주체의 개념이 언어의 산물이라면 상징 이전의 단계, 즉 상상적인 영역으로의 여행은 결코 인간의 언어로 구현될 수 없을 것이다. 잭슨은 이를 다음과 같이 설명한다.

상상적 영역을 묘사하는 것은 불가능하다. 이 영역은 불명확하며 여기에는 "인간적" 담론이 존재하지 않는다. 여기에 문학의 목소리를 제공하는 것은 분명 모순이다. 또한 인간이 "인간성," 언어를 유지한 채 이 영역으로 되돌아갈 수도 없다(Jackson 90).

그러나 잭슨의 주장에도 불구하고 언어의 한계를 부정하면서 언어 자체의 일반적 논리를 극단적으로 추구하거나 또는 그 한계나 경계선을 벗어난다면 어떻게 될까? 잭슨은 그것이 불가능하다고 말하지만 어떤 의미에서 문학이 결국 욕망으로서의 언어가 가진 창조성과 잠재력을 극대화시키는 것이라면, 문학이 존재하는 한 그러한 노력은 사라지지 않을 것이며 언어의 한계를 넘어서려는 극단적인 실험도 계속될 수밖에 없을 것이다. 그리고 그러한 극단적인 실험, 경계를 벗어나고 욕망이 직접 통제되지 않은 목소리를 들려주는 글쓰기가 곧 르세르클(Lecercle)이 말하는 "델리르"(délire: delirium)의 글쓰기이다.

# IV. 거울 속에서

언어와 주체에 대한 연구에서 언어를 주체의 형성 과정과 연결시키는 경우를 자주 볼 수 있다. 그리고 이러한 연구는 흔히 주체가 언어에 의해 구성되며 나아가 주체는 그 언어를 통해 세계를 이해하고 조직화시킬 수 있다는 주장으로 연결된다. 이 과정에서 특히 구조주의 언어학은 체계 · 규칙 · 차이를 중심으로 언어 속에 내재한 무의식과 욕망을 통제와 배척의 대상으로 보았다. 그러나 이러한 언어관은 언어의 인공성 · 인위성을 강조함으로써 언어 자체의 자율성을 부정하며 어떤 의미에서, 언어 자체가 무엇인지는 알려 주지 못한다. 언어가 가지는 일종의 물질적 · 비이성적 측면을 배제하기 때문이다. 그러나 의미가 무의미와의 상호 대립, 보완적 관계에서 가능하듯이 일반적으로 언어에서 배제되었던 측면들도 분명 언어의 일부분이며, 어쩌면 기존의 인정된 측면들 못지않게 중요할 수도 있다. 《거울 나라》에서 레드 퀸은 언어의 사전적 기능만을 고집하며 "언덕"과 "계곡"의 차이를 주장하는 앨리스에게 "너는 그것을 난센스라고 할지 몰라도, 나는 사전만큼이나 이치에 맞는 난센스도 들어본 적이 있단다!"(Carroll 125)라고 대답한다. 앨리스의 언어가 추상적이고 체계적이며 의사소통을 위한 사전의 언어라면, 레드 퀸의 언어는 물질적이고 개인적이며 욕망과 충동의 언어이다. "델리르"는 일반적인 언어 연구에서 배제되어 왔던 언어의 또 다른 측면이고 레드 퀸이 지향하는 물질성과 욕망의 언어이다. 다시 말해서 그것은 "추상적 언어, 구조주의적 언어와 대비되는 언어, 본능적 충동을 표현하는 언어의 그 그늘진 측면으로, 언어의 물질성과 주체의 욕망을 강조하는 언어"(Lecercle 11)인 것이다. 이것은 통제되지 않은 욕망의 언어, 즉 "상징 단계" 이전의 언어로 크리스테바(Kristeva)가 말하는 일종의 "코라"(Chora)이며, "상징적인 것"의 통제와 억압에 대항해 언제나 귀환을 꿈꾸는 억압된 언어이다. 따라서 "델리르"는 언어에 내재한 주체의 통제와 지배라는 관점에 대항하는 "코라"의 언어, "상징 체계"와 언어 이전 단계 또는 "혼돈"의 언어 사이에서 벌어지는 갈등을 보여주는 글쓰기이다.

"델리르"는 언어에 대한 인간의 통제와 지배력이 약화되거나 부정될 때 발생한다. 그리고 그 지배력의 부정은 아이러니하게도 언어의 구조적 측면, 특히 규칙과 체계의 극단적인 추구 과정에서 이루어진다. 앞에서 살펴보았듯이, 언어의 규칙과 논리성에 대한 캐롤의 과도한 관심이 작품 속에서 의사소통을 방해하는 과도한 말장난이나 난센스, 합성어, 형식 논리로 구체화되는 경우가 대표적이다. 그런데 르세르클은 캐롤보다 더 극단적인 경우를 통해 "델리르"의 글쓰기의 전형을 소개하고 있다. 레이몽 루셀(Raymond Russel)의 《아프리카에 대한 인상들 *Impressions d'Afrique*》이 그것이다.

루셀의 《아프리카에 대한 인상들》은 이중의 의미를 가진 단어들을 통해 서로 다른 두 개의 문장을 형성하며, 말장난을 통해 신조어를 창조하여 부조리한 지시관계를 형성하는 방식으로 서술되어 있다 (Lecercle 18-20 참조). 따라서 특정한 의미를 형성하는 것이 애초에 불가능한데, 이는 언어를 특정한 메시지의 전달매체로 보지 않았기 때문이다. 작품 자체가 "아프리카에 대한 인상들"이 아니라 언어 자체의 다양한 전개 가능성을 목적으로 한 것이므로 메시지나 내용은 전혀 중요하지 않은 것이다. 따라서 이는 일종의 "언어에 대한 경험"을 서술한 것으로써, 이때의 경험은 "언어에 대한 정열"이고 그 언어는 작가의 손을 벗어나 "자체적인 규칙을 부과"하는 자율적인 언어이다(Lecercle 22). 다시 말해서, 작가는 언어에 의해 구성된 주체가 아니라 언어에 "지배되는" 주체이며, 이 작품은 작가가 말하는 것이 아니라 언어가 말을 하고 있는 것이다. 따라서 의미에 대한 통제가 이루어지지 않으므로 일종의 난센스가 되어 버린다.

난센스는 정신착란(délire: delirium), 농담, 말실수, 꿈, 증상 등과 함께 구조화를 거부하고 규칙에 저항하는 언어이다. 따라서 꿈을 소재로 한 캐롤의 작품에서 말장난, 농담, 난센스가 가득한 것은 당연한 것인지도 모른다. 사실 난센스는 캐롤 작품의 대표적인 특징이며 그의 작품이 "델리르"의 글쓰기와 연결되는 가장 핵심적인 지점이기도 하다. 그리고 이러한 난센스 또는 "델리르"는 바로 질서를 중심으로 구조주의적 시각이 지배하는 언어적 경계선을 넘어설 때 발생한다.[7] 특히 캐롤의 작품에 나타난 난센스들은 이러한 "델리르"의 글쓰기가 보여주는 가장 직접적인 특징, 즉 주체의 통제를 벗어나는 언어, 언어 자체가 자율성을 가지고 스스로 말을 하는 "정신착란"의 상황을 잘 보여준다. 예를 들어 《이상한 나라》의 재판 장면에서 문제가 된 편지는 대명사들로 가득하나 지시대상이 존재하지 않으며 그 편지의 필자 또한 존재하지 않는다. 앨리스가 외우는 시들은 모두 원

---

7) 스트래치(Strachey)는 난센스를 "질서 속에 불가능하고 부자연스러운 것을 삽입하고 기존의 것을 뒤집어 혼란을 가져오게 하는 것"으로 보고 있으며, 티제스(Tigges)는 "의미와 무의미 사이의 긴장"으로 보고 있는데(Tigges 4, 8), 두 가지 입장 모두 구별과 차이, 경계선과 파괴라는 개념에 근거한다는 공통점을 보여준다.

래와는 다른 "엉터리 말"이며 다른 인물들도 자신들이 암송하는 시가 무슨 의미인지 모르고, 때때로 험프티 덤프티처럼 자신이 어린이들이 암송하는 시 속의 인물이라는 것을 알지 못한다. 언어의 주체가 존재하는 듯 보이지만 주체는 언어를 전혀 통제하지 못하고 오히려 언어가 스스로 말을 하거나 편의에 따라 주체를 선택하여 그의 목소리를 빌리고 있을 뿐이다.

만약 언어가 의미와 무의미 사이의 경계선에서 발생하는 차이들의 체계라면 의미는 무의미와의 상호 관계에서 발생하는 것으로 볼 수 있으며 나아가 무의미가 의미의 발생 조건이라고 할 수도 있을 것이다. 그렇다면 난센스는 어떤 의미에서 언어와 의미의 관계를 탐색할 수 있게 해주는 일종의 메타언어가 될 수 있을 것이다. 그리고 이는 "델리르"의 글쓰기 또는 캐롤의 작품에도 적용되는 사항이다.

델리르는 특별한 형태의 담론이다. 그것은 언어와 관련되어 있고, 문학이 그렇듯이 본질적으로 메타언어적이다. 그것은 그 자체의 이론에 매우 근접한 형태의 언어적 실천을 의미한다(Lecerlce 155).

캐롤의 작품들은 어린이의 미숙한 의식과 언어를 극화하고 있다. 다시 말해서 언어적 사회화 과정이 완결되지 않은 상태를 묘사하고 있는 것이다. 따라서 작품 속에서 사회적 규약으로서의 언어와 개인적 욕망으로서의 언어가 공존하는 것은 당연하다. 말장난이나 난센스로 구체화되는 주인공 앨리스와 등장인물들 간의 언어상의 갈등은 이러한 공존을 보여주는 증거로서, 앨리스가 사회적, 의사소통의 언어를 대표한다면 다른 인물들의 개인적이고 유아론적인 언어는

"상징 단계" 이전의 언어, 또는 "사고의 전능성"을 특징으로 하는 원시적이고 애니미즘적인 사고를 대표한다.

이와 함께 주목해야 할 것은 캐롤 작품의 에피소드들이 대부분 기존의 동시나 동요에 대한 패러디에 의존하고 있으며 언제나 언어와 논리상의 흥미로운 문제를 제기하고 있다는 것이다. 따라서 작품 전체가 "비판적 거리"[8]를 통해 기존의 언어적 구성을 끊임없이 해체하고 재구성하며, 말장난과 논리를 통해 기존의 언어관에 의문을 제기하고 대안을 모색한다. 캐롤의 언어가 메타언어가 되는 것은 이 때문이며, 캐롤에게 글쓰기는 언어에 대한 비판이자 대안을 향한 구체적인 실천이기도 하다. 그리고 그 실천은 언어에 자율성을 되돌려 줌으로써 문학이 분석과 분류, 체계화를 통한 의미 형성의 대상이 아니라 언어와 욕망의 자유로운 창조성을 극대화시키는 하나의 적극적인 행위임을 보여준다. 따라서 캐롤의 글쓰기는 억압과 배제, 증상의 분석과 의미의 부과를 중심으로 한 프로이트의 작업과는 거리가 있다. 프로이트에게 증상은 원인과 의미(또는 치료)를 이어 주는 매개적 사건으로서 그것은 무의식과 욕망이라는 깊이의 상징적 표현이다. 그러나 캐롤에게는 깊이가 존재하지 않는다. 증상이나 상징이 없기 때문이다. 따라서 들뢰즈(Deleuze)가 의미를 어떤 "표면상의 효과"로 보면서 캐롤의 작품을 예로 든 것은 적절해 보인다.[9] 실제로 캐롤의 난센스 시, "재버워키"를 직접 번역하기도 했던 아르토(Artaud)는 "재버워키"에 "영혼이 부재"하며 "언어만이 말하고 있는 정신적 진공"

---

8) 허천(Hutcheon)은 패러디를 원작에 대한 "비판적 거리를 가진 반복"으로 정의하고 있다(Hutcheon 6).

9) 질 들뢰즈. 이정우 역. 《의미의 논리》. 한길사, 2000 참조.

이라고 평하면서 그의 언어가 깊이가 없는 "표면의 언어"라고 비판한 바 있다(Sewell 107-108).[10] 그러나 사건을 통해 효과로 구체화되기까지 표면은 의미와 무의미가 일종의 잠재성으로 존재하는 공존의 장이기도 하다. 따라서 "표면의 언어"라는 아르토의 언급은 타당한 것이지만 아르토는 그 표면이 "델리르"의 언어가 실행되는 장소이고 조건이며, 나아가 언어에 대한 구조주의와 프로이트의 "편집증적 분석"에서 벗어나 들뢰즈의 소위 "분열증적 분석"의 실천의 장이될 수도 있다는 사실까지는 알지 못했다. 전통적 시각에서 언어가 깊이와 의미의 문제였다면 "델리르"의 언어는 행위이고 효과이며, 이것은 "델리르"와 "분열증적 분석"을 연결하는 연결고리이다.

델리르는 의미하지 않는다. 그것은 행위한다. 그것은 의미의 전달이 아니라 특정한 결합의 효과이다. 델리르의 정치학이 있다. 그리고 분열증적 분석은 그 정치학의 선언서이다(Lecercle 185).

들뢰즈의 "분열증적 분석"은 기존의 사상에서 볼 수 있는 속칭 "수목적(樹木的)" 사고에 대한 비판과 연결되어 있다. "수목적" 사고는 중심과 깊이, 정착성을 중심으로 이루어지는 사유방식으로서 욕망의 리비도적 에너지의 자유로운 흐름과 가변성을 부정한다. 따라서 "수목적" 사고에서는 "델리르"가 자리잡을 여지가 존재하지 않으며 언어는 욕망의 역동적 창조성을 빼앗긴 채 고정된 추상적 체계로 남게

---

10) 아르토의 언어는 깊이의 언어이다. 특히 비명소리, 거친 소음, 속삭임 등 일종의 신체의 언어로서, 고통과 괴로움이 클수록 언어의 깊이도 깊어진다. 언어의 이러한 물질적·육체적 측면은 "델리르"의 언어를 구성하는 또 다른 요소이기도 하다.

되고, 글쓰기는 개연성과 사실성이라는 인위적 개념하에서 실제라는 허구적 대상에 대한 결실 없는 구애에서 벗어나지 못한다. 이러한 문제에도 불구하고 "수목적" 사고는 쉽게 흔들리지 않는다. 뿌리가 있기 때문이다. 수많은 가지들을 통합하고 있는 줄기와 이 줄기를 받쳐 주는 뿌리가 있기 때문이다. 그러나 "델리르"는 깊이를 부정하고 수많은 가지들이 줄기로 통합되지 않은 채 자유롭게 뻗어 가고 결합되는 글쓰기를 보여준다. 그리고 캐롤은 그 예를 누구보다도 가장 직접적으로 보여주는 작가이다. 캐롤의 세계에는 뿌리와 깊이가 없다. 어린이의 꿈속에서 기존의 현실적 가치와 체계는 자유롭게 변형되며 흘러 다니다가 무질서하게 결합하면서 난센스와 합성어를 만들어 낸다. 에피소드들 역시 방향이나 목적을 거부한 채 자유롭게 떠돌고 서로 결합한다. 체셔 고양이의 말대로, 어느 곳으로 가야 할지를 신경 쓰지 않는다면 "어느 쪽 길을 택하느냐는 문제가 되지 않는다"(Carroll 51). 어느 길을 택할 것인가라는 문제는 다음 에피소드를 결정하는 중요한 문제이다. 그러나 더 중요한 것은 어느 곳이든 "간다"는 사실이다. "어딘가에 도착할 만큼 충분히 오래 가기만 한다면"(51) 그곳이 모자장수의 집이든 3월 토끼의 집이든 달라질 것은 없다. 그리고 이러한 캐롤의 에피소드 구성은 결국 들뢰즈가 말하는 "유목적" 사고와 매우 유사하다.

"유목적" 사고는 "수목적" 사고에 대한 비판이자 대안이며, 이는 다시 "분자" 또는 "리좀"(rhizome)들의 자유로운 결합, 그리고 그 결합이 만들어 내는 무한한 변형 또는 "되기"(becoming)로 이어지면서 들뢰즈의 반구조주의적 사유의 핵심을 구성한다.[11] 그리고 들뢰즈는 자신의 사유를 전개하기에 가장 적합한 작가, 즉 기존 언어와 사유 체계의 문제를 누구보다도 잘 인식하고 그 대안을 직접 글쓰기를 통해 보여주는 작가가 바로 캐롤이라는 것을 알고 있었다. 그가 《의미의 논리 *Logic of Sense*》에서 언어와 의미의 형성에 대한 논의의 상당 부분을 캐롤에 할애한 것은 이 때문이다. 지금까지 동화 또는 난센스로 분류되면서 주류 문학에서 배척되어 왔지만 그 배척받았던 언어가 사실은 언어, 욕망, 주체에 대한 새로운 이해를 가능케 하고 후기 구조주의적 사유의 핵심을 보여주는 실례가 될 수 있었던 것이다.

캐롤은 사실 엄격한 의미에서 직업적인 작가는 아니었다. 그러나 어린이의 의식과 언어를 주된 소재로 그는 언어 자체의 논리성, 의미 형성 문제 등에 대한 흥미로운 시각을 제공하고 있다. 그리고 그러한 시각이 현대의 대표적인 문학·언어·철학 이론의 핵심적인 논점에까지 연결된다는 사실은 캐롤 동화의 학문적 가치를 증명하는 근거이기도 하다. 특히 《거울 나라》에 나타난 거울 이미지는 주체와 언어에 대한 최근의 다양한 논의들을 일목요연하게 살펴보고 이해할 수 있게 해준다는 의미에서 문학과 언어의 문제에 대한 후기 구조주의적 이론의 입문서와 같은 역할을 하고 있다. 다시 말해서 캐롤의 작품에서 제기되는 욕망·언어·주체 등의 문제는 문학이 어떻게 인간이라는 문제를 바라보고 접근하는지, 특히 그 과정에서 후기 구조주의적 시각이 어떻게 적용되고 전개되는지를 보여주는 가장 적절한 예인 것이다. 물론 캐롤의 작품이 어떤 문제에 완벽한 해결책이

---

11) 캐롤의 작품에는 들뢰즈의 대표적 개념을 연상시키는 장면들이 매우 자주 등장한다. 예를 들어 앨리스의 신체 크기가 항상 변하며 실제로 뱀처럼 변하고 공작부인의 아기가 돼지로 변하는가 하면 병정들이 크로켓놀이의 골대가 되고 왕과 여왕은 종이카드이면서 동시에 인간이다. 또한 발에게 선물을 보내는 등의 절단된 신체의 이미지는 들뢰즈의 "기관 없는 신체"를 연상시킨다.

나 대안을 보여주는 것은 아니다. 예를 들어 앞에서 제기되었던 문제, 즉 언어와 욕망의 상호적 반영과 재현 가능성, 그 재현의 정도, 상상적 영역과 상징적 영역의 공존 가능성 등의 문제는 여전히 모호한 상태이다. 그러나 이러한 문제들은 어떤 의미에서 문학이 존재하는 한 결코 해결될 수 없는 문제들인지도 모른다. 해결이 된다면 더 이상 문학이 존재할 수 없을지도 모르기 때문이다. 체셔 고양이는 이렇게 말한다. "이곳에서 우리는 모두 미쳤어, 나도 미쳤고 너도 미쳤어… 그렇지 않다면 너는 이곳에 오지 않았을 거야"(Carroll 51). 일단 "거울 나라"에 들어서면 그곳은 자체적인 규칙이 적용되는 또 다른 현실이며 그곳에서는 이전의 현실이 오히려 "이상한 나라"가 되어 버린다. 모두가 미친 세계, 모든 글쓰기가 극단적인 "델리르"인 세계에서는 문학이 존재하지 못한다. 모든 문제가 해결될 수 있는 세계이고 욕망과 언어, 상상과 상징이 공존하는 언어가 가능하지만 거울 밖으로 나가는 순간 현실은 아무것도 해결되지 않았다는 것을 깨닫게 해준다. 모든 문제가 해결되는 환상의 세계에서는 문학이 존재하지 않으며 독서도 불가능하다. 따라서 모든 것이 가능했던 앨리스의 모험은 앨리스가 꿈에서 깨어났을 때 비로소 문학작품으로 변한다.

## 인용 문헌

질 들뢰즈. 이정우 역. 《의미의 논리》. 한길사, 2000.

Blake, Kathleen. *Play, Games, and Sport: The Literary World of Lewis*

*Carroll*. Ithaca: Cornell UP, 1974.

Carroll, Lewis. *Alice in Wonderland*. New York: Norton Critical Edition, 1992.

Cohen, Morten. *Lewis Carroll: A Biography*. New York: Alfred A. Knopf, 1995.

Freud, Sigmund. "The Uncanny," *The Standard Edition XVII*. London: The Hogarth Press, 1975.

Gardner, Martin. *The Annotated Alice*. New York: Norton, 2000.

Heath, Peter. *The Philosopher's Alice*. New York: ST, Martin's Press, 1974.

Henkle, Roger. "Comedy from Inside" in *Alice in Wonderland*. Ed. D. Gray. New york: Norton Critical Edition, 1992.

Hunt, Peter. *Understanding Children's Literature*. London: Routledge, 2005.

Hutcheon, Linda. *A Theory of Parody*. London: Routledge, 1991.

Jackson, Rosemary. *Fantasy: The Literature of Subversion*. London: Routledge, 1998.

Lecercle, Jean-Jacque. *Philsophy through the Looking-Glass*. La Salle: Open Court, 1985.

Rackin, Donald. *Alice's Adventures in Wonderland and Through the Looking-Glass: Nonsens, Sense and Meaning*. New York: Twayne Publishers, 1991.

Sewell, Elizabeth. *Voices From France*. LCSNA, 2008.

Tigges, Wim. *An Anatomy of Nonsense*. Amsterdam: Rodopi, 1988.

# 제10장

# 비평과 창작으로서의 패러디: 루이스 캐롤의 《이상한 나라의 앨리스》 다시 쓰기

## I. 비평으로서의 창작

문학이 특정 시대의 사회상을 묘사한다고 볼 때 여기에는 당연히 당대의 지배적 이데올로기나 시각이 직간접적으로 반영될 수밖에 없다. 따라서 작품에 대한 해석과 평가 또한 이러한 문제를 중심으로 이루어질 수밖에 없으며 이는 다시 비평 자체도 하나의 정치적 행위로 볼 수 있음을 암시한다. 작품 속의 지배 이데올로기에 대한 해석과 평가 또한 특정 시대의 중심적 시각과 담론의 형태에 영향을 받기 때문이다. 따라서 문학작품에 대한 포괄적이고 객관적인 비평은 불가능한 것인지도 모른다. 그러나 한편으로는 바로 이러한 이유로 인해서 작품의 의미와 가치가 고갈되거나 완결되지 않은 채 시대에 따라 새로운 시각을 요구하면서 해석의 풍요로움을 가능케 해주기도 한다.

예술 자체가 삶과 세계에 대한 비판적 언급이며 창작이 그러한 언급에 대한 예술적 구현 과정이라면 그 구현 과정, 즉 창작은 당연히

당대의 삶과 세계, 이데올로기에 대한 해석과 평가의 행위이기도 한
다. 따라서 창작과 비평은 삶과 세계를 대상으로 하는가 아니면 이
러한 언급에 대한 또 다른 언급인가라는 차이만이 있을 뿐 양자 모두
해석과 평가라는 측면에서 볼 때 거의 동일한 담론적 범주에 해당한
다고 볼 수 있다. 다시 말해서 창작과 비평이 따로 존재하지 않으며,
두 가지는 서로 중첩되고 혼재할 수 있다는 것이다. 따라서 작가와
비평가가 구별되지 않으며 창작은 곧 비평이 될 수 있고 비평행위가
창작 과정에 직접 반영되는 것도 가능하다. 유원지를 찾은 어느 가족
의 이야기이면서 동시에 포스트주의 시대에서 느끼는 작가의 창작상
의 난점들에 대한 비판적 언급이기도 한 존 바스(John Barth)의 《도깨
비 집에서 길을 잃고 Lost in the Funhouse》나, 다이엘 디포(Daniel
Defoe)의 《로빈슨 크루소 Robinson Crusoe》에 나타난 18세기 영국 제
국주의를 재해석하고 비판한 미셸 투르니에(Michel Tournier)의 《금요
일 또는 태평양의 한 구석 Vendredi ou les limbes du Pacifique》은 비
평으로서의 창작 또는 비평가로서의 작가의 이미지를 보여주는 수많
은 예 중의 일부일 뿐이다.

  그런데 비평으로서의 창작은 원작에 대한 소위 "비판적 거리"를
필요로 하는 만큼 대체로 패러디나 다시 쓰기(rewriting)의 형태를 띠
는 경우가 많다.[1] 또한 정전(canon)으로서의 성격이 강한 작품을 대
상으로 하는 경우가 많은데 이는 정전이 가진 보편성, 그리고 보편성

----

  1) 패러디는 일종의 기법이고 다시 쓰기는 장르적 개념이라는 느낌이 강하다. 따
  라서 패러디는 부분적으로 이루어지고 다시 쓰기는 원작 전체를 대상으로 하는 만
  큼 서로 차이가 있다. 그러나 본 논문에서는 원전 전체를 패러디한 작품들을 주로
  다루고 있으므로 양자 간의 차이를 명확히 구분하지 않고 있다.

이라는 개념에 숨어 있는 권위적 시각, 바흐친(Bakhtin)이 말하는 소위 "독백"의 언어 때문이라고 할 수 있다. 예를 들어 성경은 서구 정신문화의 근간을 이루는 정전으로서 보편성과 권위를 대표하는 반면 다양한 언어와 시각들이 서로 경쟁하며 삶과 세계의 풍요로움을 노래하고 기존의 질서에 의문을 던지는 "카니발"의 언어나 "대화적" 텍스트와는 거리가 멀다. 예를 들어 바흐친은 중세의 가치관이나 이미지가 수직적 상하관계로 이루어져 있었으나 르네상스와 라블레(Rabelais)의 예술세계에서는 수평적 관계로 바뀌었다고 보고 있다 (Bakhtin 400). 이러한 수평적 관계하에서 고전이나 정전은 숭배의 대상에서 패러디와 희화화의 대상으로 변하며, 이 과정에서 기존의 가치와 체계에 대한 비판적 시각이 구체화되고 그 비판이 곧 창작으로 연결되는 것이다. 따라서 바흐친에 따르면, 라블레의 글쓰기는 중세적 가치관에 대한 비판과 풍자에 근거하고 있으며 그의 작품은 이를 구체화한 결과인 것이다.

시대에 따른 새로운 시각과 해석을 옹호하고 이를 구현하고자 하는 작가에게 정전 텍스트는 힘겨운 도전이자 매력적인 도전의 대상이기도 하다. 제임스 조이스(James Joyce)의 《율리시즈 Ulysses》는 이러한 도전의 산물이며 패러디 혹은 다시 쓰기가 보여주는 비판적 기능, 해석의 다양성을 증명하는 대표적인 경우이다. 호메로스(Homeros)의 텍스트가 가지는 보편성과 권위에 대한 도전이자 조이스 특유의 다양한 스타일을 통해 그 텍스트의 단일한 시각과 구조를 해체하여 해석의 다양성을 보여주고 있을 뿐 아니라 고대의 영웅을 현대의 반영웅(anti-hero)으로 변형시켜 무의미해 보이는 현대세계의 일상에 예술적 가치를 부여하고 있기 때문이다.

리얼리즘의 전통에 밀려 비록 주변에 머무르고 있으나 민담이나 전설과 함께 동화 역시 특정 시대나 사회의 집단적 전형성을 보여준다는 의미에서 보편적 요소를 많이 가지고 있다고 볼 수 있다. 따라서 작품을 통한 문화사적 연구에 상당한 근거를 제공하지만 동시에 전통과 집단성이라는 닫힌 성격으로 인해 다양한 해석의 가능성을 거부하는 측면이 있는 것도 사실이다.[2] 물론 해석의 다양성이 반드시 바람직하다고 할 수는 없으며 전승문화가 가지는 가치도 경시할 수 없다. 그러나 민담, 전설 등이 흔히 어린이용 문학으로 전용되는 경우가 많으며, 특히 동화의 경우 어린이를 성인에 의해서 구성되는 일종의 백지(tabula rasa)로 보는 시각(Rudd 22)을 바탕으로 교육과 도덕성 함양을 지향한다는 의미에서 시대와 사회에 따른 재해석이 단순히 비평과 창작의 풍요로움만을 위한 것이라 보기는 어렵다. 스스로 독자적인 판단을 할 수 없으며 다양한 시각을 갖추지 못했을 뿐 아니라 사실과 비유를 완벽히 구별하지 못하는 독자를 대상으로 하는 만큼 동화에서 독단적인 주제나 일방적인 시각은 지양하는 것이 바람직하다고 할 수 있다. 또한 민담이나 전설에 흔히 등장하는 성적이고 폭력적인 이미지들은 적절한 변용이나 순화가 필요하며(Tatar xv) 무엇보다도 과거와 현대의 가치관의 차이, 동서양의 문화적 차이 등을 고려해야 할 필요도 있다. 예를 들어 효나 정절을 중시하던 시대의 가치관을 대표하는 《심청전》이나 《춘향전》이 현대에 와서 반여성

---

2) 특히 마리 프란츠(Marie-Louse Von Franz)의 《동화 속의 원형적 패턴 *Archetypal Patterns in Fairy Tales*》처럼 동화나 민담을 집단적 원형의식으로 분석하는 경우가 대표적이다. 이러한 분석은 서사시와 마찬가지로 문화적 정체성을 형성하는 데 도움을 주지만 현실의 다양한 맥락과 역사의 역동적 측면을 부정하는 경향이 있다.

주의적 시각을 담고 있다는 비판을 받는 경우를 생각해 볼 수 있을 것이다. 이러한 의미에서 서양의 대표적인 전래동화들을 페미니즘적 시각에서 새롭게 해석하고 재창조하는 안젤라 카터(Angela Carter)의 노력은 매우 흥미로운 경우이다. 그런데 교훈과 도덕적 주제, 특정 시대의 전통적 시각, 전형적 구조 등을 이미 스스로 해체하고 패러디의 대상으로 삼고 있는 동화가 있다면 그 동화는 이미 해석의 다양성뿐 아니라 비평으로서 창작의 실례를 보여주는 매우 특이한 경우라 할 수 있을 것이다. 루이스 캐롤(Lewis Carroll)의《이상한 나라의 앨리스 *Alice in Wonderland*》가 바로 그 특이한 동화이다. 본 논문은《앨리스》를 패러디한 작품인 제프 눈(Jeff Noon)의《자동인형 앨리스 *Automated Alice*》를 중심으로《앨리스》에 나타난 패러디가 가진 비평과 창작으로서의 특성, 그리고 이러한 특성이 다시《앨리스》에 대한 패러디 또는 다시 쓰기에 의해 어떻게 조명되고 재구성되는지를 살펴보고 있다.

## II.《앨리스》의 패러디와《앨리스》에 대한 패러디

캐롤의《앨리스》가 언어의 산물이라는 사실은 작품 속에 언어의 여러 특성, 논리상의 문제들이 자주 등장하기 때문인데 구조적 측면과 관련해서 가장 중요한 것은 작품을 구성하는 인물들과 에피소드들이 대부분 기존의 동요나 동시, 놀이 등에 대한 패러디의 형태로 이루어져 있다는 것이다. 따라서 캐롤의 동화는 기존의 텍스트에 대한 패러디 또는 다시 쓰기의 형태로 이루어져 있고 그런 의미에서 대표적인 상호 텍스트의 실례를 보여준다고 할 수 있다. 그런데 상호적 텍스트는 기존의 텍스트들의 시각과 목소리가 서로 경쟁하고 뒤섞이며 상호 영향을 미치는 대화적 관계를 형성하므로(크리스테바 127) 작가의 독단적인 목소리가 배제되고 상대적으로 인물의 의식과 시각의 자율성이 보장된다. 캐롤의 작품은 교훈과 도덕적 주제를 구현하고 있는 당대의 다른 동화들과 달리 어린이의 시각을 바탕으로 흥미와 놀라움을 자아낸다는 특징이 있다. 그런데 이는 교훈 위주의 동화에 대한 캐롤 자신의 거부감을 반영하지만 동시에 그의 작품이 가진 상호 텍스트성, 대화적 성향을 설명하는 근거가 되기도 한다.

캐롤은 근엄한 목소리로 교훈을 들려주는 성인 작가의 위치를 포기하고 주인공 앨리스에게 작가의 자리를 양보한 후 자신은 단순한 필경사의 역할에 머물고 있다. 이는 작품 자체가 꿈이라는 극히 개인적이고 주관적인 경험을 꿈꾼 자의 시각에서 직접 서술한 것이라는 사실을 통해서도 암시되는 사항이며, 토끼집의 다락방에서 스스로 자신의 경험을 하나의 이야기로 꾸며 보고자 하는 희망을 드러내는 앨리스의 모습(Carroll 29)에서도 또다시 확인되는 사항이다. 게다가 작품이 궁극적으로는 꿈에서 깨어난 앨리스가 이후 언니에게 들려준 꿈 이야기라는 사실은 작품의 출처가 캐롤이 아니라 앨리스와 그녀의 언니에게 있으며, 캐롤은 단지 앨리스의 언니에게서 들은 이야기를 대필한 것이라는 사실을 암시하고 있다. 롤랑 바르트(Roland Barthes)가 작가의 위상을 창조자에서 기존의 텍스트를 다시 쓰는 자로 새롭게 정의했을 때(Barthes 42-148) 이는 창작이 결국 기존의 텍스트들에 대한 패러디이며 다시 쓰기이고 따라서 모든 텍스트는 상호적 텍스트임을 지적한 것이다. 결국 어떤 의미에서 창작이란 다시 쓰기이며 작가의 역할은 다른 사람의 이야기를 대필하거나 재배치하고 가끔 흥을 돋우는 추임새만을 제공하는 데 있는 셈이다.

도널드 래킨(Donald Rackin)은 캐롤의 작품에 어린이의 목소리와 성인의 목소리가 공존한다는 사실을 지적하면서, 괄호 속에 등장하는 그 성인의 목소리가 곧 캐롤 자신이며 그 목소리는 어린이인 앨리스의 불안한 심리와 당혹감을 다독이고 안정시키는 역할을 한다고 주장한다(Rackin 110). 그러나 괄호의 형태로 종종 등장하는 그 성인, 즉 캐롤의 목소리는 어린이 의식과 성인의 의식을 대비시키고 균형을 맞추어 주기보다는 오히려 어린이 의식의 미숙함을 극대화시키고 앨리스와 어린이 독자의 당혹감을 확대시키는 경우가 더 많다. 다음의 경우를 살펴보자.

"혹시 내가 지구 속으로 똑바로 떨어져 버리는 게 아닐까? 그러면 아마 머리를 아래로 하고 걸어다니는 사람들 사이에 떨어질지도 몰라. 얼마나 우스꽝스러울까! 내가 알기로 아마 그 사람들은 반감들이라고 불리울 거야…"(앨리스는 주위에 아무도 듣는 사람이 없어서 오히려 다행스러웠어요. 사실 전혀 맞지 않는 말인 것 같았거든요). "죄송하지만 부인, 여기는 뉴질랜드인가요? 아니면 호주인가요?"(그러면서 앨리스는 치마를 살짝 들고 인사를 했어요. 생각해 보세요. 공중에서 떨어지면서 치마를 들고 인사를 하다니! 여러분이라면 할 수 있을 것 같은가요?) (Carroll 8-9).

토끼굴 속으로 떨어지는 장면에서 앨리스는 자신의 지리학적 지식을 자랑하고 싶어하고 공중에서 치마를 들고 공손히 인사를 하려 하지만 괄호 속의 성인의 목소리는 이러한 앨리스의 모습을 비꼬고 있을 뿐이다.

물론 성인 작가로서 캐롤의 목소리가 괄호 속에만 존재하는 것은 아니다. "양과 털실 이야기"나 《거울 나라의 앨리스 *Through the Looking-Glass and What Alice Found There*》의 백기사(white knight)처럼 인물의 모습으로 직접 등장하는 경우도 있다. 그러나 이 경우에도 캐롤은 에피소드나 언어유희를 구성하는 한 가지 요소로만 기능할 뿐이며, 에피소드나 작품 전체의 방향이나 주제에 영향을 주지는 않는다. 즉 전통적인 작가의 위상을 스스로 포기하고 작중인물이나 에피소드의 구성 요소로 축소된 역할만을 할 뿐이다. 게다가 자신의 창작 이론을 암시하고 있는 백기사의 요리법 이야기(Carroll 186)는 작가의 역할이 기존의 여러 재료들을 재배치하고 혼합시키는 것일 뿐이며, 그의 늙고 무능한 모습은 창조의 권위를 주장하는 전통적인 작가의 확신에 찬 모습과는 거리가 멀다.

몇몇 현대 비평가들이 지적하듯이 문학이 더 이상 리얼리티를 반영하지 못한다면 문학은 삶과 세계라는 외부에서 언어라는 자신의 내부 구성 요소로 눈을 돌릴 수밖에 없을 것이다. 존 바스의 말대로, "고갈의 문학"을 되살릴 수 있는 것은 문학 창작의 문제, 특히 언어의 인위성과 창조성에 대한 자의식에 대한 관심뿐인지도 모른다. 따라서 패트리시아 워(Patricia Waugh)가 메타픽션을 정의하면서 언어와 창작 문제에 대한 자의식적 태도를 중시한 것도 유사한 문맥에서 이해할 수 있다. 메타픽션 작가에게 리얼리티는 단지 인위적인 언어의 구성물이기 때문이다(Waugh 26).

언어와 창작에 대한 전통적 기능의 한계를 지적하는 현대 텍스트

이론은 대체로 언어와 리얼리티 사이의 간극과 한계에 대한 작가의 자의식이 기존 텍스트들에 대한 패러디나 다시 쓰기의 형태로 구현된다고 보는 듯하다. 그리고 이 과정에서 패러디는 텍스트와 창작에 대한 기존의 개념을 비판하면서 창작의 개념을 새롭게 정립하는 것이다. 캐롤의 작품에 나타난 다양한 패러디들, 대필자로서의 작가의 이미지, 언어의 불합리성과 형식 논리에 근거한 말장난 등은 캐롤의 작품을 일종의 메타픽션으로 볼 수 있는 가능성, 즉 언어와 텍스트에 대한 기존 개념의 한계에 대한 캐롤 자신의 자의식과 자아 반영성의 표현이라고 볼 수 있다. 그리고 이것이 캐롤의 텍스트와 현대 텍스트 이론의 유사성, 다시 말해서 캐롤의 작품이 비평이자 창작으로서의 패러디와 다시 쓰기의 훌륭한 실례임을 보여주는 증거인 것이다. 그리고 이러한 사실은 캐롤의 패러디 텍스트를 다시 패러디한 작품인 제프 눈의 《자동인형 앨리스》에서도 다시 확인되는 사항이다. 즉 캐롤 텍스트가 보여주는 패러디와 다시 쓰기의 기능을 다시 한번 확인시켜 주며 나아가 메타픽션적 글쓰기의 한 가지 예를 보여주고 있는 것이다.

## III. 《자동인형 앨리스》

캐롤의 《앨리스》는 지금까지 연극 · 뮤지컬 · 영화 · 디즈니 만화영화 · 컴퓨터 게임에 이르기까지 수없이 많은 형태로 변형되고 재창조되어 왔다. 그러나 대부분 원작의 일부를 극화하거나 에피소드를 재배치하는 방식이 많았으며 스방크마이어(Svankmajer)의 영화, 〈앨리스에 대한 어떤 것 Neco Z Alenky〉이나 컴퓨터 게임인 〈미국인 맥기의 앨리스 American Macgee's Alice〉처럼 원작의 그로테스크한 이미지만을 부각시킨 경우에 머물렀다. 다시 말해서 원작의 충실한 구현이나 특정 요소의 주제적 연관성을 소재로 이용하는 수준에 머물렀으며 이로 인해 캐롤 작품 특유의 언어, 논리적 유희, 패러디가 보여주는 상호 텍스트적 글쓰기의 현대적 의미와 기능, 말장난에 암시된 풍자적 효과 등을 되살리고 부각시키는 데에는 부족한 점이 많았다. 이런 의미에서 제프 눈의 《자동인형 앨리스》는 패러디와 다시 쓰기, 창작과 비평, 텍스트의 자의식 등 캐롤의 원작에 나타난 언어와 텍스트상의 특성뿐 아니라 현대 텍스트 이론과의 연관성, 그 실례를 보여주는 흥미로운 경우라고 할 수 있다.

제프 눈(1957- )은 사이버 펑크로 대표되는 영국 현대 젊은이들의 문화를 대표하는 젊은 작가들 중 한 사람으로, 그의 작품에는 마약, 현실과 환상의 혼란, 극단적인 언어유희 등이 컴퓨터와 클럽문화를 중심으로 흥미롭게 전개되고 있다. 1996년에 발표된 《자동인형 앨리스》는 캐롤의 《앨리스》에 대한 일종의 찬사이자 패러디로서 독특한 상상력과 제프 눈 특유의 언어유희가 돋보이는 작품이다. 무엇보다도 흥미로운 것은 캐롤과 마찬가지로 기존의 텍스트에 대한 패러디 작가의 자의식이 작품의 에피소드·구성·이미지·언어 그리고 인물과 작가의 관계 등에 직접적으로 드러나며 이러한 사항들이 실제 작품을 구성하는 창작 원리로 작용한다는 점이다. 캐롤의 텍스트가 자아 반영성을 중심으로 기존의 텍스트들을 패러디와 상호 텍스트의 형태로 재구성하고 있다면, 제프 눈의 작품은 그러한 캐롤의 텍스트를 또다시 재구성함으로써 메타적 글쓰기의 실례를 보여주고 있는 것이다. 이해를 돕기 위해 《자동인형 앨리스》의 개괄적인 줄거리를 살펴보자.

캐롤의 원작에서와 같이 《자동인형 앨리스》도 서시로 시작되며 이를 통해 제프 눈은 캐롤에 대한 존경과 찬사를 표시한다. 이 작품은 1860년의 맨체스터를 배경으로 하고 있다. 작품 속에서 주인공 앨리스는 숙모의 집에서 오후에 있을 글쓰기 공부를 준비하던 중 무료함을 느끼고는 인형인 셀리아(Celia)와 혼잣말을 나눈다.[3] 방 안에는 런던 동물원을 묘사한 퍼즐판이 놓여 있는데 열두 개의 퍼즐 조각들이 분실되어 있는 상태이다. 졸린 상태에서 앨리스는 앵무새를 쫓아 벽시계로 들어가게 되고 시계 속에서 앨리스는 1998년의 현대시대로 이동한다. 앨리스가 처음 도착한 곳은 흰개미(termite)들의 굴 속이며 여기에서 컴퓨터개미(computermite)들이 어느 과학자의 컴퓨터를 작동시키는 이진수 역할을 한다는 사실을 알게 된다.

앨리스가 도착한 세계는 획일화된 전체주의 사회로서 뱀공무원(Civil Serpent)들이 개인의 자유를 억압하고 있다. 과학자 램쇄클은 그곳에서 벌어진 퍼즐 살인사건에 대해 알려 주면서 앨리스가 과거로 돌아가려면 크로우딩글러 박사의 도움을 받아야 한다고 말한다. 캐롤의 《앨리스》에서 토끼가 앨리스를 모험으로 이끌 듯이, 《자동인형 앨리스》에서는 앵무새가 앨리스의 모험을 이끈다. 앵무새가 남긴 흔적과 단서를 쫓으며 퍼즐 살인사건을 풀어가는 과정에서 앨리스는 자신의 모험이 사실은 미출간된 캐롤의 세번째 앨리스 책의 내용

---

3) 맨체스터는 제프 눈의 고향이며, 인형 셀리아(Celia)는 앨리스(Alice)를 거꾸로 표기한 것으로써 작품 속 환상의 세계에서 앨리스의 분신이자 조력자인 "로봇(Automated) 앨리스"로 등장한다.

임을 알게 되고, 과거의 현실로 돌아가려면 잃어버린 퍼즐 조각을 되찾고 실체이자 동시에 상상의 인물인 자신의 정체성을 결정해야 함을 깨닫는다. 여러 모험을 겪은 후 앨리스는 퍼즐판을 완결시키는 마지막 열두번째 퍼즐 조각이 바로 자기 자신임을 깨닫고 퍼즐판으로 뛰어들어 과거 현실로 귀환하는 데 성공한다.

제프 눈 역시 캐롤에 못지않은 말장난을 통해 풍자적 효과를 거두고 있다. 앨리스와 동행하는 또 다른 주인공이자 "자동인형," 즉 로봇 앨리스의 이름(Celia)은 앨리스 이름의 철자를 거꾸로 쓴 것이며 뱀공무원(Civil Serpent), 컴퓨터개미(Computermite), 샤아탄 비얌(Shatan Sherpent) 등의 말장난 외에 전체주의의 획일화를 거부하는 과학자 램쇄클은 "무작위 학자"(randomlogist)로서 획일적 체제에 저항할 방법을 찾고 있다. 캐롤이 당대의 동요나 동시의 주인공을 에피소드의 인물로 설정했듯이 제프 눈 역시 현대의 대중문화를 이끌었던 유명한 인물들을 이용해 작품과 현실 간의 유사성과 차이를 드러내고 양자 간의 상호적 반영 가능성을 보여준다. 예를 들어 모험 중 앨리스는 음악가인 지미 헨트레일스(Jimi Hentrails)의 음악을 듣고 달팽이 인간인 롱 디스턴스 마일스(Long Distance Miles)를 만나며, 폭력영화 제작자인 거미 소년 쿠엔틴 타란튤라(Quentin Tarantula)에게서 필요한 정보를 얻는다.

캐롤이 양이나 백기사의 모습으로 등장하여 《앨리스》의 창작 동기, 에피소드의 배경 등을 암시했듯이, 제프 눈도 작가의 모습을 가진 자신의 분신을 등장시키고 있다. 그러나 《자동인형 앨리스》가 패러디로 이루어진 작품에 대한 또 다른 패러디인 만큼 원작과의 관계, 창작과 다시 쓰기에 대해 매우 예민한 모습을 보인다. 작가의 분신인 제니스 어클락(Zenith O'clock)은 앨리스에게 캐롤의 《앨리스》에 대한 연구서인 《리앨리티와 리앨리시 *Reality and Reaclicey*》[4]라는 책을 읽어보도록 권하면서, 앞으로 《자동인형 앨리스》라는 제목의 책을 쓸 계획임을 밝힌다. 이후 앨리스는 도서관에서 그 책을 살펴본후 이 세상에는 "진짜 앨리스" "상상속의 앨리스," 그리고 "자동인형 앨리스" 등 모두 세 명의 앨리스가 존재한다는 사실을 알게 된다. 그런데 그 책에서 주장하는 이 세 명의 앨리스는 캐롤 작품의 주된 주제의 하나인 정체성 문제를 또다시 제기하면서 작품 속의 앨리스를 혼란에 빠뜨린다. 그 책을 읽고 있는 이 앨리스는 과연 누구인가? 이미 자신에 대한 책, 즉 캐롤의 《앨리스》가 출판되어 있음을 알고 있으며 숙모의 집에서 자신의 모습이 묘사된 퍼즐판을 맞추고 있던 앨리스, 무료함에 지쳐 졸다가 시계 속으로 뛰어들어 1998년의 현대 시대로 이동해서 퍼즐판 속의 인물들을 만나고 있는 이 앨리스는 과연 누구인가? 물론 여기에서 "진짜 앨리스"는 실존인물인 앨리스 리들(Alice Liddell)을 의미하며 "상상 속의 앨리스"는 캐롤 작품의 앨리스이다. 그리고 "자동인형 앨리스"는 이후에 드러나듯이 캐롤이 써두었던 미출간 작품이자 제니스 어클락(또는 제프 눈)이 쓰고자 하는 책의 주인공이며, 《자동인형 앨리스》의 주인공이기도 하다. 그러나 앨리스의 정체성 문제는 결코 단순하지 않다.

제니스 어클락이 소개하는 《앨리스》 연구서의 제목은 《자동인형 앨

---

4) 문제의 책에서 Reality를 '리얼리티'가 아닌 '리앨리티'로 표기하는 이유는 Realicey라는 신조어와의 발음상의 유사성을 강조하기 위한 것이며 본론에서 다루어지듯이 이러한 유사성은 《앨리스》라는 작품의 본질, 그리고 창작과 패러디의 관계에 대한 흥미로운 아이디어를 제공한다.

리스》의 구조뿐 아니라 창작, 패러디, 캐롤의 《앨리스》가 가지는 현대적 텍스트로서의 위상 등을 생각하게 하는 단초를 제공해 준다. 제프 눈의 《자동인형 앨리스》는 캐롤의 《앨리스》를 "앨리스식으로 다시 쓰기"(Re-alicey)한 결과물이며 캐롤과 그의 《앨리스》가 가진 "현실"(Reality)도 사실상 패러디를 통해 기존의 텍스트, 기존의 "현실"(Reality)을 "다시"(Re-) "앨리스화시킨 것"(ality)임을 암시한다. 결국 제니스 어클락이 쓰고자 하는 《자동인형 앨리스》는 이미 캐롤에 의해 재구성되고 패러디된 "현실," 즉 "앨리스화된" 텍스트인 《앨리스》를 또다시 패러디하여 "앨리스식으로 다시 쓰기"(Re-alicey)하려는 시도인 것이다. 그러나 제니스는 자신을 이해해 주지 못하는 "비평가들"(Crickets)에게 너무 시달린 나머지 자신의 작업과 재능에 대한 부정적 자의식에 시달리고 있을 뿐 실제 창작에 몰입하지는 못하고 있다. 게다가 그는 이미 캐롤이 《자동인형 앨리스》라는 세번째 작품을 써두었음을 알지 못한다.

패러디나 다시 쓰기는 원작과의 관계하에서만 의미를 가질 수 있다. 다시 말해서 다시 쓰기가 보여주는 리얼리티는 원작의 리얼리티에 종속될 수밖에 없으며 따라서 다시 쓰기에서 독창성은 불가능할 수밖에 없다. 그러나 한편으로 모든 텍스트가 기존의 텍스트들에 대한 다시 쓰기라면 그 두 개의 리얼리티 사이의 관계는 동등한 것이거나 오히려 다시 쓰기의 리얼리티가 글쓰기의 문제를 좀 더 직접적으로 반영하는 것일 수도 있다. "리앨리시"(Realicey)의 의미를 묻는 앨리스에게 제니스 어클락은 그것이 "특별한 종류의 리얼리티로서, 상상의 세계이며 오히려 일상의 현실보다 더 강력한 것"(Noon 154)이라고 설명한다. 그러나 "비평가들"은 그의 예술을 전혀 이해하지 못한다. 그들은 독창성이라는 개념에 사로잡혀 전통적 시각만을 고집할 뿐이다. 그런데 제니스 어클락의 바람처럼 다시 쓰기가 원작 못지않은 독창성을 주장하려면 어떻게 해야 할까? 이를 위해서는 아마도 원작의 텍스트 역시 기존의 텍스트에 대한 다시 쓰기에 불과함을 증명하고 나아가 다시 쓰기가 원작을 "다시 쓰기"할 수 있다는 사실을 보여주어야 할 것이다. 다시 말해서 캐롤의 《앨리스》가 독창적인 텍스트가 아니라 기존의 텍스트들을 "다시 앨리스화시킨 것"(Reality)이며 《자동인형 앨리스》는 그 《앨리스》를 "앨리스식으로 다시 쓰기"(Re-alicey)한 것이라는 사실을 증명하는 것이다. 실제로 제프 눈은 캐롤의 미출간 작품인 《자동인형 앨리스》[5]에서 이미 죽은 것으로 묘사되었던 앨리스를 다시 살려냄으로써 원작의 내용을 완전히 다르게 "앨리스식으로 다시 쓰기"(Re-alicey)하고 있다.

퍼즐 살인사건을 조사하던 앨리스는 시청에서 최고 권력자인 "샤아탄 비얌"(Shatan Sherpent)에게 잡아먹히게 되고 뱀의 배 속에서 죽음의 문을 지나 죽은 루이스 캐롤을 만난다.[6] 캐롤은 앨리스와의 재회를 반가워하면서 사실은 자신의 미발간된 책 《자동인형 앨리스》에서 앨리스가 뱀에게 잡아먹히는 것으로 끝을 맺었음을 밝힌다. 그러나 앨리스는 현실로의 귀향을 고집하고 캐롤은 앨리스가 실제 인물이자 상상의 인물이므로 되살리는 것이 가능할 것이라고 말한다.

---

5) 물론 캐롤이 실제로 《자동인형 앨리스》를 쓴 것은 아니다. 제프 눈의 작품에 등장하는 캐롤의 미출간 작품 이야기는 본 논문에서 다루고 있듯이 《앨리스》라는 텍스트의 본질적인 특성이 패러디와 다시 쓰기에 있으며, 제프 눈의 작품의 주제 또한 동일한 문제를 구현하고 있다는 사실을 암시하기 위한 것일 뿐이다.

6) 《자동인형 앨리스》의 시점이 1998년이므로 캐롤은 이미 죽은 지 오래된 상황이다.

앨리스야, 너는 실제 인물이기도 하고 상상의 인물이기도 하지. 상상력을 어떻게 죽일 수 있겠니? 아마 네 이야기를 계속 할 수 있는 방법이 있을 거란다…. 물론 그러면 삶과 죽음, 서술의 원칙에는 어긋나지만 말이다(Noon 222).

캐롤의 말대로 앨리스는 현실의 인간이자 상상의 인물이다. 비록 캐롤과 현실의 앨리스는 삶과 죽음의 원칙을 따를 수밖에 없지만 상상의 인물은 죽지 않는다. 그의 말대로 상상력은 죽일 수 없기 때문이다. 상상력이 살아 있는 한 상상의 인물은 시간과 공간을 초월하여 언제 어디서나 영원히 살아남아 독자와의 만남을 이어가고 새로운 모습으로 재창조될 수 있다. 그리고 이것이 바로 제프 눈이 《자동인형 앨리스》에서 주장하고 있는 요지이기도 하다.

상상력의 가치와 기능에 대한 이런 식의 일반론은 결코 새로운 것이 아니다. 캐롤이나 제프 눈의 텍스트의 가치는 상상력에 대한 진부한 논의에 있는 것이 아니라 그 논의 자체를 창작의 기본 모티프와 에피소드로 구체화시켰다는 점이다. 그리고 이러한 사실은 그들의 상상력에 대한 논의가 표면적이고 진부한 상상력 예찬이 아니라 텍스트와 글쓰기에 내재한 구체적이고 진보적인 통찰력에 근거한 것이라는 점을 의미한다. 다시 말해서 텍스트와 글쓰기는 본질적으로 기존의 것에 대한 다시 쓰기이며 다시 쓰기를 가능케 하는 원동력이 곧 상상력이라는 것이다. 그리고 이러한 주장은 《자동인형 앨리스》의 구성과 에피소드를 통해 구체화된다.

《자동인형 앨리스》에서 앨리스의 모험은 토끼굴이나 거울 속이 아니라 벽시계를 통해 시작된다. 앨리스가 벽시계로 뛰어들자마자 시곗바늘이 회전하면서 앨리스는 1998년의 세계로 이동하게 되는데 실제 인물인 앨리스 리들(Alice Liddell)과 캐롤이 생존했던 1860년과 1998년 사이의 138년의 시간적 거리는 창작으로서의 패러디 또는 다시 쓰기를 가능케 하는 필수 조건이다. 패러디나 다시 쓰기의 "비판적 거리"는 캐롤의 앨리스와 제프 눈의 앨리스가 만나기 위한 조건, 현실의 앨리스(Reality)와 상상의 앨리스(Realicey)가 만나 새로운 이야기를 만들어 내는 조건인 것이다. 제니스 어클락이 계획하고 있는 앨리스에 대한 책이 《시계 속 나라의 앨리스 *Through the Clock's Workings and What Alice Found There*》라는 사실은 이를 의미하는 것이다.[7] 즉 138년 후 제프 눈은 캐롤의 《앨리스》를 상상력을 통해 재창조하고 다시 쓸 필요를 느끼고 있는 것이다.

《자동인형 앨리스》에서 캐롤은 "서술의 원칙"에 어긋남에도 불구하고 앨리스를 되살려 내는 데 동의한다. 앨리스가 캐롤에게 키스하자 현실이 왜곡되면서 앨리스는 키메라(Chimera)라고 하는 어린이들을 위한 랜턴 쇼(Lantern Show)의 인물로 되살아난다. 캐롤의 말대로 상상의 인물이므로 어린이들의 상상의 쇼에 등장인물로 되살아나게 된 것이다. 그러나 앨리스가 원했던 것은 상상의 인물로의 귀환이 아니라 "현실"로의 귀환이었다. 138년 전의 인물, 죽은 인물인 캐롤이 앨리스를 1998년의 "현실"로 보낼 수는 없었던 것이다. 왜냐하면 캐롤의 《앨리스》 역시 기존의 텍스트들을 패러디하고 다시 썼듯

---

7) 제니스 어클락의 책 제목은 물론 캐롤의 《거울 나라의 앨리스 *Through the Looking-Glass and What Alice Found There*》를 패러디한 것이다. 그러나 그 제목은 동시에 그 책이 제프 눈의 분신인 제니스 어클락(O'clock)이 캐롤의 작품을 다시 쓰기한 것(Clock's Workings)이라는 사실을 암시한다.

이, 자신의 작품에 대한 다시 쓰기는 자신이 아닌 후대의 작가에게 남겨진 역할이기 때문이다. 결국 앨리스를 1998년의 "현실"에서 되살리는 일은 제프 눈 또는 제니스 어클락의 일인 것이다.

램쇄클의 조언에 따라 "환상은 끝났어!"(Done Wondering!)라는 주문을 외치자 앨리스는 "현실은 이쪽입니다"(Reality this way)라고 쓰여진 문을 열고 1998년의 "현실"로 귀환한다. 결국 제프 눈 또는 제니스 어클락은 앨리스가 죽는 것으로 끝나는 캐롤의 《자동인형 앨리스》의 내용을 변형시켜 버린 것이며, 캐롤이 앨리스 리들이라는 현실의 인물을 작품 속의 상상의 인물로 바꾸었듯이 캐롤의 상상의 인물을 1998년의 시점에서 "현실"의 인물로 되살려 놓은 것이다. 물론 이때 상상을 "현실"로 바꾸어 놓을 수 있는 힘은 상상력이고 그 수단은 패러디를 통한 다시 쓰기이다.

다시 쓰기의 결과는 물론 또 다른 상호적 텍스트이고 이 텍스트에서의 "현실"은 "앨리스식으로 다시 쓰여진"(Re-alicey) 현실일 뿐이다. 그리고 이 과정에서 작가는 기존의 텍스트를 재배치하고 변형하는, 즉 "앨리스식으로 다시 쓰기"를 실천하는 자일 뿐이다. 따라서 제프 눈이 《자동인형 앨리스》에서 앨리스에게 부여한 "현실"도 패러디와 다시 쓰기를 중심으로 한 창작 과정을 보여주는 예로써 이 "현실"은 "리얼리티"가 아니라 "리앨리티"일 뿐이다. 그리고 이 "리앨리티"는 언제나 글쓰기가 무에서 유를 만들어 내는 창조활동이 아니라 재배치와 변형행위일 뿐이라는 사실에 대한 작가의 자의식이 내재되어 있다. 《앨리스》에서 양이나 백기사의 모습으로 등장해서 에피소드의 기원이나 창작원리를 암시하는 캐롤의 모습이 이를 증명하며, 《자동인형 앨리스》에서 《앨리스》에 대한 다시 쓰기를 욕망하는 제니스 어클락에게서도 유사한 면이 드러난다. 특히 제니스 어클락 또는 제프 눈은 자신의 글쓰기 또한 또 다른 패러디의 대상이며 그 패러디에서 작가 또한 글쓰기를 구성하는 한 가지 요소에 불과하다는 사실을 인정하고 있다.

　'…아마도 나는 이미 《자동인형 앨리스》라는 책을 쓰고 있는 중인지도 몰라, 그리고 우리는 단지 그 책 속의 인물들일 뿐이고 말이야…. 작가는 앨리스를 살짝 어루만졌다. 그것은 지금까지 낯선 사람들의 세상에서 느꼈던 가장 부드럽고 호의에 가득한 손길이었다…. 그리고 그는 가버렸다…(Noon 155-56).

　제니스 어클락과 앨리스가 헤어지는 이 장면은 《거울 나라의 앨리스》에 등장하는 백기사 에피소드를 패러디한 것으로 백기사(캐롤)와 마찬가지로 제니스 어클락(제프 눈) 역시 앨리스에 대한 각별한 애정을 표현하고 있다. 그런데 요리법에 대한 비유를 통해 자신의 창작 과정을 암시하는 백기사[8]에서 한 걸음 더 나아가 제니스 어클락은 자신이 작품 속의 인물에 불과하고 자신과 앨리스의 만남 자체도 누군가가 쓰고 있는, 또는 다시 쓰고 있는 이야기의 한 가지 구성 요소임을 알고 있다. 다시 말해서 "나는 이미 《자동인형 앨리스》를 쓰고 있는 중인지도 몰라"라는 언급은 자신의 글쓰기 행위 자체도 누군가의 다시 쓰기 과정의 일부이며 그 과정의 실현에 불과하다는 사실

---

8) 백기사가 등장하는 장의 이름은 "It's My Own Invention"이며, 백기사는 자신이 발명한 요리법이 기존 재료들의 비현실적 혼합으로 이루어져 있음을 이야기한다.

을 암시하고 있는 것이다. 그리고 이것이 바로 캐롤과 제프 눈이 보여주는 메타적 글쓰기의 핵심인 것이다.

## IV. 결론

크리스테바(Julia Kristeva)의 상호 텍스트성 이론이나 바르트(Roland Barthes)의 "저자의 죽음" 이후로 텍스트의 독창성이나 텍스트에 대한 작가의 권위 또는 지배력은 더 이상 유효하지 않은 개념인 듯하다. 그런데 이러한 시각이 후기 구조주의와 함께 비교적 최근에 유행한 것은 사실이지만 반드시 몇몇 최신 이론가들만의 주장이라고 보기는 어려울 듯하다. 문학의 기원의 한 축을 담당하고 있는 민담이나 전설처럼 시대에 따라 변형되고 다시 전해지는(re-told), 집단적으로 유래한 이야기들에서 특정한 작가나 독창성, 원작의 개념을 요구하기는 힘들다. 예를 들어 《데카메론 *Decameron*》이나 《캔터베리 이야기 *Canterbury Tales*》와 같은 서구의 대표적 고전도 구전되어온 이야기를 편집하고 다시 쓴 것일 뿐이다. 특히 《돈키호테 *Don Quixote*》에서 세르반테스(Cervantes)는 작가의 독창성을 스스로 부정하고 자신을 우연히 발견한 원고의 "번역자"로 소개하고 있다. 따라서 텍스트의 위상에 대한 최근의 논의는 리얼리즘과 낭만주의를 거치면서 형성되었던 텍스트와 작가의 독특한 위상에 대한 일종의 재평가 작업이라 할 수 있다. 그리고 물론 이러한 작업은 기존의 텍스트에 대한 비판과 그 대안으로서의 새로운 텍스트 개념의 도입, 창작에 대한 새로운 시각을 요구하며, 캐롤과 제프 눈이 보여주는 패러디를 통한 다시 쓰기라는 글쓰기 방식은 이와 같은 최근의 이론적 추세를 구체적으로 살펴보게 해준다. 캐롤이 수백 년 전 영국의 동요나 동시를 패러디를 통해 되살려 내고 이를 통해 이야기하기, 글쓰기의 한 가지 범례를 제공했다면 제프 눈의 패러디는 한편으로 캐롤의 원작이 가진 그러한 특성을 다시 한번 확인시켜 주면서 나아가 "앨리스식으로 다시 쓰기"를 통해 캐롤의 작업을 최근의 텍스트 이론에 직접 연결시키고 있다.

## 인용 문헌

줄리아 크리스테바. 서민원 역. 《세미오티케》, 서울: 동문선, 2005.

Bakhtin, Mikhail. *Rabelais and His World*. Bloomington: Indiana UP, 1984.

Barthes, Roland. "The Death of The Author," in *Image, Music, Text*. New York: Hill and Wang. 1977.

Carroll, Lewis. *Alice in Wonderland*. Ed. Donald J. Gray. New York: Norton & Company, 1992.

Noon, Jeff. *Automated Alice*. London: Black Swan, 1996.

Rackin, Donald. *Alice's Adventures in Wonderland and Through the Looking-Glass: Nonsense, Sense and Meaning*. New York: Twayne Publishers, 1991.

Rudd, David. "How does children's literature exist?" *Understanding Children's Literature*. Ed. Peter Hunt. New York: Routledge, 2005.

Tatar, Maria. "Introduction," in *The Classic Fairy Tales*. Ed. Maria Tatar. New York: Norton, 1999.

Waugh, Patricia. *Metafiction*. New York: Methuen. 1984.

이강훈
한국외국어대학교 대학원 졸업
문학박사
서원대학교 교수

문예신서
378

《이상한 나라의 앨리스》 연구

초판발행 : 2010년 7월 20일

東文選

제10-64호, 78. 12. 16 등록
110-300 서울 종로구 관훈동 74번지
전화 : 737-2795

편집설계 : 李姃旻

ISBN 978-89-8038-665-9 94840
ISBN 978-89-8038-000-8(문예신서)

## 【東文選 現代新書】

| | | |
|---|---|---|
| 1 21세기를 위한 새로운 엘리트 | FORESEEN 연구소 / 김경현 | 7,000원 |
| 2 의지, 의무, 자유 — 주제별 논술 | L. 밀러 / 이대희 | 6,000원 |
| 3 사유의 패배 | A. 핑켈크로트 / 주태환 | 7,000원 |
| 4 문학이론 | J. 컬러 / 이은경·임옥희 | 7,000원 |
| 5 불교란 무엇인가 | D. 키언 / 고길환 | 6,000원 |
| 6 유대교란 무엇인가 | N. 솔로몬 / 최창모 | 6,000원 |
| 7 20세기 프랑스철학 | E. 매슈스 / 김종갑 | 8,000원 |
| 8 강의에 대한 강의 | P. 부르디외 / 현택수 | 6,000원 |
| 9 텔레비전에 대하여 | P. 부르디외 / 현택수 | 10,000원 |
| 10 고고학이란 무엇인가 | P. 반 / 박범수 | 8,000원 |
| 11 우리는 무엇을 아는가 | T. 나겔 / 오영미 | 5,000원 |
| 12 에쁘롱 — 니체의 문체들 | J. 데리다 / 김다은 | 7,000원 |
| 13 히스테리 사례분석 | S. 프로이트 / 태혜숙 | 7,000원 |
| 14 사랑의 지혜 | A. 핑켈크로트 / 권유현 | 6,000원 |
| 15 일반미학 | R. 카이유와 / 이경자 | 6,000원 |
| 16 본다는 것의 의미 | J. 버거 / 박범수 | 10,000원 |
| 17 일본영화사 | M. 테시에 / 최은미 | 7,000원 |
| 18 청소년을 위한 철학교실 | A. 자카르 / 장혜영 | 7,000원 |
| 19 미술사학 입문 | M. 포인턴 / 박범수 | 8,000원 |
| 20 클래식 | M. 비어드·J. 헨더슨 / 박범수 | 6,000원 |
| 21 정치란 무엇인가 | K. 미노그 / 이정철 | 6,000원 |
| 22 이미지의 폭력 | O. 몽젱 / 이은민 | 8,000원 |
| 23 청소년을 위한 경제학교실 | J. C. 드루엥 / 조은미 | 6,000원 |
| 24 순진함의 유혹 〔메디시스賞 수상작〕 | P. 브뤼크네르 / 김웅권 | 9,000원 |
| 25 청소년을 위한 이야기 경제학 | A. 푸르상 / 이은민 | 8,000원 |
| 26 부르디외 사회학 입문 | P. 보네위츠 / 문경자 | 7,000원 |
| 27 돈은 하늘에서 떨어지지 않는다 | K. 아른트 / 유영미 | 6,000원 |
| 28 상상력의 세계사 | R. 보이아 / 김웅권 | 9,000원 |
| 29 지식을 교환하는 새로운 기술 | A. 벵토릴라 外 / 김혜경 | 6,000원 |
| 30 니체 읽기 | R. 비어즈워스 / 김웅권 | 6,000원 |
| 31 노동, 교환, 기술 — 주제별 논술 | B. 데코사 / 신은영 | 6,000원 |
| 32 미국만들기 | R. 로티 / 임옥희 | 10,000원 |
| 33 연극의 이해 | A. 쿠프리 / 장혜영 | 8,000원 |
| 34 라틴문학의 이해 | J. 가야르 / 김교신 | 8,000원 |
| 35 여성적 가치의 선택 | FORESEEN연구소 / 문신원 | 7,000원 |
| 36 동양과 서양 사이 | L. 이리가라이 / 이은민 | 7,000원 |
| 37 영화와 문학 | R. 리처드슨 / 이형식 | 8,000원 |
| 38 분류하기의 유혹 — 생각하기와 조직하기 | G. 비뇨 / 임기대 | 7,000원 |
| 39 사실주의 문학의 이해 | G. 라루 / 조성애 | 8,000원 |
| 40 윤리학 — 악에 대한 의식에 관하여 | A. 바디우 / 이종영 | 7,000원 |
| 41 흙과 재 〔소설〕 | A. 라히미 / 김주경 | 6,000원 |

| | | |
|---|---|---|
| 3104 《센소》 비평 연구 | M. 라니 / 이수원 | 18,000원 |
| 3105 〈경멸〉 비평 연구 | M. 마리 / 이용주 | 18,000원 |

## 【기 타】

| | | |
|---|---|---|
| ▨ 모드의 체계 | R. 바르트 / 이화여대기호학연구소 | 18,000원 |
| ▨ 라신에 관하여 | R. 바르트 / 남수인 | 10,000원 |
| ▨ 說 苑 (上·下) | 林東錫 譯註 | 각권 30,000원 |
| ▨ 晏子春秋 | 林東錫 譯註 | 30,000원 |
| ▨ 西京雜記 | 林東錫 譯註 | 20,000원 |
| ▨ 搜神記 (上·下) | 林東錫 譯註 | 각권 30,000원 |
| ■ 경제적 공포〔메디치賞 수상작〕 | V. 포레스테 / 김주경 | 7,000원 |
| ■ 古陶文字徵 | 高 明·葛英會 | 20,000원 |
| ■ 그리하여 어느날 사랑이여 | 이외수 편 | 4,000원 |
| ■ 너무한 당신, 노무현 | 현택수 칼럼집 | 9,000원 |
| ■ 노력을 대신하는 것은 없다 | R. 쉬이 / 유혜련 | 5,000원 |
| ■ 노블레스 오블리주 | 현택수 사회비평집 | 7,500원 |
| ■ 딸에게 들려 주는 작은 지혜 | N. 레흐레이트너 / 양영란 | 6,500원 |
| ■ 떠나고 싶은 나라―사회문화비평집 | 현택수 | 9,000원 |
| ■ 미래를 원한다 | J. D. 로스네 / 문 선·김덕희 | 8,500원 |
| ■ 바람의 자식들―정치시사칼럼집 | 현택수 | 8,000원 |
| ■ 사랑의 존재 | 한용운 | 3,000원 |
| ■ 산이 높으면 마땅히 우러러볼 일이다 | 유 향 / 임동석 | 5,000원 |
| ■ 서기 1000년과 서기 2000년 그 두려움의 흔적들 | J. 뒤비 / 양영란 | 8,000원 |
| ■ 서비스는 유행을 타지 않는다 | B. 바게트 / 정소영 | 5,000원 |
| ■ 선종이야기 | 홍 희 편저 | 8,000원 |
| ■ 섬으로 흐르는 역사 | 김영회 | 10,000원 |
| ■ 세계사상 | 창간호~3호:각권 10,000원 / 4호: 14,000원 | |
| ■ 손가락 하나의 사랑 1, 2, 3 | D. 글로슈 / 서민원 | 각권 7,500원 |
| ■ 십이속상도안집 | 편집부 | 8,000원 |
| ■ 얀 이야기 ① 얀과 카와카마스 | 마치다 준 / 김은진·한인숙 | 8,000원 |
| ■ 얀 이야기 ② 카와카마스의 바이올린 | 마치다 준 / 김은진·한인숙 | 9,500원 |
| ■ 얀 이야기 ③ 이스탄불의 점쟁이 토끼 | 마치다 준 / 김은진·한인숙 | 10,000원 |
| ■ 어린이 수묵화의 첫걸음(전6권) | 趙 陽 / 편집부 | 각권 5,000원 |
| ■ 오늘 다 못다한 말은 | 이외수 편 | 7,000원 |
| ■ 오블라디 오블라다, 인생은 브래지어 위를 흐른다 | 무라카미 하루키 / 김난주 | 7,000원 |
| ■ 이젠 다시 유혹하지 않으련다 | P. 쌍소 / 서민원 | 9,000원 |
| ■ 인생은 앞유리를 통해서 보라 | B. 바게트 / 박해순 | 5,000원 |
| ■ 자기를 다스리는 지혜 | 한인숙 편저 | 10,000원 |
| ■ 천연기념물이 된 바보 | 최병식 | 7,800원 |
| ■ 原本 武藝圖譜通志 | 正祖 命撰 | 60,000원 |
| ■ 테오의 여행 (전5권) | C. 클레망 / 양영란 | 각권 6,000원 |
| ■ 한글 설원 (상·중·하) | 임동석 옮김 | 각권 7,000원 |